Ratunek Rangera

Dżungla bez litości. Druga szansa na miłość.

Caitlyn Lynch

Shenanigans Press

Spis treści

Położenie

Guàlize to fikcyjny kraj, wydzielony z Ameryki Południowej i złożony z części Wenezueli oraz Kolumbii. Poniższa mapa pokazuje przybliżone położenie. Podkreślone nazwy miejsc są fikcyjne.

Rozdział pierwszy

Uścisk był tak mocny, że Ariana o mało się nie zakrztusiła. — Papi. — Rozpaczliwie poklepała ojca po plecach. — Nie mogę oddychać! Ratuj mnie, Elliot! — zawołała ze śmiechem do szefa swojej ochrony.

Elliot tylko się uśmiechnął kącikiem ust, krzyżując potężnie umięśnione ramiona na szerokiej piersi. — Ojciec tylko raz widzi, jak jego córka kończy medycynę. Poza tym minęło pięć miesięcy, odkąd widział cię w Boże Narodzenie.

Ariana przewróciła oczami na Elliota ponad ramieniem ojca.

Uścisk zelżał, ojciec odsunął się, obsypując jej czoło pocałunkami i trajkocząc, jak bardzo jest z niej dumny. — Moja córeczka, pani doktor. — Raul Monterro otarł oczy jedwabną chusteczką wyjętą z kieszonki szytego na miarę garnituru Brioni. — Jak twoja matka kochałaby zobaczyć ten dzień.

To przypomnienie również ścisnęło Gardło Arianie i Elliot dyskretnie podał jej kolejną chusteczkę. Ojciec znów ją objął; tym razem przyjęła uścisk z wdzięcznością, wtulając się w niego, gdy dzielili moment wciąż żywej żałoby.

— Proszę pana — odezwał się po chwili Elliot, jego wzrok nigdzie nie zatrzymywał się na dłużej —, tutaj jesteśmy bardzo na widoku. Zaprowadźmy państwa do samochodu.

— Oczywiście — skinął głową ojciec, ujmując dłoń Ariany i ściskając ją, kiedy szli razem, otoczeni kordonem ochroniarzy. — Moja córeczka, pani doktor — powtarzał z dumą.

Aż Ariana parsknęła śmiechem. — Wiesz, że minie jeszcze co najmniej pięć lat, zanim zrobię specjalizację, Papi. Na razie jestem tylko stażystką.

— Czy nie wolno ci podpisywać się *Doktor* Ariana Monterro? — zapytał surowo ojciec.

— No, tak — przyznała.

— Więc jesteś doktorem — oznajmił tonem nieznoszącym sprzeciwu.

Śmiejąc się z jego determinacji, by czerpać pełną dumę z jej osiągnięcia — i szczerze mówiąc sama czując w tej chwili sporą dumę — wsunęła się na tylne siedzenie auta obok niego. Elliot prowadził, a obok niego siedział starszy agent jej ojca, Ramón Gutierrez; reszta jechała w niewielkiej kolumnie samochodów wokół nich. Kierowali się oczywiście do Ambasady Guàlize. Choć Ariana mieszkała we własnym, bardzo wygodnym mieszkaniu w Georgetown, a jej zespół ochrony zajmował lokale po obu stronach, przyjęcie ojca pod jej dachem nie wchodziło w grę. Minister Sprawiedliwości Guàlize był zbyt łakomym celem, by ryzykować pobyt w tak mało zabezpieczonym miejscu.

— Opowiedz, co słychać w domu, Papi — poprosiła Ariana, gdy limuzyna cicho mruczała. — To trwało tak długo. Osiemnaście miesięcy — westchnęła tęsknie. Chociaż ojciec przyjeżdżał do Stanów trzy, cztery razy w roku i zawsze dbał, żeby wyrwać dla niej trochę czasu z napiętego grafiku, uparcie twierdził, że Guàlize jest teraz zbyt niespokojne, by mogła przyjechać do domu.

— Dobrze. — Skinął głową. — Czytałaś, że wreszcie schwytaliśmy tego idiotę, który próbował podburzyć do buntu? Cóż, ruch bez Duarte się rozpadł i na prowincji znów jest spokojnie.

— Wspaniale, Papi! — Szczęśliwa przytuliła się do jego ramienia, po czym przybrała najbardziej błagalny wyraz twarzy. — To może, skoro moja rezydentura w Johns Hopkins zaczyna się dopiero za sześć tygodni, przyjadę na chwilę do domu?

Zawahał się, pokręcił głową z żałobnym ściągnięciem ust. — Wciąż są groźby, Ari.

— Groźby będą zawsze. Dlatego mam Elliota i mój zespół, prawda? — Już dawno pogodziła się z koniecznością życia w ścisłej ochronie i pod ciągłą obserwacją. Po śmierci matki przyjęła oddaną opiekę swojego zespołu z wdzięcznością, ale odmówiła życia w strachu.

— Musisz dopiąć przeprowadzkę do nowego mieszkania... — Raul przegrywał tę dyskusję i doskonale to czuł, gdy posłała mu stanowcze spojrzenie.

— Papi. Wracam do domu. Kiedy zacznie się rezydentura, będę pracować po osiemdziesiąt czy nawet sto godzin tygodniowo, a urlopy będą rzadkie jak deszcz na pustyni. Chcę spędzić z tobą trochę czasu, zanim to się zacznie. Zbyt długo mnie nie było w domu. — Tęskniła za Guàlize rozpaczliwie. Choć już dawno pogodziła się z tym, że musi skończyć studia i rezydenturę w Stanach, wciąż marzyła, że pewnego dnia wróci i wykorzysta ciężko zdobyte umiejętności, by poprawić los własnych ludzi.

Westchnął. — Pozwolisz, żeby Elliot wszystko zorganizował?

Już ustąpił; sądziła, że zajmie jej to jeszcze kilka minut miękkiego przekonywania. Ariana uśmiechnęła się zwycięsko, gdy Elliot spojrzał w lusterko wsteczne i skinął głową — na znak dla jej ojca, że zawsze zadba o bezpieczeństwo Ariany.

— Oczywiście, Papi — odparła potulnie. — Jak sobie życzysz.

W planach podróży, jak zwykle, był prywatny odrzutowiec. Lot rejsowy nie wchodził w grę, a i tak o wyjeździe Ariany do Guàlize wiedziało tylko wąskie grono zaufanych agentów. Raul wziął dwa tygodnie urlopu od obowiązków służbowych i planowali, że zaraz po przylocie jej samolotu polecą helikopterem do rodzinnej posiadłości, godzinę lotu od Guàlize City, żeby spędzić razem miły urlop.

Wyraźnie podekscytowana Ariana zrzuciła buty, ledwie weszli na pokład, i Elliot musiał aż trzy razy powtarzać, żeby usiadła i zapięła pas.

— Przysięgłbym, że masz szesnaście, a nie dwadzieścia sześć lat, gdybym nie widział, ile wiedzy wcisnęłaś sobie do głowy w ostatnich latach. A teraz siadaj, żebyśmy mogli wystartować! — Położył jej stanowczo dłoń na ramieniu, wciskając ją w fotel.

Uśmiechnęła się do niego, a jej brązowe oczy zapłonęły ekscytacją. — Po prostu tak się cieszę, że wracam do domu, Ell!

— Wiem. — Usiadł naprzeciwko niej i zapiął pas. — Ale czeka nas jeszcze pięciogodzinny lot do Guàlize City, a potem kolejna godzina helikopterem, więc uspokój się wreszcie, bo mnie wykończysz.

Roześmiała się i posłuchała — przynajmniej chwilowo — aż odrzutowiec wystartował i wzbił się na wysokość przelotową. Potem znów zerwała się na nogi, pełna energii, którą musiała rozładować. Długimi krokami przemierzała przejście, przystając, by trajkotać podekscytowana z Emmą — jedyną osobą z jej ochrony, która jeszcze nie była w Guàlize i była niemal tak samo podekscytowana podróżą jak sama Ariana.

Elliot westchnął i wcisnął się głębiej w fotel, śledząc Arianę spojrzeniem pełnym czułości. Była dla niego jak młodsza siostra, a jego żona, Mara, matkowała jej bez ustanku, wciąż namawiając, żeby lepiej jadła i więcej odpoczywała. Myśląc o Marze, uśmiechnął się do siebie. Tym razem nie mogła z nimi lecieć do Guàlize, bo nie dostała urlopu w pracy, ale miała dołączyć za tydzień lotem rejsowym. Raul nawet użyczył im nadmorskiego domu Monterrów na tygodniowy wypad, na który Elliot czekał z przyjemnością, wiedząc, że może zaufać wysoko wyszkolonemu zespołowi ochrony Raula, iż będzie strzegł Ariany równie gorliwie jak on sam.

— Musimy wznieść toast szampanem! — zadecydowała wtedy Ariana. — Tomàs, otwórz butelkę — albo dwie! Niech każdy dostanie po kieliszku!

Tomàs, były agent FBI, spojrzał na Elliota po potwierdzenie. Ten zerknął na zegarek, uśmiechnął się i skinął głową. — Tak, wszyscy po kieliszku. Do lądowania dawno zdąży nam wyparować z krwi.

Pozostali z ochrony zakrzyknęli cicho z radości — był to niewielki, ale niezwykle oddany zespół kobiet i mężczyzn, których Elliot wybrał osobiście. Tomàs szczerzył zęby w uśmiechu i kiwnął głową, kierując się na tył samolotu. Wrócił po chwili, zręcznie balansując tacą z napełnionymi kieliszkami szampana niczym zawodowy kelner, i rozdał je wszystkim.

— Zapomniałem o swoim! — powiedział, kręcąc głową, wrócił do kambuzu i przyniósł jeszcze jeden kieliszek. — Za powrót Ariany do domu! — wzniósł toast, unosząc szkło do ust.

Ariana roześmiała się perliście i wzięła długi łyk szampana, a pozostali powtórzyli toast Tomàsa, po czym również się napili.

Tomàs wychylił swój kieliszek do dna i odstawił go na stolik. Oparł się o przegrodę i skrzyżował ramiona, obserwując, jak pozostali popijają i rozmawiają, a radosny śmiech Ariany znów rozbrzmiewa, gdy odpowiada Emmie na pytania o swoją ojczyznę.

Wracasz do domu, księżniczko — pomyślał w duchu. *Tyle że nie tak, jak się spodziewałaś.*

Przyszło to tak stopniowo, pełzające uczucie odrętwienia, że na początku Elliot uznał, iż po prostu dopada go zmęczenie. Miał za sobą ciężkie dwa tygodnie: dopinał zabezpieczenia podróży, organizował przeprowadzkę Ariany do nowego mieszkania, a do tego sprawdzał w tle przyszłych współpracowników w Johns Hopkins. Kiedy jednak odstawił kieliszek szampana na stolik między swoim fotelem a miejscem Ariany, z niepokojem stwierdził, że jakby nie czuł dłoni. Ze zgrozą patrzył, jak szkło z łoskotem uderza o blat, bo ręka przestała go słuchać.

Podniesienie dłoni do twarzy było, jakby ważyła sto kilo; wymagało ogromnego wysiłku. Jeszcze więcej siły kosztowało go odwrócenie głowy i spojrzenie na innych: Emma osuwała się w fotel z zamkniętymi oczami, szampan rozlewał się jej po kolanach z wyślizgniętego kieliszka. Ariana bezwładnie zsuwała się na podłogę pośrodku przejścia, a jej szkło rozprysło się obok.

— Odurzeni — zdołał wydusić przez język, który nagle wydawał się za duży do ust. Wzrok padł mu na Tomàsa, wciąż stojącego i przyglądającego się im z szyderczym uśmieszkiem. — *Pan*.

— Ja — odparł Tomàs, rozplatając ramiona i ruszając naprzód ze śmiertelną gracją.

— Dlaczego? — wysapał Elliot resztką sił, gdy potężne dłonie Tomàsa zacisnęły się po bokach jego głowy.

Nie padła żadna odpowiedź. Tylko obrzydliwy trzask, a potem ciemność.

ROZDZIAŁ DRUGI

TOMÀS PUŚCIŁ CIAŁO ELLIOTA z rąk, pozwalając mu opaść, po czym rozejrzał się dookoła. Reszta uległa działaniu szampana z domieszką środka odurzającego wcześniej; Elliot był dużym facetem i narkotyk potrzebował chwilę dłużej, by go ściąć z nóg. Tomàs metodycznie przeszedł przez kabinę, powtarzając swój morderczy rytuał na każdym nieprzytomnym członku zespołu ochrony. Arianę podniósł spomiędzy odłamków szkła, posadził na fotelu i zostawił, osuniętą do przodu. Pozostanie nieprzytomna przez co najmniej kilka godzin — aż nadto, by dokończyć resztę planu. Właściwie nie zamierzał ruszać do akcji tak wcześnie, ale fakt, że wszyscy pili jednocześnie, był zbyt dobrą okazją, by ją przepuścić, zwłaszcza że Ariana szczęśliwym trafem poprosiła go, żeby przyniósł szampana. Piloci nie wyjdą szukać ich do kabiny; to opłacani profesjonaliści, którzy mieli rozkaz zostawać w kokpicie, o ile nie zajdzie konieczność. Mimo to Tomàs poświęcił chwilę, by ułożyć wszystkich tak, jakby po prostu spali, i kopnięciem zepchnął odłamki szkła pod siedzenie, żeby nie rzucały się od razu w oczy. Na wszelki wypadek. Był człowiekiem drobiazgowym i niczego nie zostawiał przypadkowi.

Włączając telefon, żeby sprawdzić godzinę, uruchomił GPS i wywołał mapę, sprawdzając pozycję. Mógł poczekać; wciąż lecieli nad Stanami Zjednoczonymi — nie wlecieli jeszcze z Georgii w przestrzeń powietrzną Florydy. Nalał sobie świeżą lampkę szampana bez domieszki i usiadł naprzeciw Ariany, popijając powoli, w myślach przechodząc kolejne kroki, które musiał wykonać, i rozważając każdą ewentualność, która mogłaby pokrzyżować mu plany.

Nieco ponad trzy godziny później telefon cicho piknął, informując, że samolot minął wyznaczony punkt nad południowymi Karaibami i pora szykować się do ostatniego etapu planu. Wstał i spokojnym krokiem przeszedł przez maszynę, zbierając to, czego potrzebował.

Podniósł nieprzytomną Arianę i metodycznie rozebrał ją z ubrań. Buty już zdjęła — w butach tych, co doskonale wiedział, były wszczepione lokalizatory, bo sam zanosił nowe pary do elektronika, który je montował. O ile wiedział, takich zabezpieczeń nie stosowano przy ubraniach, ale znów — nie zamierzał ryzykować. Zdjął wszystko, łącznie z zegarkiem i małymi złotymi wkrętkami w uszach. Zdzierając ubrania z ciała Emmy, ubrał w nie Arianę. Ariana była o parę centymetrów wyższa, a Emma bardziej umięśniona, ale prosta czarna bluzka i spodnie leżały wystarczająco dobrze. Buty Emmy były jednak za małe, więc zostawił Arianę boso. Buty zdobędzie, gdy będą już na ziemi.

Zanosząc Arianę do tylnych drzwi, położył jej bezwładne ciało na podłodze, po czym otworzył górny schowek i wyjął uprząż z pasami oraz spakowany spadochron.

Założenie uprzęży na Arianę zajęło mu zaledwie parę minut. Zostawiwszy spadochron na podłodze obok niej, Tomàs podszedł do drzwi kokpitu i zapukał w nie zdecydowanie.

Drzwi otworzyły się po chwili. — Señor Fuentes, *que pasa?* — powiedział drugi pilot z pogodnym uśmiechem na jego widok, półpodnosząc się uprzejmie.

— Tylko podszedłem zobaczyć, gdzie jesteśmy, Esteban. Siadaj — Tomàs wskazał gestem z uśmiechem, a drugi pilot skinął głową, odwrócił się i zaczął z powrotem wsuwać się w fotel.

Mężczyzna nie zdążył nawet pojąć, że za chwilę umrze, nim nóż Tomàsa rozpłatał mu gardło. Paulina, pilotka, zerknęła na nich, z ustami rozchylającymi się do krzyku przerażenia — krzyku, który nigdy nie wybrzmiał. Rozległ się tylko potworny bulgot, gdy Tomàs rozpłatał gardło i jej, a ciężkie, brzytwią ostre ostrze bojowe rozdzierało skórę i mięśnie jak masło. Oczy pilotki zaszły mgłą, gdy z przeciętej tętnicy szyjnej trysnęła życiodajna krew; umarła, zanim zdążyła choćby pomyśleć o obronie.

Nie zważając na krew ochlapującą panele przyrządów, Tomàs wsunął nóż do pochwy i pochylił się. Przeszedł solidne szkolenie przez tydzień właśnie na tę chwilę, wiedząc, że będzie musiał wykonać długą sekwencję złożonych komend wyłącznie z pamięci. Wywołał już działającego autopilota i wprowadził współrzędne, kasując automatyczne ostrzeżenia, które wyskakiwały. Mruczał pod nosem przećwiczone kroki, aż w końcu upewnił się, że zrobił wszystko jak należy. Odwróciwszy się na pięcie, szybko opuścił kokpit, zostawiając dwoje martwych pilotów osuniętych w fotelach, gdy samolot wchodził na ostateczny kurs.

Chwilę później Tomàs zarzucił na plecy swój spadochron i dociągnął pasy; podniósł Arianę i przypiął jej uprząż do siebie z przodu, po czym znów zerknął na GPS w telefonie.

Jeszcze tylko kilka sekund... *Teraz*! Wsunął telefon do kieszeni i zasunął zamek, po czym szarpnął za awaryjną dźwignię otwarcia drzwi. Natychmiast wiatr gwałtownie nimi szarpnął, jakby chciał wyrwać jego i Arianę w nicość, ale był doświadczonym spadochroniarzem i zaparł się o framugę drzwi.

— Czas lecieć, księżniczko — powiedział do nieprzytomnej dziewczyny bezwładnie zwisającej przed nim i wyskoczył z samolotu.

Tomàs dostrzegł, jak w dżungli poniżej odpala pierwsza flara, jeszcze w chwili skoku; uśmiechnął się do siebie. *Idealnie*. Dziś prawie nie wiało. Bezwładne ciało Ariany utrudniało mu sterowanie w swobodnym spadku, ale na to będzie miał dość czasu, gdy tylko otworzy czaszę.

Spadochron otworzył się nad nim podręcznikowo — oczywiście, sam go pakował i był zawodowcem. Od lat lubił skoki, jeszcze zanim trafił do FBI, a później do zespołu ochrony Ariany Monterro.

Chwytając za taśmy sterownicze, pewnie poprowadził czaszę ku wąskiej czarnej wstędze ledwie widocznej między drzewami, które pędziły ku niemu. Zaplątać się w koronach dżungli wcale nie było wejściem, na jakim mu zależało, więc ostrożnie sterował między wysokimi gałęziami.

Wiedział, że czarna wstęga to droga. Gdyby był sam, wylądowałby idealnie biegiem, ale z nieprzytomną Arianą wiszącą pod nim nie mógł sobie na to pozwolić. Nie chciał też szorować nią po szorstkiej nawierzchni. W końcu płacono mu za to, by dostarczyć ją w możliwie nienaruszonym stanie. Dlatego zwolnił taśmy wyczepne kilka stóp nad ziemią, chwycił Arianę i otulił ją sobą, koziołkując w upadku, który zakończył się kłębowiskiem rąk i nóg na miększym gruncie tuż przy skraju drogi.

Mimo to było to najbardziej niewygodne lądowanie, jakiego Tomàs kiedykolwiek doświadczył, i przez moment leżał bez ruchu, łapiąc głębsze oddechy i ostrożnie sprawdzając, czy wszystko działa. Nic złamanego, tylko kilka siniaków. Ariana wciąż była kompletnie nieprzytomna i nie dostrzegł u niej oczywistych obrażeń, gdy przykucnął, by szybko ją sprawdzić. Do jego uszu dobiegł warkot silnika; stary blaszany furgon zatrzymał się kilka stóp dalej, ale on nie odrywał się od swojego zadania. Jego nowy pracodawca był człowiekiem wymagającym, a Tomàs dostawał pieniądze za dostarczenie Ariany Monterro w stanie idealnym.

— *Hola*, Señor Fuentes — odezwał się nad nim głos.

Uniósł wzrok i się uśmiechnął. — Dzień dobry, proszę pana. Mam pańską przesyłkę.

ROZDZIAŁ TRZECI

— PRYWATNY TELEFON DO pana, panie kapitanie — odezwał się jego sekretarz, gdy kapitan Jack McAuley wszedł do zewnętrznego biura, wciąż spocony po porannym treningu. Zamierzał się wykąpać i przebrać w małej łazience przy gabinecie, zanim dobierze się do sterty papierów piętrzących się na biurku.

— Proszę powiedzieć, że oddzwonię. Nie przychodziło mu do głowy, by ktoś z jego prywatnego życia mógł potrzebować go tak pilnie, by nie mógł zaczekać piętnastu minut, aż on weźmie prysznic.

— Panie kapitanie... to żona pana Savige'a. Mówi, że to pilne. — Jego sekretarz był bystrym, młodym podoficerem i wiedział, kiedy mu przerwać.

— Mara? — Chłód przeszył Jacka, złe przeczucie postawiło mu włosy na karku. Zatrzymał się w pół kroku do prywatnego gabinetu i zamrugał zaskoczony. *Dlaczego żona mojego najlepszego przyjaciela dzwoniłaby do mnie do pracy?* — Odbiorę w gabinecie.

— Tak jest, panie kapitanie.

W słuchawce kliknęło, gdy podniósł telefon na biurku w swoim małym gabinecie — znak, że sekretarz się rozłączył. — Mara? Jesteś tam? Tu Jack.

— Jack. — W jej głosie ciężko brzmiały łzy. — Och, Jack...

Zrozumiał od razu; zbyt wiele razy słyszał ten ton żałoby. — Co się stało? — zapytał ostro. — Czy z Elliotem wszystko w porządku? — Zawahał się, zanim z wysiłkiem wydusił kolejne imię: — Ariana?

Minęło sześć lat, odkąd ostatni raz widział *ją*. Chociaż Elliot i Mara byli stałą częścią jej życia, on skrupulatnie omijał każde wydarzenie, na którym mogłaby się pojawić — niezbyt trudne, odkąd przenieśli się do Waszyngtonu z Arianą, a Jack wciąż mieszkał w bazie Rangerów w Fort Benning. Mimo to, na pierwszy sygnał kłopotów, pomyślał o kobiecie, która zdobyła jego serce i nigdy go nie puściła.

— Samolot się rozbił, Jack...

Zabrakło mu tchu. *Ari*. Myśl o tym, że nie żyje — że jej jasna, pełna życia energia zgasła — była nie do zniesienia. Kilka prób zajęło mu wyduszenie jednego słowa: — Gdzie?

— Lecieli do Guàlize, Ari miała spędzić kilka tygodni z Raulem po swojej graduacji... planowałam dolecieć za kilka dni, Raul zaoferował Elliotowi dom na plaży; mieliśmy pojechać na wakacje. — Mara wciąż płakała, choć już spokojniej. — Zadzwonił do mnie sam prezydent Guàlize. Jack, nie daję rady. Nie mogę... Nie mogę dodzwonić się do Raula, a oni chcą, żebym przyleciała i zidentyfikowała Elliota...

— Nie. — Jack instynktownie wiedział, że Mara sobie z tym nie poradzi. Nawet jeśli ciało Elliota nadawałoby się do rozpoznania — co po katastrofie lotniczej nie było szczególnie prawdopodobne. Zwłaszcza jeśli samolot się zapalił. Myśl o tym, że Mara stanie nad zmasakrowanym ciałem Elliota, była absolutnie nie do przyjęcia, więc zareagował natychmiast, bez namysłu: — Pojadę ja, Mara. Sprowadzę go do domu.

Zasoblała z ulgą. — Dziękuję, Jack, o Boże, dziękuję ci z całego serca.

— Jesteś sama? Nie powinnaś...

— Nie. Nie jestem sama. Moja siostra jest ze mną. Pojadę z nią na jakiś czas... masz mój numer.

— Mam. Zadzwonię, jak tylko go znajdę, Mara. Obiecuję. Sprowadzę ci Elliota do domu.

Przez pełną minutę po tym, jak Mara się rozłączyła, wpatrywał się suchymi oczami w ścianę, wciąż trzymając słuchawkę w dłoni, wspominając przyjaciela. Morderczе dni w Szkole Rangerów, gdy dla żartu rywalizowali o palmę pierwszeństwa, a jednocześnie podnosili się nawzajem, kiedy wydawało im się, że nie zrobią już ani kroku. Jeszcze bardziej wyczerpujące tury po pustyniach Bliskiego Wschodu i górach Afganistanu. Strzelaniny. Pospieszne szwy, które Elliot założył Jackowi na postrzał w nogę podczas piekielnej misji w Somalii, zanim półprzytomni, każdy wspierając drugiego, zeszli z pola walki.

Te dobre chwile. Stanie u boku Elliota, gdy jego najlepszy przyjaciel poślubiał swoją miłość z dzieciństwa — z lekką zazdrością o oczywiste uczucie, które ich łączyło. Wspólna żałoba po tym, jak Elliot pewnej nocy, po pijaku, wyznał, że strzela ślepakami, że nie może dać Mari dzieci. Śmiech i stanowcza odmowa, kiedy Elliot poprosił go o oddanie nasienia. — Mara cię kocha, Ell. Do pełni nie potrzebujesz dzieci. Zwłaszcza nie kukułczego jaja w gnieździe, którym byłoby każde moje dziecko. Jeśli Mara poprosi, może się zgodzę; w innym wypadku — zdecydowanie nie.

Mara nigdy nie poprosiła, dlatego Jack wiedział, że to był pomysł Elliota i tylko jego. Marze nigdy nie było potrzebne nic więcej do szczęścia niż miłość Elliota.

A teraz nie miała już nawet tego — miłość jej życia została wyrwana przez tragiczny wypadek, a jego ciało leżało gdzieś daleko w górach, zimne i zniszczone.

Razem z Arianą.

Umysł Jacka odsunął od siebie tę myśl. Naciskając przycisk na telefonie, powiedział do sekretarza: — Podoficerze Kowalski, proszę mi natychmiast połączyć z podpułkownikiem Cullane'em.

— Już mam, panie kapitanie — odezwał się po kilku minutach Kowalski.

W słuchawce kliknęło i głęboki głos jego przełożonego, Brody'ego Cullane'a, powiedział: — Kapitanie McAuley, co się dzieje? Pański sekretarz przekazał, że to pilne.

— Przed chwilą dzwoniła Mara Savige, panie podpułkowniku. Żona Elliota Savige'a. Doszło do katastrofy lotniczej w Guàlize i wygląda na to, że Elliot nie żyje.

Brody wciągnął gwałtownie powietrze. — Och, *cholera*, Jack, przykro mi. — Znał bliską przyjaźń łączącą obu mężczyzn. — On wciąż pracuje dla rodziny Monterro?

— Tak jest, panie podpułkowniku. — Oddech Jacka też nie był do końca równy. — Istnieje duże prawdopodobieństwo, że Ariana Monterro również zginęła.

Brody zamilkł na moment, po czym zapytał spokojnym, oficjalnym tonem: — Czego pan potrzebuje, kapitanie McAuley?

Jack wypuścił z ulgą powietrze i oparł się w fotelu. — Mara Savige poprosiła mnie, żebym tam pojechał, zidentyfikował ciało Elliota i sprowadził je do kraju. Chciałbym oficjalnie poprosić o urlop w tym celu.

— Udzielony — odpowiedź padła natychmiast. — Już teraz wypisuję panu tydzień wolnego; proszę dać znać, jeśli będzie panu potrzebne więcej czasu. Chce pan zabrać ze sobą zespół?

— Nie sądzę, panie podpułkowniku — odparł z wdzięcznością Jack. — Chyba że... — dopadła go paskudna myśl — ...chyba że to nie był wypadek. W takim przypadku i tak powinniśmy poczekać na oficjalną prośbę o pomoc od Guàlizeńczyków, jeżeli w ogóle zechcą ją wystosować.

— Zostawiam to pańskiej ocenie, gdy będzie pan na miejscu. Proszę mnie informować na bieżąco o sytuacji — i proszę przekazać moje najszczersze kondolencje ministrowi Raulowi Monterro.

Gdyby to zrobił, byłoby to przyznanie, że Ari nie żyje. Jack zamknął oczy z bólu. — Tak jest, panie podpułkowniku — tylko tyle powiedział.

— Ma pan transport? — ton Brody'ego znów stał się rzeczowy i stanowczy.

— Jeszcze nie, panie podpułkowniku. Miałem jechać na lotnisko i załapać się na pierwszy lot, który dowiezie mnie do Guàlize.

— Myślę, że możemy panu załatwić coś lepszego niż lot rejsowy, Jack. Pociągnę za kilka sznurków. Dzięki temu dotrze pan na miejsce katastrofy znacznie szybciej, bez przedzierania się przez tony biurokracji. Przy odrobinie szczęścia dostanę zgodę Guàlizeńczyków, żeby zrzucić pana bezpośrednio ze spadochronem; to znaczy, że może pan wejść w umundurowaniu i z bronią. Byłby pan naszym oficjalnym przedstawicielem.

— Sądzę, że ambasador może mieć na ten temat coś do powiedzenia, panie podpułkowniku!

— Nie oficjalnym przedstawicielem Stanów Zjednoczonych przy tym kraju, Jack. — Brody parsknął śmiechem. — Oficjalnym przedstawicielem *Rangers'* przy *Raulu Monterro*, oferującym naszą pomoc we wszystkim, czego będzie potrzebował. To da się ładnie przepchnąć u władz, zwłaszcza jeśli wleci pan w mundurze, ale nie przez lotnisko. Mamy wystarczająco długą historię kontaktów z Monterro, szczególnie pan osobiście, żebym zdołał szybko uzyskać na to akceptację decydentów, a *to* pozwoli mi jeszcze poprosić Siły Powietrzne o podwózkę.

— Zdam się na pańskie ponadprzeciętne umiejętności lizania tyłków, panie podpułkowniku — powiedział Jack tonem przesadnie grzecznym.

Brody roześmiał się. — Spadaj stąd, Jack. Idź się spakuj. I trzymaj mnie, do cholery, na bieżąco. — Spoważniał. — Wyślę Selinę do Mary Savige. Upewni ją, że Rangerzy są przy niej, nawet jeśli Elliot zginął już jako cywil. Pan sprowadzi jego ciało, żebyśmy mogli mu zgotować pożegnanie, na jakie zasługuje.

— Tak jest, panie podpułkowniku — tylko tyle zdołał powiedzieć Jack. — Dziękuję panu bardzo — dodał, odkładając słuchawkę i opadając na oparcie krzesła, dociskając pięściami rozpalone oczy.

Brody oddzwonił dwie godziny później na jego prywatną komórkę. Jack był już w domu, szykował się na co najmniej tygodniową nieobecność, poprosił sąsiada o wyjmowanie poczty i opróżniał lodówkę. Spakował już spadochron i lekki plecak z dwoma zapasowymi kompletami munduru polowego. Nie zamierzał wchodzić jak na wojnę, ale planował zabrać swoją krótką broń i dwa magazynki z amunicją — o ile Brody zdoła wyrobić mu zgodę na wwiezienie ich do Guàlize.

— Z górą wszystko załatwione — Brody przeszedł od razu do rzeczy. — Czekam na oddzwonienie od mojego odpowiednika w Siłach Powietrznych, który właśnie ustala z Guàlizeńczykami, kiedy i gdzie pana zrzucą. Nie mówią nikomu o katastrofie; na razie trzymają to w wielkiej tajemnicy.

To zabrzmiało Jackowi podejrzanie i od razu to powiedział.

— Ja też mam takie wrażenie — odparł Brody. — Ariana Monterro to tam V.I.P. według każdej definicji, biorąc pod uwagę, że jej ojciec jest niemal pewnym następnym prezydentem — tak przynajmniej powiedziało mi źródło w Departamencie Stanu. Katastrofa z jej udziałem powinna być na czołówkach, a nikt u nas nie miał pojęcia, że do niej doszło, dopóki im o tym nie powiedziałem.

— Nie wiedziałem, że Raul Monterro jest w kolejce do prezydentury — powiedział Jack, zaskoczony.

— Ja też nie, ale w Departamencie są raczej pewni. Guàlize ma podobny system do naszego; ich prezydent może pełnić maksymalnie dwie czteroletnie kadencje. Mówi się, że Raul jest naturalnym następcą, a wybory są za mniej niż dwa lata. Na razie nic nie jest oficjalne, ale jego popularność wśród ogółu, dobre relacje z USA i gotowość, by twardo rozprawiać się z narkotykowymi baronami, powinny uczynić go u wyborców niemal murowanym faworytem.

Jack potarł czoło, klnąc pod nosem. — To diabelnie komplikuje sprawę.

— Serio, Sherlocku. Wyślę pana mundur galowy do ambasady USA w Guàlize City na wypadek, gdyby przyszło panu wystąpić publicznie z Raulem. W Departamencie Stanu bardzo jednoznacznie kazali mi wyraźnie zaznaczyć, że Monterro, prezydent Garcia i kraj Guàlize mają pełne poparcie Stanów Zjednoczonych Ameryki. Mają zespół z National Transportation Safety Board w gotowości do wsparcia śledztwa, ale prośba musi wyjść stamtąd. Na miejscu to będzie pańska decyzja, czy naciskać na Raula, by taką prośbę wystosował, Jack, więc proszę mieć oczy szeroko otwarte i zachować czujność.

— Tak jest, panie podpułkowniku — to była jedyna możliwa odpowiedź.

I oto był — kilka godzin później — patrzył w dół na dżunglę mknącą pod brzuchem samolotu, znów szykując się, by zwiększyć dysproporcję między startami a lądowaniami.

— Gotów, kapitanie? — krzyknął mu do ucha ładowniczy, a on skinął krótko głową, naciągając gogle na oczy. To nie był szczególnie wysoki skok; byli tylko na piętnastu tysiącach stóp. Widział już górę, ogromną wyrwę w zieleni zrobioną przez skazany samolot, gdy roztrzaskiwał się przez gęsty dach dżungli. — Trzy, dwa, jeden, *skok*!

Nikt tego nie przeżył — pomyślał Jack jako pierwsze, kiedy pędził w wolnym spadaniu w stronę miejsca katastrofy. Maszyna rozpadła się na pół tuzina dużych fragmentów; trochę go zdziwiło, że najwyraźniej nie było wielkiego pożaru, ale samolot był mniej niż sto mil od celu, Guàlize City — w zbiornikach pewnie nie było już wiele paliwa.

Las deszczowy był tu gęsty, z częstymi opadami. Może liście były na tyle mokre, że ogień nie zdążył się rozniecić. Otworzył czaszę spadochronu w idealnym momencie i dalej lustrował miejsce katastrofy z powietrza, gdy jego swobodny spadek zwolnił do szybowania.

Tam — pomyślał — *ten czarny pas w dżungli to ślad po ogniu*. Może jeden z silników, oderwany od skrzydła, gdy samolot pruł przez wierzchołki drzew.

Zauważył odpaloną racę i odwrócił głowę, orientując się, że ktoś próbuje go naprowadzić do lądowania. Wiał boczny wiatr, ale dla doświadczonego skoczka jak Jack nie stanowiło to problemu: skorygował podejście i wylądował tam, gdzie mu wskazywano, na oczyszczonym szlaku prowadzącym do szczątków maszyny.

— Kapitan McAuley? — mężczyzna, który go naprowadzał, podbiegł i zapytał po angielsku z silnym akcentem. — Minister Monterro jest w drodze.

— Dziękuję. — Jack odpiął taśmy i podniósł plecak, zarzucając go na ramiona. — Proszę prowadzić. — Żołądek miał ściśnięty mdłością, gdy szedł za przewodnikiem; chwila, w której jego koszmar stanie się rzeczywistością, zbliżała się nieuchronnie. Widział wojnę i straszne rzeczy, ale to nie była wojna... a Ariana Monterro nigdy nie była żołnierzem. Zasługiwała na znacznie lepszy koniec niż nagła, wstrząsająca śmierć na tej odludnej, porośniętej dżunglą zboczu.

Zbierając się w sobie przed tym, co miał zobaczyć, Jack przypomniał sobie, że człowiek, którego zaraz spotka, stracił wszystko. Ariana nie była tylko jedynym dzieckiem Raula Monterro — była jedyną rodziną, jaka mu została. Jack był winien Raulowi każdy gram profesjonalizmu, jaki zdoła z siebie wykrzesać. Rozklejenie się nie wchodziło w grę, choć żałoba rozrywała go od środka.

ROZDZIAŁ CZWARTY

RAUL MONTERRO SIĘ POSTARZAŁ, pomyślał mimochodnie Jack, kiedy rozpoznał mężczyznę pędzącego w jego stronę, w obstawie całej falangi ochroniarzy. Na skroniach miał pasma bieli, wyraźnie odcinające się od czarnych włosów, a wokół oczu — linie, które mówiły o napięciu. Z drugiej strony minęło sześć lat od ich ostatniego spotkania, a to, przez co Monterro przeszedł w ciągu zaledwie ostatnich kilku godzin, postarzyłoby każdego.

— Panie. Zasalutował regulaminowo. — Znaleźli ją?

Raul pokręcił głową. — Jeszcze nie. Mamy jednak ciało Elliota. Oczywiście mogę go zidentyfikować, ale skoro Mara chciała, żebyś przyjechał...

— Obiecałem, że sprowadzę go do domu — powiedział po prostu Jack.

Raul skinął głową ze zrozumieniem. — Tędy.

Kadłub samolotu jest zaskakująco nienaruszony, uświadomił sobie Jack, idąc za Raulem, podczas gdy falanga ochroniarzy mierzyła go podejrzliwym wzrokiem. Samolot nie uderzył w górę czołowo, jak początkowo sądził, lecz otarł się o jej zbocze bokiem, wyrywając szeroki pas gęstej roślinności. Skrzydła odpadły pierwsze, razem z nimi silniki, niewielki pożar szybko zgasł w mokrym lesie deszczowym i nie dotarł do kadłuba, który pękł na trzy części: dziób, środkową i ogon.

— Jack — odezwał się cicho Raul —, oficjalnie wciąż mówią o wypadku, ale jest coś, co powinieneś zobaczyć. Poprowadził Jacka w stronę części dziobowej, do potrzaskanych drzwi kokpitu zwisających luźno na zawiasach.

Patrząc na twarz Raula, Jack od razu wiedział, że coś było bardzo, bardzo nie tak w obrazie, który widział. Odsunął pogięte drzwi, wsunął się do kokpitu i zobaczył dwóch pilotów wciąż przypiętych pasami do foteli, zwieszonych nad przyrządami.

Krew barwiąca ich białe koszule była niemal czarna.

Od dawna uodporniony na zapach śmierci, Jack go zignorował. Wyciągnął rękę i ostrożnie uniósł szczękę jednego z pilotów. Na ten widok usta mu się zacisnęły. Spojrzał w oczy ojca Ariany i skinął głową, dając Raulowi do zrozumienia, że rozumie. Raul położył mu dłoń na ramieniu i dał znak, by odeszli od ciekawskich uszu wokół nich.

— Podcięto im gardła — powiedział cicho Jack, gdy Raul odprowadzał go z miejsca katastrofy, gestem odprawiając ochronę, by zostawiła im trochę przestrzeni. — To nie był wypadek.

— Pozostali, włącznie z Elliotem, mieli połamane karki. Jestem przekonany, że wszyscy zginęli przed katastrofą — i godzinę temu w strefie kuchni pokładowej znaleziono to. — Raul schował z powrotem do kieszeni przezroczysty plastikowy woreczek dowodowy, po czym wyjął go i uniósł, żeby Jack zobaczył zawartość: pękniętą szklaną fiolkę z etykietą wciąż wyraźnie widoczną, która trzymała część odłamków razem.

KETAMINA.

Przed oczami Jacka zatańczyły plamy wściekłości. — Ari. Zrobiono to, żeby porwać Ari. Kto? Musiał być na pokładzie ktoś jeszcze. Ukryty pasażer...

— Oprócz Ari jedynym, czyjego ciała nie zdołaliśmy znaleźć, jest Tomàs Fuentes. Były agent FBI. — Oczy Raula błysnęły tą samą wściekłością, którą czuł Jack. — Zabrał mi córkę, Jack. Zabrali ją *znowu*.

Jack wciągnął powietrze. Wypuścił. Skupił się na rytmie, próbując uspokoić instynktowną, palącą wściekłość, która bulgotała mu w gardle, dławiąc go. — Opowiedz mi o Fuentesie. Nie znam go.

— Był z nami dwa lata. — Raul wsunął woreczek dowodowy z powrotem do kieszeni i zacisnął pięści. — Cieszył się pełnym zaufaniem. Moi ludzie jeszcze raz przeglądają jego akta pod lupą, ale Elliot już go sprawdził. Nie było się do czego przyczepić. Wzorcowy przebieg służby w FBI, dziadek z Guàlize, który wyemigrował do USA jeszcze w latach sześćdziesiątych — spełniał wszystkie nasze kryteria. Elliot chciał go ze względu na jego umiejętności profilera, bo w pracy Ari stykała się z wieloma nowymi ludźmi.

— Panie! — krzyk zza ich pleców kazał im się odwrócić. Jeden z poszukiwaczy trzymał coś w dłoniach w rękawiczkach... coś jaskrawo pomarańczowego. — Mamy drugą czarną skrzynkę, Panie!

— Wiem, że obiecałeś odwieźć Elliota do Mary, Jack, i dopilnuję, żeby stało się to jak najszybciej. Ale proszę, błagam cię. — Raul położył dłoń na ramieniu Jacka. — Każda osoba, której powierzyłem życie mojej córki, już nie żyje, poza jednym, który nas zdradził... i ciebie. Pomóż mi ją znaleźć. Proszę.

— Wiesz, że nawet nie musisz o to prosić, Raul. Znajdę ją i odzyskam — wycedził Jack przez zaciśnięte zęby.

— Dobrze. Oczywiście dostaniesz wszystko, czego potrzebujesz, wszystkie zasoby, jakie ma Guàlize, są do twojej dyspozycji...

— Nie — odpowiedział natychmiast Jack.

— Co? — Raul mrugnął.

— Musimy to utrzymać w tajemnicy, Raul. Ktokolwiek to zrobił, włożył w to mnóstwo wysiłku i pieniędzy. Katastrofa samolotu to efektowny, przykuwający uwagę numer; ten, kto to zorganizował, chce rozgłosu, chce wiedzieć, że wszedł ci za skórę. Jeśli zmobilizujesz całe guàlizeańskie wojsko, będzie o tym huczały wszystkie media. Dasz porywaczowi dokładnie to, czego chce.

Raul spojrzał na Jacka zamyślony. — Musimy dać mu to, czego chce, żeby odzyskać Arianę.

— Jestem na sto procent pewien, że nie będziesz w stanie żyć z tym, że dasz mu to, o co poprosi w zamian za życie Ariany. — Jack patrzył na starszego mężczyznę twardo i niewzruszenie.

Raul spuścił wzrok, po czym zaklął pod nosem. — Masz rację. Cholera, masz rację. A im bardziej to rozdmuchamy i zrobimy z tego spektakl, tym bardziej będzie wiedział, że może żądać, kimkolwiek jest. I ma w swoich szeregach agenta szkolonego przez FBI, człowieka, który zna standardowe taktyki negocjacji z porywaczami, doskonale wie, jakie zwykle są kolejne ruchy.

— Musimy myśleć nieszablonowo, żeby ograć Fuentesa; musimy sprawić, by porywacze przyszli do nas. Więc żadnych wiadomości, Raul, żadnego pogrążonego w żałobie ojca błagającego o litość. Żadnego potwierdzenia, że ta katastrofa w ogóle miała miejsce. Każdy, kogo tu masz, musi wiedzieć, że jeśli choć piśnie słówko, iż ten samolot spadł, zyska sobie dożywotniego wroga w osobie Raula Monterro.

— Sprawimy, że porywacze przyjdą do nas — powtórzył Raul zamyślony.

— Zgadza się. Wtedy negocjujesz z pozycji siły, choć to oni trzymają wszystkie asy. A w tym wypadku — damę.

— A ty?

— Ja ich wytropię i połamę wszystkim karki gołymi rękami za samo to, że choćby pomyśleli o porwaniu Ari — powiedział Jack, a jego oczy, twarde jak krzemień, płonęły wściekłością.

Raul uśmiechnął się, szczerząc zęby. — Nie wyobrażasz sobie, jak bardzo się cieszę, że to powiedziałeś. — Wyciągnął dłoń i ścisnął mocno rękę Jacka. — Ja zajmę się negocjacjami. Ty tylko zabij drani i przyprowadź mi córkę.

ROZDZIAŁ PIĄTY

ARIANA OBUDZIŁA SIĘ z wrażeniem, jakby setka wściekłych małych ludzików wierciła jej za oczami. Jęknęła, uniosła dłonie, by osłonić je przed ostrym światłem świecącym prosto w twarz.

Coś było nie tak. Właściwie wiele rzeczy. Zbyt wiele.

Skup się!

Łóżko, na którym spała, wydawało się zbyt miękkie, a pod nią było coś podejrzanie futrzastego. Podparła się i usiadła, mrużąc obolałe oczy, by rozejrzeć się dookoła.

— Co do *cholery*...

Była w zupełnie obcym pokoju, na luksusowym łożu z baldachimem, z lekkimi, zwiewnymi zasłonami po bokach. Na przeciwległej ścianie wisiało brzydkie, pozłacane lustro, ustawione tak, by idealnie odbijało łóżko, co wywołało u niej grymas niesmaku, tym bardziej, gdy uświadomiła sobie, że ta puchata powierzchnia to prawdziwe futro z jaguara. Cofnęła dłonie z odrazą. *Prawdziwe futro? Kto w ogóle mógłby coś takiego rozważyć?*

Rozejrzawszy się, dostrzegła otwarte drzwi na balkon; popołudniowe słońce, wpadające przez nie skośnie, było tym ostrym światłem, które padło jej na twarz. Za oknem widać było wysokie drzewa i to też było nie tak, *wszystko* w tym pokoju było nie tak. Włącznie z ubraniem, które miała na sobie: czarne spodnie i bluzka, której nie rozpoznawała i która nie bardzo na nią pasowała. Na bose, bez skarpet stopy wciśnięto parę tanich butów do biegania, od których nieprzyjemnie pociły jej się stopy, ale przynajmniej wyglądały na właściwy rozmiar albo coś zbliżonego.

Z trudem podniosła się, sycząc z bólu, bo głowa dudniła jej jak bęben, i ruszyła do okna, żeby wyjrzeć. Nie zdążyła jednak — za jej plecami kliknęły drzwi i obróciła się gwałtownie.

— Tomàs! — wydyszała z ulgą. — Gdzie jesteśmy? Co się dzieje? Spojrzała za jego plecy, szukając Elliota, i zmarszczyła brwi, widząc, że Tomàs jest sam. — Gdzie jest Ell?

— Elliot nie żyje, Ariano. Jego głos był płaski i całkiem równy, wyraz twarzy odległy.

Wciągnęła gwałtownie powietrze i cofnęła się o krok. — Nie. Nie, to niemożliwe. *Co się, do cholery, stało? Ostatnie, co pamiętam, to... w zasadzie jazda na lotnisko.* Zerkając znów w stronę okna, zapytała: — Gdzie jesteśmy? Był wypadek?

Tomàs skinął głową. — Jesteśmy w Guàlize. Jesteś gościem mojego nowego szefa. I przykro mi z powodu Elliota i pozostałych, Ariano, ale ich śmierć była konieczna.

— To *ty* ich zabiłeś — powiedziała Ariana z oszołomioną świadomością, widząc obojętny wyraz jego twarzy.

Powoli znów skinął głową. — Zrobiłem to.

Stała, wpatrując się w Tomàsa z niedowierzaniem. Miał tyle przyzwoitości, by spuścić wzrok zawstydzony, nie patrząc jej w oczy.

— Dlaczego? — tylko to potrafiła w końcu powiedzieć.

Parsknął szorstkim, krótkim śmiechem. — Pieniądze, a niby co innego?

Ari zamrugała i pokręciła głową. — Tomàs, mój ojciec zapłaci ci więcej za mój bezpieczny powrót, przecież wiesz...

— Nawet twój ojciec nie jest na tyle bogaty, by przelicytować *El Lobo Negro*, Ariano.

Imię to odebrało jej dech. *El Lobo Negro*. Czarny Wilk. Plotka głosiła, że był Kolumbijczykiem, który opuścił kartele w swoim kraju i dekadę temu przeniósł ich brutalne metody do Guàlize, ale jeśli ktoś znał jego prawdziwe nazwisko, nie wypowiadał go. Jego pseudonim i rozmazany wizerunek widniały na liście Dziesięciu Najbardziej Poszukiwanych jej ojca.

Jeśli Tomàs pracował dla Czarnego Wilka, jeśli naprawdę była w mocy tego potwora, nie wróci do ojca żywa. Ariana fatalistycznie przyjęła nieuchronną prawdę. Po śmierci matki wyciągnęła od ojca obietnicę, że bez względu na to, co by jej się stało, nigdy nie postawi jej bezpieczeństwa ponad potrzebami mieszkańców Guàlize. Nigdy, przenigdy nie będzie negocjował z *El Lobo Negro*, nawet w jej sprawie.

— Zaprowadź mnie do niego — powiedziała z podniesioną głową, choć w środku jakaś część niej płakała na myśl, że nigdy więcej nie zobaczy ojca.

— Możesz najpierw wziąć prysznic i się przebrać; łazienka jest tam — wskazał Tomàs. — I szafa pełna ubrań, wszystkie w twoim rozmiarze.

— Które to ty dostarczałeś tej morderczej szumowinie, żeby mógł zdobyć ubrania. Jak długo to planowałeś, Tomàs? Jeszcze kilka dni temu nawet nie wiedziałeś, że wrócę do Guàlize.

— Wiedzieliśmy, że kiedyś wrócisz — wzruszył ramionami Tomàs. — I to nie był jedyny plan, żeby ściągnąć cię tutaj, Ariano. Po prostu najszybciej nadarzyła się ta okazja. A teraz może pójdziesz pod prysznic?

Na samą myśl aż ją zjeżyło, bo właśnie uświadomiła sobie, że w tym pokoju musi być kamera, że Tomàs, a może i inni, oglądali, jak śpi. Skąd inaczej wiedział, by wejść, kiedy wstała z łóżka? A skoro kamera była tu, pewnie znajdowała się i w łazience.

— Spodobałoby ci się, co? — syknęła, a w słowach wylały się wściekłość i żałoba. — Chciałbyś wrócić do monitora i walić konia, patrząc, jak się rozbieram i biorę prysznic? Nie ma kurwa mowy, ty morderczy sukinsynu. Wolę tarzać się w świńskim gównie, niż sprawić ci tę satysfakcję.

Cofnął się o pół kroku, jakby zaskoczony jej zaciekłością. — W twojej łazience nie ma kamery.

Nie uwierzyła mu. — Może nie takiej, którą *ty* widzisz, idioto. Może to na prywatną rozrywkę twojego szefa. I jemu też przedstawienia nie będę robić. — Ariana wsparła dłonie na biodrach i wbiła w Tomàsa spojrzenie. — Zaprowadź mnie do niego. Natychmiast.

— To nie ty tutaj wydajesz rozkazy, księżniczko! — warknął, a jego twarz skrzywiła się gniewnie. — Nikt mi już nie płaci za spełnianie każdego twojego, kurwa, kaprysu. Teraz pracuję dla *El Lobo Negro* i jeśli rozkaże cię rozebrać i wychłostać za to, że zachowujesz się jak rozwydrzona, roszczeniowa, mała bogata suczka, to z przyjemnością chwycę za bat!

Nie zamierzała okazać strachu, choć Tomàs był dużym facetem i szedł na nią z zaciśniętymi pięściami. Uniosła podbródek i spojrzała mu prosto w oczy. — A co się stanie, jeśli uderzysz mnie teraz, Tomàs? Bo zgaduję, że Czarny Wilk kazał dostarczyć mnie w idealnym stanie. Tknij mnie bez bezpośredniego rozkazu, a to tobie będą liczyć pasy na plecach — o ile po prostu nie strzeli ci w łeb. W końcu jestem jego kartą przetargową. Ty jesteś tylko najemnikiem, który już pokazał, że za odpowiednią kasę odwróci się od własnego pracodawcy.

Oblicze Tomàsa jeszcze bardziej pociemniało i przez chwilę pomyślała, że naprawdę może ją uderzyć. Jednak nie poruszyła się, unosząc wyzywająco twarz. Ten obrzydliwy typ zabił Elliota, Emmę i jej pozostałych przyjaciół. Jeśli byłby dość głupi, by ją uderzyć i przez to dać się zastrzelić, to byłby o jeden problem mniej. W końcu Tomàs *znał* ją, znał sposób, w jaki działał jej umysł. Liczyła na to, że nikt inny tutaj go nie zna, i to mogłoby, być może, zagrać na jej korzyść, jeśli zdoła wymyślić jakiś sposób ucieczki.

Tomàs Fuentes był byłym agentem FBI i nie był głupcem, mimo wściekłości i urazy, które napędzały jego działania. Przestał iść naprzód, tylko zmierzył Arianę wzrokiem, po czym wzruszył ramionami. — Dobra. Chcesz iść do niego teraz, to pójdziesz teraz. Zobaczymy, jak *on* poradzi sobie z twoim nieposłuszeństwem. — Wskazał na drzwi. — Rusz się, albo wezmę cię na ramię i, do jasnej cholery, zniosę cię po schodach jak worek mąki.

Ariana wiedziała, kiedy pozwolić mu wygrać rundę. *Ja zdecydowanie prowadzę w tych gierkach na razie —* pocieszyła się, ruszając w stronę drzwi powolnym, miarowym krokiem, z wysoko uniesioną głową. Nawet nie zerknęła w lustro, żeby sprawdzić, jak bardzo ma potargane włosy. Nie będzie się stroić ani mizdrzyć dla jakiegoś porywacza, morderczego brutala z kartelu.

To, że Tomàs kazał jej iść pierwszej, było właściwie pewnym błogosławieństwem, bo nie widział, jak jej oczy biegają dookoła, nie widział, jak wszystko rejestruje, zapamiętując każde drzwi, każdy korytarz, które będzie musiała zbadać, by znaleźć ewentualną drogę ucieczki. Byli najwyraźniej na wyższych kondygnacjach domu, który — jak uznała Ariana — był bardzo drogi — i *rozległy*. Gdy dotarli na szczyt okazałych schodów, które spływały eleganckim łukiem ku podłodze wyłożonej czarno-białą marmurową szachownicą, zatrzymała się i zerknęła na Tomàsa.

— Na dół — rozkazał, niedbale machnąwszy nadgarstkiem. Skinęła głową i odwróciła się do przodu, położyła dłoń na poręczy i schodziła powoli, z wysoko uniesioną głową, wyobrażając sobie, że jest w Pałacu Prezydenckim na wielkiej uroczystości, w zachwycającej sukni. Ta myśl dodała jej sił i gdy stanęła na dole, szczęki zacisnęły jej się ze wściekłości. Córka Raula i Luisy Monterro nie będzie się kulić, płaszczyć i błagać o życie — nie dziś.

Nigdy.

Zatrzymując się u stóp schodów, rozejrzała się pozornie niedbale, w rzeczywistości chłonąc każdy detal monumentalnego holu.

Przy dużych, kratowanych drzwiach dwuskrzydłowych stał pierwszy inny człowiek, jakiego widziała w tym domu — chudy jak bat mężczyzna z wąsem, który gapił się na nią, bezwstydnie sunąc wzrokiem po jej ciele w górę i w dół.

Ariana odwzajemniła spojrzenie, z uniesioną głową, a jej oczy sypały iskrami, aż mężczyzna odwrócił wzrok.

Nie dam się zastraszyć. Wykorzystam każdą broń, jaką mam, żeby pokonać te świnie.

— Tam — dotknął jej ramienia Tomàs, lekko popychając ją w stronę drzwi na końcu korytarza. Rzuciła mu mordercze spojrzenie, a on cofnął dłoń, jakby go oparzyła.

Kazała sobie czekać tyle, ile chciała, a gdy już ruszyła, szybkim krokiem oddaliła się od Tomàsa, chwyciła za klamkę i pchnęła wskazane drzwi, nie fatygując się pukaniem. Usłyszała za sobą jednoczesne sapnięcie Tomàsa i tamtego mężczyzny i uśmiechnęła się do siebie ledwie dostrzegalnie. Kolejne małe zwycięstwo; założyłaby się, że nikt nigdy nie wchodził do Czarnego Wilka bez pukania.

Pokój za drzwiami tonął w półmroku; na oknach zaciągnięto ciężkie zasłony, choć był środek dnia. Jej oczom chwilę zajęło przywyknięcie, ale potem ruszyła zdecydowanie na środek, by stanąć naprzeciw mężczyzny, który podniósł się z fotela, by jej stawić czoło.

— Czarny Wilk, jak mniemam? — odezwała się chłodno.

ROZDZIAŁ SZÓSTY

Jack i Raul słuchali nagrań z czarnej skrzynki ze ściągniętymi minami. Nagranie z kokpitu było krystalicznie czyste, nie wymagało żadnych technicznych sztuczek, by je oczyścić. Wszystko wydawało się normalne aż do mniej więcej trzydziestu minut przed spodziewanym czasem lądowania, co zgrabnie pokrywało się z lokalizacją miejsca katastrofy.

Piloci właśnie zostali przekazani spod kontroli ruchu lotniczego Dominikany pod guàlizeańską, kiedy rozległo się pukanie i — Señor Fuentes, *que pasa?* — zapytał badawczo drugi pilot, po czym dało się słyszeć bulgot i urwany okrzyk.

Jedyne dźwięki w kokpicie po tym zdarzeniu to stukanie w klawisze; już wiedzieli, że ktoś przeprogramowywał autopilota, omijając zabezpieczenia. Według akt Fuentes nie miał formalnego szkolenia pilota. Ktoś bardzo dokładnie go instruował, co zrobić, by nakłonić odrzutowiec do samobójczego lotu.

Drzwi kokpitu kliknęły, zatrzaskując się. Nieco ponad dziewięć minut później nagranie gwałtownie się urwało, wskazując moment katastrofy.

— To się zgadza z tym punktem w sygnałach elektronicznych do kokpitu, proszę Pana — zauważył towarzyszący im inspektor ds. bezpieczeństwa lotniczego, zwracając się do Raula. — Widzicie? — Położył kartkę z czasami wypisanymi w kolumnie po lewej stronie i rozmaitymi kodami, których Jack nie rozumiał, obok poszczególnych oznaczeń. Inspektor wskazał dwa znaczniki czasu na środku kartki.

— Ten tutaj to moment zamknięcia drzwi kokpitu. Czterdzieści osiem sekund później, tu — szturchnął papier — pojawia się elektroniczny sygnał alarmowy, że otwarto jedne z tylnych drzwi samolotu.

— To Fuentes otwiera drzwi, żeby wyskoczyć ze spadochronem. Inaczej być nie może — powiedział Raul.

— I nie stałby w otwartych drzwiach na tej wysokości dłużej niż kilka sekund, tym bardziej, że był sam i zapewne miał do siebie przypiętą nieprzytomną Arianę. Założyłbym, że wyskoczył dość szybko potem.

— To daje nam znacznik czasu — mruknął Jack, odwracając się do mapy rozłożonej na stole. Przez znaną trasę przelotu odrzutowca biegła gruba czerwona linia, a miejsca i czasy kolejnych wykryć przez radar były starannie naniesione. Ostateczną lokalizację miejsca katastrofy oznaczono dużym czerwonym X, na które Jack starał się nie patrzeć.

— Gdzieś mniej więcej w połowie drogi między tym a tym punktem. — Jack podniósł niebieski długopis i zakreślił dwa znaczniki radarowe. Spojrzał na zaznaczoną przez inspektora oś czasu, chwycił linijkę i zaznaczył X przybliżone miejsce, w którym otwarto tylne drzwi.

— Dajmy, powiedzmy, maksymalnie dwadzieścia sekund, zanim skoczył.

Zaznaczając drugi punkt, narysował między nimi wydłużony owal. — Byli wciąż dość wysoko. Około 12 000 stóp. To znaczy, że zrzut na spadochronie nastąpił gdzieś w tym obszarze. — Szacował na pięćdziesiąt do sześćdziesięciu mil od miejsca katastrofy. Na tyle daleko, by Fuentes nie musiał się martwić, że wpadnie na służby ratunkowe pędzące na miejsce lub na śledczych przeczesujących teren, kiedy on będzie się oddalał w wybranym kierunku. Bo jeśli był jednej rzeczy absolutnie pewien, to tego, że Fuentes nie wylądował od razu w miejscu docelowym. Agent wyszkolony przez FBI byłby zbyt sprytny, by zrobić coś, co tak łatwo namierzyć. Nie, strefa zrzutu była tylko punktem pośrednim, który Jack musiał sprawdzić na drodze do odnalezienia Ariany.

Inspektor skinął głową. — Ma Pan najprawdopodobniej rację, proszę Pana. — Sprawdził współrzędne i wyciągnął mapę w większej skali. Przeniósł na nią owal, po czym cała trójka pochyliła się nad stołem.

— Tu nic nie ma — Jack pokręcił głową. — Sama dżungla.

— Musimy zdobyć zdjęcia satelitarne. Mógłbym złożyć wniosek, ale... szybciej będzie, jeśli zrobisz to ty — Raul zerknął na Jacka. — Najpewniej CIA albo NASA mają zdjęcia w jakości, której potrzebujemy. Ja musiałbym iść przez państwowe kanały, a to może potrwać.

— Wykonam parę telefonów. I tak muszę zameldować się pułkownikowi Cullane'owi. Już pociągnął za sznurki, żebym tak szybko tu dotarł; może pociągnie za kilka kolejnych.

Raul podał mu telefon na kartę. — Nie do namierzenia. Obiecuję.

— Dzięki, Raul. — Jack wziął telefon i przeszedł na drugi koniec pokoju, żeby zadzwonić, zostawiając Raula i inspektora pochylonych nad mapą, sprawdzających i poprawiających od ręki zrobione obliczenia Jacka.

— Cullane — odezwał się Brody, jak zwykle krótko i ostro.

— To nie był wypadek. Ariana Monterro została porwana, a jeden z jej ochroniarzy, Tomàs Fuentes, niemal na pewno w tym maczał palce — Jack przeszedł od razu do sedna.

— Sukinsyn! — warknął wściekle Brody. — Nie kojarzę nazwiska; był jednym z naszych?

— Były agent FBI. Ludzie Raula właśnie przeczesują akta Fuentesa z najdrobniejszymi szczegółami, ale stawiam, że sprowadzi się to do zwyczajnego motywu.

— Kasa — westchnął Brody. — Dobra. Elliot Savige?

— Odnaleziono jego ciało. — Ścisnęło go w gardle, ale nie mógł pozwolić sobie na luksus żałoby. Nie teraz. Nie wtedy, gdy każda minuta znaczyła kolejną minutę, w której Ariana była w rękach ludzi gotowych zamordować sześć niewinnych osób i rozbić samolot, byle tylko ją dorwać. Jack musiał się skupić. Na żałobę będzie czas później, miał nadzieję. — I dwóch innych byłych Rangersów. Ludzie Raula dopinają formalności, a ja odprowadzę ich ciała do USA, jak tylko odzyskam Arianę.

— Dobrze. Czego potrzebujesz, Jack?

Dzięki Bogu za spokojną rzeczowość Brody'ego, pomyślał Jack, podając współrzędne do potrzebnych zdjęć satelitarnych. Brody powiedział, że oddzwoni, gdy tylko je zdobędzie, i Jack się rozłączył, nie wątpiąc ani przez chwilę, że jego przełożony dopnie sprawy.

Dwie godziny później Jack siedział niedbale na ławce w parku w Guàlize City, sam, w cywilnych ubraniach, które w pośpiechu załatwiła sekretarka Raula. Sączył mrożony, owocowy napój kupiony u pobliskiego sprzedawcy; wyglądał, jakby nie miał na głowie żadnych zmartwień, tylko obserwował jaskrawo ubarwione tropikalne ptaki przelatujące między kołyszącymi się w ciepłej popołudniowej bryzie palmami.

Około pięć minut po tym, jak usiadł, usiadł też obok opalony, wyglądający na miejscowego mężczyzna, kładąc między nimi na ławce złożoną gazetę.

— To nie od nas — powiedział cicho po hiszpańsku z lokalnym akcentem, ledwie poruszając wargami.

— *Muchas gracias* — odparł równie cicho Jack, podniósł gazetę i niespiesznie oddalił się. Czuł kopertę ze sztywnego papieru wsuniętą między miękkie strony gazetowego druku, ale nie był już na tyle żółtodziobem, by wyciągać ją tu i teraz. To mogło poczekać, aż wróci do biura Raula, z dala od ciekawskich oczu.

Zdjęcia nie były tymi niewiarygodnie szczegółowymi obrazami o kosmicznej rozdzielczości, które Jack widywał przy planowaniu operacji w Afganistanie i innych zapalnych miejscach, ale z drugiej strony armia USA wciąż lubiła udawać, że nie jest aż tak sprawna — przynajmniej w oczach zagranicznych urzędników. Obrazy i tak były więcej niż wystarczające do jego celów. Niepodpisana karteczka w kopercie przepraszała, że w chwili katastrofy nie było satelitów w pozycji do wykonania zdjęć, ale dołączono ujęcia z przelotu około dwie godziny później.

— To jest *droga* — mruknął zaskoczony Raul, prowadząc palcem po cienkiej, ciemnej kresce wijącej się między drzewami. Nie byłaby widoczna w standardowej rozdzielczości; z pewnością nie dostrzegli jej, kiedy przeglądali dostępne obrazy w Internecie. — I do tego asfaltowa, poza tym tu i tu, na końcach, widzisz? — Wskazał dwa punkty na mapie, a jego oczy się rozszerzyły. — *Madre de Dios*, te skurczybyki zbudowali tu *asfaltową drogę*, żeby ułatwić sobie transport, a rząd nic o tym nie wiedział! Skraca — no, może ze trzydzieści mil — trasę między San Cristobàl a Tierra Verdes, trzydzieści mil kiepskiej drogi, która zabiera co najmniej godzinę! — Odwrócił się od mapy i zaczął chodzić w tę i z powrotem po biurze, uderzając pięścią w dłoń. — Nic *dziwnego*, że nigdy nie mogliśmy ich dogonić, nigdy rozgryźć, jak przewożą swój parszywy towar z gór na wybrzeże!

Jack pozwolił mu przez chwilę chodzić i kląć, po czym przywołał go z powrotem do fotografii. — Raul. Raul, *popatrz*. — Ostrożnie porównał zdjęcia satelitarne z mapą, przenosząc współrzędne i szkicując ołówkiem przebieg drogi. — Patrz, ta droga biegnie dokładnie przez przewidywaną strefę lądowania.

— To było ustawione od A do Z — wypluł wściekle Raul. — Fuentes doskonale wiedział, kiedy i gdzie skakać.

Pewnie zabrali ich i byli w drodze, zanim samolot w ogóle się rozbił.

Jack skinął głową; sam już to założył. — I zniknęli na długo przed tym przelotem satelity. Pytanie tylko, w którą stronę pojechali?

Na samej tajnej drodze nie widać było żadnych pojazdów, ale na większych trasach, z którymi się łączyła, w obu kierunkach jechało ich kilka.

— W dół na wybrzeże albo z powrotem w góry — zamyślił się Raul. — To wszystko zależy od tego, kto ją porwał, prawda? — Wymienił z Jackiem ponure spojrzenie. Im dłużej nie pojawiało się żądanie okupu, tym większy mieli niepokój.

— Panie — odezwał się Gutierrez, szef ochrony Raula i jedyny człowiek, któremu Raul teraz w tym pokoju ufał, podnosząc się od biurka; jego brodata twarz pobladła. — Panie — właśnie przyszedł e-mail!

ROZDZIAŁ SIÓDMY

JEST MŁODSZY, NIŻ SIĘ spodziewałam, pomyślała Ariana, spotykając mężczyznę, o którym była pewna, że ją zabije. Nie mógł być od niej dużo starszy, może około połowy trzydziestki, wysoki i przystojny. Gdy jednak wstał, by się do niej uśmiechnąć, zobaczyła, że uśmiech nie sięgał oczu — płaskich i martwych jak u rekina.

— Panna Monterro. Czy mogę mówić do ciebie Ariana? — powiedział uprzejmie po hiszpańsku, obchodząc biurko i wyciągając do niej dłoń. Jego akcent nie był gualizeański, zauważyła od razu, zdecydowanie bardziej kolumbijski, co dodawało wiarygodności plotkom o jego pochodzeniu — tyle że on nie wyglądał na Kolumbijczyka. Bo The Black Wolf był *biały*. Blond włosy i niebieskie oczy, piegi rozsiane po bladej skórze. Tatuaż wychylał się ponad kołnierzykiem koszuli; nie zdołała dojrzeć, co przedstawiał — ostrokątny, o ostrych zakończeniach.

Co to, do cholery, ma być?

— Nie. Ton miała płaski i chłodny, a wyraz twarzy pogardliwy, gdy zignorowała wyciągniętą dłoń. Nie zamierzała udawać uprzejmości, współpracować z żadnymi jego planami ani ułatwiać mu czegokolwiek, będąc potulną i podatną na manipulacje. Jeśli miała umrzeć, to z podniesioną głową, na własnych warunkach, nieugięta.

The Black Wolf mrugnął. — Rozumiem — mruknął. Przyglądał jej się długo, lecz ona nie zamierzała się spłoszyć. Zamiast tego rozejrzała się po pokoju z wysoko uniesioną głową, z pogardą w spojrzeniu, rejestrując drogie obrazy stłoczone jeden na drugim, pozłacane dekoracje, kiczowato zdobione meble. *Pieniądze, ale zero klasy*, pomyślała. *Jak u wielu takich jak on, pragnie legitymizacji. Cóż, ode mnie jej nie dostanie.*

— Możesz mówić do mnie El Lobo — przerwał pierwszy milczenie, co Ariana uznała za małe zwycięstwo.

— Raczej nie — odparła tym samym lodowatym tonem, ignorując go, gdy wpatrywała się w mały obraz, który mógł być prawdziwym Renoirem... i co do którego była niemal pewna, że widniał na liście słynnych skradzionych arcydzieł.

Zaśmiał się, szybko podszedł za jej plecy i chwycił ją za łokieć. Ariana szarpnęła się, wyrwała rękę i odwróciła się ku niemu w pół obrotu, z błyskiem w oczach. — Nie dotykaj mnie!

— Jesteś naprawdę zjawiskowa, jeszcze piękniejsza niż na zdjęciach — powiedział z podziwem. — Może więc będziesz mówić do mnie Gustav.

— Może będę mówić do ciebie: Dupek. Porywacz. Morderca. Potwór! — odwarknęła, brzydząc się samą myślą o przejściu z nim na ty w sympatycznym sensie, z człowiekiem, który wydał rozkaz zamordowania jej przyjaciół.

— Rozsądniej byłoby mnie nie prowokować, Ariana — ostrzegł. — Póki co jesteś tu honorowym gościem. To może się zmienić w każdej chwili.

— Pierdol się! — warknęła. — Mój ojciec nigdy nie będzie współpracował. *Nigdy*. I ja też nie!

Zmarszczył na to brwi. — Och, myślę, że twój ojciec zrobi dokładnie to, co mu się każe, chyba że chce dostać cię z powrotem kawałek po kawałku.

— W takim razie będziesz musiał tak właśnie zrobić. Hej. Czemu nie zaczniesz od tego? — I, z premedytacją prowokując, wyciągnęła prawą dłoń — i pokazała mu środkowy palec.

The Black Wolf aż rozszerzył oczy z niedowierzania, po czym ryknął śmiechem. Trzymała dłoń wyciągniętą, palec uniesiony, aż chwycił ją w przerażająco silnym uścisku, wykręcając jej rękę wysoko za plecy tak boleśnie, że nie zdążyła zastosować żadnego z chwytów samoobrony, których Elliot tak cierpliwie ją uczył.

— Och — wyszeptał jej do ucha, gdy szarpała się i klęła — naprawdę jesteś zadziorna. Szkoda byłoby na razie trwale oszpecić coś tak pięknego, skoro jeszcze nie wiemy, czy twój ojciec jest tak twardy, jak liczysz. Zamiast tego zabierzmy coś, co odrośnie.

Kątem oka zobaczyła błysk i spróbowała odwrócić głowę, ale uścisk na jej nadgarstku był zbyt mocny, zbyt bolesny. Ledwie mogła się poruszyć. Bezsilnie patrzyła więc, jak ostre nożyczki zaciskają się z chrzęstem, ścinając grubą partię włosów po lewej stronie głowy.

— Idealnie. — Puścił ją, a ona odskoczyła, masując obolały nadgarstek i zdrętwiałe ramię. Uśmiechnął się krzywo, schylając się po pasmo włosów. — Tomàs, aparat. Uśmiechnij się teraz do tatusia, Ariana.

Oczywiście, że nie — wykręcała się, próbowała mu się wyrwać, usiłując trzymać twarz odwróconą od obiektywu. Skończyło się na tym, że jego silna dłoń zacisnęła się na jej gardle, zmuszając ją stanąć na palcach i patrzeć w stronę aparatu, podczas gdy trzymał świeżo ścięte włosy obok jej twarzy. Tomàs pstryknął pół tuzina zdjęć, zanim The Black Wolf ją puścił. Ariana była pewna, że na jej gardle właśnie wyskakują siniaki, pasujące do tych, które już widziała tworzące się na nadgarstku.

— Odprowadź ją do pokoju, a ja w tym czasie zorganizuję dostawę — rozkazał, odwracając się.

Bez namysłu, ogarnięta wściekłością, Ari wyprowadziła cios, mierząc w jego nerki nieuszkodzoną lewą ręką. Elliot byłby z niej dumny, pomyślała, gdy The Black Wolf z rykiem runął na kolano. Poprawiła kopnięciem, które złamałoby mu szczękę, gdyby w pełni trafiła. Ale Tomàs już zareagował — uderzył ją barkiem, strącił na bok i podciął jej nogi szybkim kopnięciem, tak że zatoczyła się, zanim zdołała odzyskać równowagę.

The Black Wolf niemal natychmiast zerwał się na nogi, zęby odsłonięte, wyszarpnął spod marynarki pozłacany pistolet i wycelował w Arianę.

Stanęła naprzeciw niego wyzywająco, krzycząc: — No strzelaj! Dalej, potworze, zabij mnie!

Powoli opuścił broń, po czym z kpiącym uśmiechem schował ją. — Nie. Nie, śliczna, znacznie lepiej będzie uczyć cię rozumu powoli. Ja swoją lekcję odrobiłem; już więcej nie odwrócę się do ciebie plecami. Przynajmniej dopóki nie złamię ci ducha. Zabierz ją — skinął Tomàsowi, którego dłoń ciężko spoczęła na ramieniu Ariany.

Strząsnęła ją z sykiem wściekłości i błyskiem w oczach.

— Nie waż się mnie dotykać, ty morderczy kawał *gówna*.

Twarz Tomàsa pociemniała, zacisnął pięści.

— Panna Monterro ma rację; nie wolno Panu jej dotykać bez mojego rozkazu — powiedział niespodziewanie The Black Wolf. — Nikt jej nie dotyka, chyba że ja to nakażę. Czy to jasne?

— Tak, proszę Pana — odparł Tomàs z szacunkiem po krótkiej pauzie. — Wzywać Pana, jeśli odmówi wykonania polecenia, Panie?

— Tak, oczywiście. — Uśmiechnął się lodowatym, triumfującym uśmiechem, powoli przesuwając wzrokiem po Arianie od stóp do głów. — Już nie mogę się doczekać, aż nauczę cię ceny nieposłuszeństwa, Ariana.

Nie zdołała powstrzymać dreszczu odrazy na widok lubieżnego wyrazu jego twarzy. Zauważył to i uśmiechnął się szerzej, choć uśmiech wciąż nie sięgnął jego zimnych oczu.

Gwałtownie się odwróciła i ruszyła do drzwi. Niech myślą, że boi się i ucieka od towarzystwa The Black Wolf; zamierzała w pełni wykorzystać tych kilka sekund przewagi, które właśnie kupowała, by trochę się rozejrzeć.

Pognała lekko po schodach, zanim Tomàs w ogóle wyszedł z gabinetu. Celowo skręciła w złą stronę zamiast wracać do swojego pokoju, który — była prawie pewna — wychodził na front domu, i pobiegła korytarzem prowadzącym w przeciwnym kierunku. Na front może popatrzeć później. Teraz chciała rozejrzeć się i rozpoznać teren jak najlepiej, zanim Tomàs ją dogoni.

Ariana syknęła z bólu, kiedy chwyciła na oślep za pierwszą klamkę, jaką napotkała; prawy nadgarstek piekielnie bolał, już puchł. Ostrożnie, niezgrabnie spróbowała lewą ręką, ale drzwi były zamknięte. Szybko podeszła do następnych; zamknięte.

— *Cholera* — syknęła pod nosem. Co to za paranoiczny skurwysyn zamyka wszystkie drzwi w swoim własnym domu?

— Twój pokój jest tędy — rozległ się za nią chropawy, suchy głos Tomàsa. — To ci nic nie da, Ariana. *El Lobo* wie, że nie jesteś głupia. Nie ma *dokąd* uciec.

— To nie będziesz miał nic przeciwko, jeśli dalej się rozejrzę, prawda? Nie zaszczyciła go nawet spojrzeniem, tylko podreptała do następnych drzwi i też je sprawdziła. Ku jej zaskoczeniu — ustąpiły.

— Jestem pewien, że *El Lobo* nie będzie miał nic przeciwko, jeśli zechcesz poczekać na niego w jego sypialni, ale zdaje się, że to właśnie coś, czego wolałabyś uniknąć. — W głosie Tomàsa zabrzmiał paskudny, poufały chichot.

Ariana wzięła powoli oddech, w myślach policzyła do pięciu i cofnęła się, ponownie zamykając drzwi. Odwracając się do niego, powiedziała chłodno: — Zawsze byłeś aż takim dupkiem?

On zdecydowanie nie panuje nad swoim temperamentem, pomyślała Ariana, gdy wyraz twarzy Tomàsa znów pociemniał. *Może zawsze był aż tak wściekły, a teraz po prostu przestał się wysilać, by to ukrywać...* była to przygnębiająca myśl, którą usilnie starała się od siebie odepchnąć, idąc z powrotem obok niego w kierunku, w którym doskonale wiedziała, że leży jej pokój.

— Potrzebuję lodu i bandaży na nadgarstek — rzuciła przez ramię. — I czegoś przeciwzapalnego, jeśli macie.

— Zrobił ci krzywdę? — Tomàs szedł za nią.

— Nawet nie udawaj, że cię to obchodzi — warknęła Ariana — biorąc pod uwagę, że w najbliższych dniach będziesz mu musiał pomagać odcinać dużo więcej niż tylko moje włosy. Oboje wiemy, że mój ojciec nigdy nie da *El Lobo* tego, czego chce.

— To ty zapłacisz cenę — zauważył Tomàs.

— Patrzyłam, jak moja matka płaci najwyższą cenę tylko po to, żeby kupić mi kilka minut czasu, palancie. Pchnęła drzwi do swojego pokoju, odwróciła się i wbiła w niego wzrok. — Nie boję się. Czy sądzisz, że tylko mężczyźni potrafią stawić czoło torturom i śmierci z odwagą? Idź i przynieś mi lód oraz bandaże.

Trzaśnięcie mu drzwiami przed nosem dało jej ogromną satysfakcję. Stała przez chwilę z dłonią opartą o drewno, oddychając szybko, ale cicho, aż usłyszała, jak jego kroki oddalają się korytarzem.

Pięć minut. Właśnie kupiłam sobie pięć minut... odrywając dłoń od drzwi, Ariana zatoczyła się do łóżka i opadła na nie, zwijając się w malutką kulkę. *Jeśli będę miała szczęście, nikt teraz nie patrzy...*

Serce waliło jej o żebra, a na skórze perlił się pot, gdy uderzył ją pierwszy nawrót wspomnień.

ROZDZIAŁ ÓSMY

— SZEFIE — WŁAŚNIE przyszedł e-mail! — Gutierrez natychmiast przykuł całą uwagę Raula i Jacka.

— Jaki e-mail? — warknął Raul.

Gutierrez poderwał się z krzesła przy biurku, obracając ze sobą laptop. — Rzekomo od porywaczy, szefie. Jest załączone zdjęcie.

— Nie patrz, Raul, daj, ja... — Jack wyciągnął rękę, by go powstrzymać.

— Ona żyje, szefie, i wygląda na to, że nic jej nie jest — powiedział pospiesznie Gutierrez.

— Pokaż mi — zażądał Raul i skinął Jackowi, żeby się odsunął. Obaj spojrzeli na ekran, gdy Gutierrez wyświetlił obraz.

Ariana wściekle wpatrywała się w obiektyw, wargi rozchylone, zęby zaciśnięte. Potężna dłoń, zaciśnięta na jej gardle, unosiła jej podbródek tak, by patrzyła prosto w kamerę; druga dłoń trzymała zwisający kosmyk obciętych włosów przy boku jej twarzy. Poszarpana linia cięcia była aż nadto widoczna.

Szczęka Raula zacisnęła się z wściekłości, ale w jego głosie zabrzmiała duma, gdy powiedział: — Ona się nie da zastraszyć, moja Ari. Nie złamią jej.

— Jesteś głupcem, jeśli w to wierzysz — Jackowi załamał się głos, gdy patrzył na ekran. — Każdego można złamać, Raul. Każdego.

Gutierrez rzucił mu pełne niechęci spojrzenie, ale Raul uniósł rękę, by go uciszyć. — To nie Rangersi, Jack. Ari ma dla nich wartość jako zakładniczka tylko wtedy, gdy będą ją trzymać przy życiu i w dobrym stanie.

— Nie rozumiesz, prawda? — Jack zwrócił się do niego ostro, a ból spuścił jego język ze smyczy. — Ten kłąb włosów jutro najpóźniej trafi tutaj w kopercie, razem z listą żądań. Każdego dnia, kiedy ich nie spełnisz, kolejny kawałek Ari przyjdzie w paczce. I to nie *ją* próbują złamać, Raul. To *ciebie*.

Odwrócił się, niezdolny dłużej patrzeć ani na Raula, ani na zdjęcie Ariany. Pewność, że już nigdy nie zobaczy jej żywej, że porywacze właśnie rozważają, którą część ciała obciąć jako pierwszą, żarła go od środka jak kwas. Szybkim krokiem przeszedł przez biuro do prywatnej łazienki Raula, pchnął drzwi i trzasnął nimi za sobą, po czym pochylił się nad sedesem i zwymiotował do sucha, aż go wykręcało.

Kiedy Jack wyszedł, Raul był w biurze sam.

— Gdzie jest Gutierrez? — zapytał Jack.

— Tropi dla mnie trochę informacji. Więc jesteś zakochany w mojej córce.

Jack znieruchomiał w pół kroku, zastanawiając się, co, u diabła, go zdradziło — a potem zorientował się, że nawet jeśli starszy mężczyzna tylko wędkował, jego reakcja właśnie potwierdziła podejrzenia Raula.

Raul skinął głową. — Skłaniałem się do tego przypuszczenia już sześć lat temu. Skoro od tamtego dnia jej nawet nie widziałeś — a wiem o tym *bardzo* dobrze, dzięki Elliotowi — mogę tylko dojść do wniosku, że robiłeś wszystko, by zachować się honorowo.

Jack nie miał pojęcia, co powiedzieć. *'Nigdy jej nie tknąłem'* byłoby kłamstwem, zwyczajnym i bezczelnym, a Raul złapał go zupełnie bez gardy, więc tylko stał i w końcu wzruszył ramionami. — Nie była przeznaczona dla kogoś takiego jak ja. Jestem tylko żołnierzem.

Raul uniósł brwi, po czym parsknął z drwiną. — Nigdy nie poznałeś mojej żony. Luisa spoliczkowałaby cię za takie głupstwo, ale miała skłonność do dramatyzowania. Była aktorką, wiesz?

Jack mrugnął, zaskoczony. — Nie, nie wiedziałem. Była tutaj, w Guàlize, wielką gwiazdą?

— Nie. Była statystką. Zatrudnianą do stania w tle. Och, marzyła, oczywiście, chciała zrobić karierę. Gdy się poznaliśmy, wciąż praktykowałem prawo, byłem zastępcą prokuratora z żarliwym pragnieniem, by oczyścić mój kraj. Na przyjęciu była świadkiem zabójstwa na zlecenie kartelu. Innymi słowy: egzekucji. — Oczy Raula zaszkliły się, gdy wspominał miłość swojego życia.

Jack milczał, słuchając, zastanawiając się, co Raul próbuje mu przekazać.

— Luisa bała się zeznawać. Wtedy w Guàlize wszyscy bali się karteli narkotykowych, nawet bardziej niż dziś. Nie mogłem obiecać jej, że dam radę ją ochronić; wiedziała, że byłaby to niedorzeczna bujda, gdybym spróbował. — Raul otrząsnął się z zadumy i spojrzał prosto na Jacka. — Zakochałem się w niej w chwili, gdy ją zobaczyłem, Jacku. Zrobiłem coś, czego nie zrobiłem nigdy wcześniej ani później: kazałem świadkowi skłamać w sądzie. Powiedziałem Luisie, żeby zeznała, że nie pamięta, co widziała, albo żeby źle rozpoznała zabójcę — cokolwiek, byle kartel nie poszedł po jej głowę. Sama myśl, że mogłaby zginąć, była dla mnie nie do zniesienia, a spędziłem w jej towarzystwie zaledwie kilka minut.

Jack nie był w stanie wydusić z siebie słowa, gdy oczy Raula przygwoździły go do miejsca.

— Luisa powiedziała mi później, że poszła do domu i zrobiła o mnie research, pytała po całej okolicy, jakim jestem człowiekiem. Słyszała tylko historie o sprawiedliwym prokuratorze, który bił się jak diabeł, by wsadzić winnych, ale nie oskarżał, kiedy brakowało dowodów, o człowieku, który nie brał łapówek, którego nie dało się kupić.

— Musiała się zastanawiać, dlaczego, u diabła, kazałeś jej kłamać — zauważył Jack.

— Poszła do kościoła i modliła się do Boga, by powiedział jej, co ma robić. A kiedy nadszedł proces, spojrzała zabójcy prosto w oczy i wskazała go jako człowieka, który pociągnął za spust.

Jack pokręcił z niedowierzaniem głową. — I tak zaufała, że ją ochronisz.

— Nie, Jacku, nie tak. Powiedziała mi, że nie mam szans wygrać wojny, którą toczyłem, jeśli nikt nie stanie u mego boku. „Jestem córką Guàlize" — powiedziała — „i jeśli umrę, by ją chronić, uznam to za dobrze przeżyte życie". — Raul odwrócił się, podszedł do biurka i wziął w ręce oprawione w srebro zdjęcie żony, które zawsze stało tak, by je widział. — Luisa jeszcze kilka razy w kolejnych miesiącach świadomie wystawiała się na niebezpieczeństwo, stając się kuszącą przynętą, gdy współpracowała z policją i moim urzędem, wiedząc, że kartel nie przestanie za nią chodzić, dopóki nie zostaną złamani, dopóki nie będą w ucieczce, mając na głowie znacznie większe problemy niż jedna świadek, która nie chciała trzymać języka za zębami.

— Musiała być niesamowitą kobietą — powiedział Jack z głębokim szacunkiem w głosie.

— Och, była. Była. — Raul uśmiechnął się czule do fotografii, po czym odstawił ją na miejsce. — Ale kiedy się z nią ożeniłem, już po tym, jak awansowano mnie na prokuratora okręgowego, bo pomogła mi udowodnić, że mój szef brał pieniądze od kartelu, prasa wciąż powtarzała, że była tylko aktorką.

Jack wreszcie zrozumiał, dokąd zmierza ta opowieść. Otworzył usta, sam nie wiedząc, co powie, ale Raul mówił dalej, nie dając mu dojść do słowa.

— Więc nigdy więcej nie mów mi, że jesteś „tylko żołnierzem". Byłbym bardzo dumny, gdyby moja córka wyszła za takiego mężczyznę jak ty, Jacku McAuley. Nie ma nikogo, i mam na myśli *nikogo*, komu bardziej zaufałbym, by mi ją odzyskał. A powiedziałbym to nawet zanim byłem pewien, co do niej czujesz, tak przy okazji.

— Nie mogę obiecać, że ją odzyskam — wreszcie odzyskał głos Jack. — To byłoby takim samym kłamstwem, jak gdybyś powiedział Luisie, że ochronisz ją przed kartelami. Ale *mogę* ci obiecać, że, do cholery, będę walczył do śmierci, jeśli będzie trzeba.

— Wiem, że będziesz — powiedział po prostu Raul, odwracając się z powrotem do biurka. — Nie usłyszałeś wszystkiego, co dał nam e-mail. Podpisano go jako *El Lobo Negro*.

Jack już wcześniej słyszał to imię. *El Lobo Negro* był cieniem, a jednak zdołał trafić na całkiem sporo listy najbardziej poszukiwanych. Zaskoczony, podszedł za Raulem do biurka i pochylił się, by spojrzeć na komputer.

— Masz jakiś sposób, żeby to potwierdzić?

— Nie, ale nie przychodzi mi do głowy nikt inny, kto miałby w Guàlize zasoby — i taką zwyczajną *bezczelność* — by to przeprowadzić. Kazałem Gutierrezowi wyszukać wszystko, co mamy o działalności The Black Wolf w promieniu stu mil od miejsca lądowania.

— Chcesz, żebym zadał to samo pytanie wywiadowi USA? — zapytał Jack.

— Oddaję to dochodzenie w twoje ręce, Jacku — powiedział Raul cicho. — Ty lepiej wiesz ode mnie, czy twój kraj może mieć informacje, które nam pomogą. Nie obchodzi mnie, co będziesz musiał zrobić, kogo zapytać, jakie przysługi obiecać; poprę cię na każdym kroku. Zasoby Guàlize są do twojej dyspozycji. Po prostu sprowadź moją córkę do domu.

— To bardzo duże zaufanie, Raul — powiedział Jack, gdy odzyskał oddech.

— Komu mam zaufać bardziej, by sprowadził Arianę do domu, niż mężczyźnie, który ją kocha? — rzucił na odchodne Raul, gdy zadzwonił telefon na jego biurku i podniósł słuchawkę. — *Buenas tardes* — powiedział, gestem wskazując Jackowi, żeby wziął laptop i przeszedł do stolika i krzesła po drugiej stronie pokoju.

Raul prowadził szybką rozmowę po hiszpańsku z kimś o imieniu Carlos; Jack starał się to wyłączyć, usiadł z laptopem i dokładnie przeczytał e-mail. Zdjęcie Ariany było już zamknięte, co było ulgą; nie był pewien, czy mógłby na nie teraz znów spojrzeć, nie rozsypując się.

Załączony e-mail był oczywiście po hiszpańsku, ale wystarczająco długo uczył się języka, by się w nim połapać.

'Jestem pewien, że zdążył pan już sobie uświadomić, ministrze Monterro, że pańska córka nie nie żyje; jest gościem w moim domu i będzie traktowana dobrze, o ile zastosuje się pan do moich żądań. Pierwsze żądanie zostanie doręczone jutro wraz z dowodem życia pańskiej córki.'

Podpisał, jak mówił Raul, *El Lobo Negro*.

Jack był pewien, że Raul kazał Gutierrezowi zorganizować ludzi do namierzania źródła; był równie pewien, że NSA zrobi to szybciej. Szybko przekazał e-mail podpułkownikowi Cullane'owi, dopisując notkę. *'Mam nadzieję, że w NSA też ktoś jest twoim dłużnikiem, Brody. Musimy znaleźć tego gościa jak najszybciej. Jack.'*

Kliknięcie odkładanej słuchawki sprawiło, że podniósł wzrok. Raul patrzył na niego z półuśmiechem. — Wygląda na to, że nie będziesz zbytnio potrzebował pomocy Guàlize, Jacku.

— Co masz na myśli?

— Masz gości. — Raul podszedł do drzwi i je otworzył, gestem zapraszając. — Wchodźcie.

Do środka weszło trzech mężczyzn po cywilnemu, wszyscy uśmiechnęli się szeroko na widok Jacka. Poza mundurem nie zasalutowali, ale skinęli głowami z szacunkiem, zanim jeden z nich powiedział: — Miło cię widzieć, kapitanie.

— Co ty do diabła tu robisz, Hunter? — powiedział Jack z niedowierzaniem, podnosząc się z krzesła.

— Jesteśmy na urlopie, szefie — odparł bez mrugnięcia Hunter.

— Na urlopie — *tutaj*. Akurat wtedy, gdy porwano Arianę Monterro — powiedział Jack z niedowierzaniem.

— Prawdziwy zbieg okoliczności, co? Słyszeliśmy, że może przyda ci się pomoc. — Hunter wzruszył ramionami. — Pomyśleliśmy, że wpadniemy.

— Założyłbym się, że przysłał was pułkownik Cullane — skwitował sucho Raul.

Cała trójka posłała mu niewinne spojrzenia. — Nie bardzo wiadomo, o co chodzi, szefie. Jesteśmy na urlopie — powtórzył Hunter, wyraźnie zdeterminowany, by trzymać się swojej kompletnie nieprawdopodobnej wersji.

— To porucznik Hunter, sierżant Mostyn i sierżant Diaz, szefie — Jack dał za wygraną i ich przedstawił.

— Cieszę się, że was poznaję, panowie — powiedział Raul. — I cieszę się, że kapitan McAuley będzie miał doświadczoną pomoc, jakiej potrzebuje. Gutierrez załatwi ci wszystko, czego trzeba, Jacku — dodał. — Wystarczy powiedzieć słowo i gotowe.

— Dokąd idziesz, Raul? — zapytał Jack, gdy Raul skierował się do drzwi.

— Muszę zdać prezydentowi relację z sytuacji. Wrócę za godzinę. I tak, jestem *całkiem* bezpieczny w Pałacu Prezydenckim, dziękuję bardzo, panowie — dodał, gdy Hunter i Diaz zerknęli na Jacka i zrobili krok w stronę Raula. Rozejrzeli się, próbując wyglądać niewinnie, wcale nie tak, jakby zamierzali pójść za nim, by dopilnować jego bezpieczeństwa. Raul przewrócił oczami z lekkim uśmiechem i wyszedł z pokoju.

— No więc — odezwał się Hunter, gdy drzwi cicho się zamknęły — jaki jest plan, szefie?

— Odzyskamy Arianę Monterro i zabijemy absolutnie każdego skurwiela zamieszanego w jej porwanie — powiedział Jack płasko. — Oficjalnie, z punktu widzenia rządu Stanów Zjednoczonych, jesteśmy tu wyłącznie po to, by konsultować i wspierać miejscowych w charakterze doradców. Nieoficjalnie, pułkownik uruchamia wszystkie możliwe kontakty, żeby zdobyć dla nas informacje.

— A miejscowi? — zapytał ostrożnie Mostyn. — Monterro wygląda na dość przyjaznego.

— Powierzył mi dowodzenie dochodzeniem i akcją odzyskania panny Monterro. Guàlizanie zadbają, byśmy mieli każdy sprzęt, jakiego możemy potrzebować, i w razie potrzeby dodatkowych ludzi.

Trzej nowo przybyli spojrzeli po sobie, unosząc brwi, ale byli zbyt dobrze wyszkoleni, by kwestionować słowa Jacka. — Czyli jesteśmy w istocie usankcjonowanymi najemnikami na czas operacji, szefie? — upewnił się Hunter.

— Zgadza się. Jeśli ktoś ma z tym problem, jestem pewien, że potrafi wrócić do Stanów tą samą drogą, którą przyjechał.

Odpowiedziały mu trzy wzruszenia ramion, a Jack uśmiechnął się. Znał tych ludzi. Hunter mógł sprawiać wrażenie zuchwałego i pyszałkowatego, ale był na szybkiej ścieżce do awansu, znakomity oficer nawet jak na standardy Rangersów, a Mostyn i Diaz należeli do najlepszych podoficerów w pułku. Trudno mu było uwierzyć, że podpułkownik Cullane przysłał mu ich wszystkich trzech, ale możliwe, że Cullane mógł wysłać tylko trzech ludzi i poprosił o ochotników.

— W każdym razie cieszę się, że jesteście — powiedział szczerze. — Na razie nie mamy celu, ale mam nadzieję, że to kwestia niedługiego czasu. Monterro zadba, byśmy byli dobrze uzbrojeni, a jeśli przyjdzie co do czego, będzie też wsparcie armii Guàlize.

— Myśleliśmy, że to my jesteśmy odwodem, szefie. — Hunter posłał mu psotny uśmiech. — Założyliśmy, że wystarczy, żebyśmy ci potrzymali płaszcz.

Tamten był nieposkromiony; mimo żalu i niepokoju Jack uśmiechnął się w odpowiedzi. — Mam taką nadzieję, poruczniku. Naprawdę mam taką nadzieję.

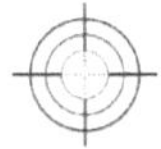

Gutierrez znalazł im pokoje w pobliskim hotelu i podrzucił ich tam, by mogli zjeść i odpocząć. Jack wiedział, że nie zaśnie, ale wiedział też, że musi spróbować, bo nie miał pojęcia, kiedy zostaną wezwani do akcji. Siedząc z resztą w restauracji, patrzył na menu nieprzytomnym wzrokiem, nie potrafiąc przestać zastanawiać się, co robi Ariana. Czy je? Czy The Black Wolf ją krzywdzi?

— McAuley!

Stanowcza dłoń na jego nadgarstku szarpnęła go z powrotem do teraźniejszości i mrugnął, orientując się, że Hunter o coś pyta. — Wybacz, byłem myślami gdzie indziej.

— Widziałem. Co zamawiasz? — Hunter skinął na kelnera, który stał przy stoliku z notesem w ręku.

— Och. — Nawet porządnie nie spojrzał na menu. — Poproszę stek. Średnio wysmażony, z sałatką ogrodową?

Na szczęście wyglądało, że jest w karcie, bo kelner tylko przyjaźnie skinął i zabrał jego menu razem z pozostałymi.

— Napoje? — upewnił się, spoglądając z zaskoczeniem, gdy cała czwórka zamówiła wodę. Z możliwością konieczności wszczęcia akcji ratunkowej w każdej chwili nikt z nich nie ryzykowałby alkoholu, dopóki to się nie skończy.

— No to — zaczął wesoło Hunter, kiedy kelner przyniósł wodę i koszyk bułek — opowiedz nam o swojej dziewczynie, kapitanie.

Jack o mało nie prychnął właśnie łykiem wody nosem i zmierzył tamtego spojrzeniem. Hunter bezwstydnie się uśmiechnął.

— Ten twój zuchwały jęzor kiedyś wpędzi cię w kłopoty, poruczniku — warknął w końcu Jack, sięgając po bułkę. Widział, jak obaj sierżanci uśmiechają się kątem ust, i postanowił nie reagować na ich życzliwe przekomarzanki. Obecność tych trzech doświadczonych Rangersów, których dobrze znał i na których mógł absolutnie polegać, znacząco zwiększała szanse powodzenia misji odzyskania Ariany. O ile w ogóle znajdą miejsce, z którego będzie można ją *odzyskać*. Posępnie rozkruszył bułkę w palcach.

— Mylimy się, szefie? — zapytał po chwili milczenia Hunter. — To nie twoja dziewczyna?

Westchnąwszy, Jack strząsnął okruchy na talerz. — Nie, nie jest moja. — Podniósł wzrok i spotkał spojrzenie Huntera. — Ale jeśli jej nie odzyskamy, nie jestem pewien, czy zostanie mi po co żyć.

— Jasne, szefie — skinął Hunter, a Mostyn i Diaz powtórzyli gest. — Odzyskamy ją, całą i zdrową... a potem będziesz mógł pracować nad przekonaniem panny Monterro, że *jednak* chce być twoją dziewczyną.

— Przestań, póki prowadzisz, Hunter. — Jack posłał mu udawanie groźne spojrzenie, co wcale nie stłumiło porozumiewawczego uśmiechu Huntera, ale przynajmniej uciszyło jego docinki.

Chwilę później podano ich posiłki i cała czwórka zabrała się do jedzenia. Jack nie był głodny, mimo doskonałej jakości dania, które przed nim postawiono, ale zmuszał się, by zjeść tyle, ile da radę przełknąć. Popychał ostatni kawałek steku po talerzu widelcem, zastanawiając się, czy zdoła go wepchnąć, gdy w kieszeni zawibrował telefon. O mało nie rozerwał tkaniny, wyciągając go, ale na ekranie widniał tylko komunikat: *no news. get some rest.*

Szczęka Jacka się zacisnęła. Odsuwając talerz, schował telefon do kieszeni i na pytające spojrzenie Huntera odpowiedział krótkim ruchem głowy.

— Pośpiesz się, żeby czekać — skwitował Hunter, odchylając krzesło na dwa tylne nogi. — Historia mojego życia.

To była historia życia każdego żołnierza. Tym razem jednak czekanie miało być gorsze niż wszystkie, jakich Jack dotąd doświadczył, bo jego umysł nie chciał zamilknąć, nie przestawał wyobrażać sobie, co Ariana może przechodzić z rąk *El Lobo Negro* i jego bezwzględnych pomagierów.

Jack znał najgorsze, co może się wydarzyć. Widział to na własne oczy, a Ariana także — sześć lat temu, przy ich pierwszym spotkaniu. Nigdy nie zapomni widoku zakrwawionego, skatowanego ciała Luisy Monterro, gdy wynosił Arianę z tamtego miejsca, robiąc wszystko, by oszczędzić jej tego widoku.

Rozdział dziewiąty

Skulona na łóżku, z ramionami zaciśniętymi wokół kolan, usiłując zawrócić się znad krawędzi pełnoobjawowego ataku paniki, Ariana nie mogła powstrzymać umysłu przed ucieczką do wspomnień ostatniego porwania. To miały być cudowne rodzinne wakacje na Anguilli, odprężający tydzień z dala od presji związanych z nowym stanowiskiem jej ojca w ministerstwie sprawiedliwości.

Zatrzymali się w prywatnej willi należącej do przyjaciela, rozkoszując się plażą i ciepłymi, krystalicznymi wodami Karaibów. Raul wybrał się parę razy na ryby na luksusowym jachcie przyjaciela i właśnie podczas jednej z takich popołudniowych wypraw sielanka w willi została przerwana. Guàlizeańscy rebelianci, partyzanci pragnący obalić rząd, wdarli się do willi i wzięli Luisę i Arianę Monterro jako zakładniczki.

Ariana pamiętała zbyt wiele z tego okropnego popołudnia. Była pewna, że nikt nie przyjdzie z pomocą; Anguilla była turystycznym rajem z mizerną policją, a co dopiero z jednostkami paramilitarnymi wyspecjalizowanymi w odbijaniu zakładników. Części obsługi willi udało się uciec i pewnie wszczęli alarm, ale co to miało dać? Z rozpaczą słuchała, jak przywódca partyzantów dzwoni do prezydenta Guàlizei, żądając uwolnienia skazanych terrorystów — żądań, które nie miały prawa zostać spełnione, niezależnie od tego, co zrobiliby zakładnikom.

Luisa tuliła córkę mocno, szepcąc jej do ucha, że wszystko będzie dobrze, kiedy Ari aż nadto dobrze wiedziała, że nie będzie. Twarde, wyrachowane spojrzenia partyzantów, ich szydercze uśmieszki; sposób, w jaki ich przywódca przesuwał wzrokiem po jej ciele, mówiły jasno, że nic z tego — wcale nie będzie dobrze.

Zacisnęła powieki, gdy uderzył ją nawrót wspomnień. Jej matka, podnosząca się, odpychająca Ari, kiedy jeden z partyzantów chwycił Arianę za ramię. Oferująca siebie w miejsce córki, celowo rozdzierająca bluzkę, by odsłonić wciąż piękną figurę, mówiąca partyzantom, że nie będzie się bronić, byle tylko zostawili Arianę w spokoju.

— Nie — wyszeptała Ari, chcąc zaprzeczyć temu, co się wydarzyło. Temu, że była zbyt przerażona, zbyt tchórzliwa, by się ruszyć, podczas gdy jej matka pozwalała mężczyznom brać ją jeden po drugim, a Ariana kuliła się w kącie, zaciśniętymi powiekami próbując odciąć się od ich jęków i sapań.

Aż na zewnątrz rozległy się strzały, charakterystyczna seria wojskowych automatów.

— Suka celowo nas opóźniała! — wrzasnął jeden z partyzantów, i pierwszy z tuzina noży przebił ciało Luisy Monterro, a jej pełne udręki krzyki do dziś, sześć lat później, dudniły w uszach jej córki.

Ari wzięła drżący oddech. Odsunęła ręce od uszu. Żadnych strzałów. Żadnych krzyków. Żadnego zakrwawionego, martwego ciała matki, jej bezwładne, brązowe oczy błagające ją niemo. Była sama. I tym razem Jack nie wyważy drzwi kopnięciem ani nie wrzuci do pokoju granatu hukowo-błyskowego.

Oślepiona i ogłuszona, Ari odzyskała przytomność, gdy wynoszono ją z budynku w ramionach potężnego żołnierza. Odruchem zaczęła słabo się szarpać.

— Wszystko w porządku — powiedział mężczyzna niskim, chrapliwym głosem. — Jest pani bezpieczna, pani Monterro. Pani ojciec nas przysłał.

Zmrużyła oczy i zobaczyła, że otacza ich grupa ciężko uzbrojonych żołnierzy w mundurach polowych i piaskowych beretach. — Kim pan jest? — wychrypiała.

— Porucznik James McAuley, 4. batalion, 67. Rangersów Armii — odparł równym tonem, spojrzał na nią i uśmiechnął się. — Ale może mi pani mówić Jack. Tytuł i nazwisko brzmią trochę przydługo.

Czy to była młodzieńcza fascynacja, czy może odrobina kultu bohatera? zastanawiała się teraz Ari. Tak czy inaczej, uczepiła się Jacka nawet wtedy, gdy Rangersi odprowadzili ją do wdzięcznego, a zarazem pogrążonego w żałobie ojca — przylecieli śmigłowcem z pobliskiego Portoryko, gdzie prowadzili ćwiczenia, gdy władze Anguilli wystosowały do rządu USA desperacką prośbę o pomoc.

I Jack przy niej został; pociągnięto za odpowiednie sznurki, by tymczasowo zwolnić go z obowiązków, a on strzegł Ari z oddaniem, przy jej boku w każdej świadomej chwili, nie wiadomo kiedy sypiając, bo nieraz, gdy budziła się w nocy z krzykiem, był niemal natychmiast przy niej; wchodził i swoim chrapliwym głosem mówił, że jest bezpieczna, że nie pozwoli nikomu jej skrzywdzić, podczas gdy ona trzymała się go jak koła ratunkowego, mocząc łzami jego mundur.

Raul błagał Jacka, by odszedł z Rangersów i na stałe stanął na czele ochrony Ari, i była niemal pewna, że on to rozważał. Zbliżał się koniec jego obecnego kontraktu — jak pamiętała, został mu niecały rok. Ale oczywiście to, co zrobiła w noc pogrzebu matki, położyło temu kres.

Trzymała się przez cały dzień wyłącznie dla dobra ojca. Raul wyglądał na zdruzgotanego, udręczonego żałobą. Stała przy nim prosto, ze łzami spływającymi po policzkach, ale smukłe ciało się nie uginało, siłę czerpała z cichej, solidnej obecności Jacka tuż za plecami — w cywilnym garniturze, a wciąż groźny jak w pełnym rynsztunku, z mrocznym grymasem, który odstraszał każdego, kto podchodził zbyt blisko.

A potem, gdy Mamę złożono w rodzinnym mauzoleum Monterro, gdy Raula odprowadził Prezydent, sam ze złamaną twarzą, Ari stała samotna i zagubiona, kołysząc się, aż otoczyło ją silne ramię Jacka.

— Chodźmy, pani Monterro. Odwiozę panią do domu.

Do domu, gdzie wszystko przypominało Mamę. Do domu, gdzie chciała tylko płakać, krzyczeć i złorzeczyć niesprawiedliwemu światu, w którym kobiety cierpią i umierają w wojnach mężczyzn. Jakoś tak jej żałoba zamieniła się w furię i rzuciła się na Jacka, okładając jego szeroką pierś drobnymi piąstkami i bełkocząc w napadzie łez. Wymienił jedno spojrzenie z pozostałymi ochroniarzami i bezceremonialnie zarzucił ją sobie na ramię, niosąc do jej prywatnych apartamentów, mimo że kopała i krzyczała. Posadził ją na kanapie i stanął nad nią, patrząc w dół.

— No. Teraz możesz robić, co chcesz, i nie zrobisz z siebie pośmiewiska. Nikomu nie powiem, Ari. Krzycz, ile chcesz, uderz mnie, jeśli musisz, wyładuj się na mnie. Nie mam nic przeciwko.

Jego stoicka zgoda coś w niej złamała, coś dzikiego, i podskoczyła, stając na oparciu, by zrównać się z nim wzrostem, wreszcie mogąc spojrzeć prosto w jego zielone oczy. — A jeśli właśnie tego chcę? — zapytała, chwytając go za szerokie ramiona, po czym pochyliła się, by go pocałować.

Zaskoczony, Jack odsunął się. — Ari... — zdążył tylko powiedzieć, zanim oplotła mocno jego szyję, ponownie przywierając ustami do jego ust.

Potem już jej nie opierał się, nie wtedy, gdy zaczęła szarpać mu krawat, zrywać guziki koszuli, usiłując ściągnąć z niego ubranie. Jego silne palce delikatnie odsuwały jej dłonie, a on sam zdejmował to, czego tak rozpaczliwie chciała, by zniknęło, pokazując jej to, co pragnęła zobaczyć — grube mięśnie jego torsu, siłę elitarnego żołnierza, przywykłego do wielodniowych marszów z ciężkim plecakiem pełnym broni i amunicji.

— Jesteś pewna? — zapytał ją jeszcze raz. Ari kiwnęła głową, szarpiąc zamek sukienki, klnąc pod nosem, gdy się zacinał, aż znów przejął stery — przesunął się za nią i delikatnie rozsunął suwak. Powoli musnął ustami jej ramię, zsuwając rękawy z jej ramion. Powieki Ariany zadrżały, gdy odpiął stanik, a dłonie powędrowały z przodu, by lekko ująć jej piersi.

Jack nie mógł się nadziwić, jak miękka była skóra Ariany pod jego zgrubiałymi, spracowanymi dłońmi; jej piersi były jedwabiście gładkie, poza sutkami — twardymi jak małe jagódki między jego opuszkami, gdy muskał je i lekko podszczypywał, sprawdzając, jak bardzo jest wrażliwa, jak mocnego dotyku pragnie. Jej cichy jęk powiedział mu, że podąża dobrym tropem, a kiedy wyszeptała jego imię i zadrżała, opierając potylicę o jego ramię, zupełnie stracił głowę.

— Ari — wyszeptał ochryple, opuszczając dłonie z jej piersi tylko po to, by podnieść ją w ramionach, mimo że cicho zaprotestowała. Niosąc ją lekko do łóżka, ułożył na jedwabnych prześcieradłach i z zachwytem spojrzał na nią, gdy wyciągnęła do niego ręce.

— Chodź do mnie, Jacku...

W tamtej chwili nie potrafiłby jej odmówić niczego. Klęknął obok na łóżku, sięgnął, by zdjąć jej buty, i powoli przesunął dłonie w górę jej smukłych łydek. Zamknęła oczy i uśmiechnęła się, unosząc biodra, by ułatwić mu zdjęcie sukienki, majtek, podwiązek podtrzymujących przejrzyste pończochy.

— Jesteś taka piękna... — krucha i delikatna, była najdoskonalszą istotą, jaką Jack kiedykolwiek widział. Przestraszony, by jej nie skrzywdzić, zawahał się, dopóki nie chwyciła jego dłoni i nie przyciągnęła jej z powrotem do swoich piersi, szepcząc: — Proszę, Jacku.

Wszelkie wahania zniknęły; zrzucił buty, położył się obok niej i przyciągnął ją do swoich ramion. Cichy głosik w tyle głowy szeptał, że robi głupstwo, ale Jack nie zamierzał słuchać sumienia — nie wtedy, gdy Ariana była ciepła i chętna w jego objęciach, jej smukłe dłonie z zapałem badały jego pierś i ramiona, a z jej gardła wymykały się odgłosy rozkoszy, gdy pieścił jej piersi. Wygięła się ku niemu; zdeterminowany, by dać jej przyjemność, zsunął się niżej, objął ustami jeden sterczący sutek, przez kilka chwil muskał go językiem drażniąco, po czym zamknął na nim wargi i zaczął ssać.

Ariana krzyknęła, przesuwając palcami po jego krótko przyciętych włosach, paznokciami lekko wbijając się w skórę, dając mu do zrozumienia, że chce więcej, by nie przestawał. Jedna duża dłoń przesunęła się delikatnie w dół po jej brzuchu, rozchyliła kępkę jedwabistych czarnych loczków u zbiegu ud, sięgając niżej. Jej kolana rozchyliły się, biodra uniosły, a Jack jęknął, gdy poszukujące palce znalazły ją już mokrą, a jej śliskość oblepiła mu opuszki.

Odchyliła głowę, kiedy przyłożył czubek palca wskazującego do jej łechtaczki, pocierając szybkim, ciasnym kółkiem, które pchnęło ją błyskawicznie w górę; paznokcie rozorały mu ramiona. Wciąż lizał i ssał jej piersi, podczas gdy ten nieubłagany palec niósł ją dalej, drażniąc i pobudzając, aż krzyczała bezładnie, błagała desperacko o więcej, usiłując przyciągnąć go bliżej.

Jedna długa, smukła noga zarzuciła mu się na biodro, Ariana szarpała Jacka rozpaczliwie. — Proszę, Jacku, proszę — zaszlochała. — Potrzebuję cię, proszę...

Przynajmniej mógł mieć pewność, że ona niepomyliła go z kimś innym, pomyślał niewyraźnie Jack, odsunąwszy się odrobinę.

— Spokojnie — uspokajał —, dam ci to, czego chcesz, skarbie. Ale nie będę się spieszył; zasługujesz na więcej, zasługujesz na wszystko dobre, co mogę ci dać.

— Proszę, potrzebuję...

— Wiem, czego potrzebujesz, skarbie — powoli całował jej brzuch, smakując ją, kreśląc językiem zalotne wzory na skórze. Objął jej kolana dłońmi, przesunął się niżej i uniósł je na swoje barki, zamykając jej uda po obu stronach swojej głowy. — Też ci to dam — szepnął Jack, muskając zębami delikatne zagięcie, gdzie wewnętrzna strona uda łączy się z ciałem, po czym przesunął dalej językiem, powoli sunąc po jej wargach.

Ariana odpływała w cichym oparze wspominanej rozkoszy, gdy jej umysł odklejał się od nieprzyjemnej przyszłości, która na nią czekała, i przenosił ją z powrotem do tamtej dawnej nocy błogości w ramionach Jacka. Cieszyła się ponad miarę, że nigdy nie powiedziała mu prawdy — że był jej pierwszym — bo była absolutnie pewna, że wtedy by przestał. Nie pokazałby jej, jaką ekstazę mogą odnaleźć kochankowie, jakiej namiętności *ona* jest zdolna.

Jack był całkowicie bezinteresowny, zdeterminowany, by dać jej przyjemność — i cóż to była za przyjemność! Jego wprawne dłonie i usta prowadziły ją raz po raz na skraj, zanim wreszcie pozwolił jej spaść; a kiedy spadała, czekał, by złapać ją w silne, stabilne ramiona. W końcu zsunął spodnie od garnituru, wyciągnął z portfela prezerwatywę i nałożył ją, chroniąc ją, choć ona była już daleko poza tym, by się tym przejmować.

Rozpalił ją do niemożliwości i nie poczuła bólu, gdy wszedł w nią delikatnie, ostrożnie — choć to był jej pierwszy raz. Zachęcił ją, by oplotła go nogami w pasie, i trzymał jej biodra mocnymi dłońmi, gdy wiła się pod nim.

— Spokojnie, skarbie — wyszeptał znowu, pot kroplił mu czoło, aż wreszcie sam nie mógł dłużej się opierać ekstazie, która i jego zalewała. — *Ariana* — zabrzmiało to na jego ustach niemal jak modlitwa, gdy zaczął poruszać się w niej, wznosząc ją z powrotem na ten pułap ekstazy, gdzie wszystko znikało, a zostawała tylko rozkosz kipiąca głęboko w jej ciele, szorstkość włosów na jego piersi drażniąca jej sutki, jego gorąca skóra ślizgająca się po jej skórze, jej imię na jego ustach, kiedy krzyknął i przycisnął się do niej z całej siły.

Może dziewczyna zawsze wspomina swojego pierwszego kochanka z czułością, pomyślała kapryśnie Ariana; ale Jack był czymś znacznie więcej.

Był tym, który mi się wymknął.

ROZDZIAŁ DZIESIĄTY

Leżąc w ciemności, Jack miał wrażenie, że sen jest od niego bardzo daleko. Leżał z szeroko otwartymi oczami, śledząc, jak po suficie przesuwają się refleksy świateł samochodów przejeżdżających ulicą za oknem.

Po kolacji czterech Rangerów rozeszło się do hotelowych pokoi, świadomi, że powinni wypocząć, póki mają ku temu okazję. Jako zawodowi żołnierze byli przyzwyczajeni do drzemek w przelocie, już dawno nauczyli się zasypiać na zawołanie, nawet w bardzo niewygodnych pozycjach.

Jack nie rozumiał więc, dlaczego sen właśnie teraz go omijał. Zacisnął powieki i liczył barany, robił ćwiczenia oddechowe, aż w końcu wstał z łóżka i wycisnął sto pompek, najszybciej, jak potrafił.

Potem stanął przy oknie i patrzył na mijający ruch uliczny, oddychając powoli, czując, jak tętno wraca do zwykłego, równego rytmu. Próbował opróżnić głowę, przygotować się do snu, ale uparta, natrętna myśl wciąż przeciskała się na pierwszy plan świadomości.

Ostatni raz, gdy byłem w tym mieście, byłem z Arianą.

Nie spodziewał się, że w ogóle trafi do Guàlize. Jak większość krajów Ameryki Południowej, Guàlize utrzymywało z USA ostrożne relacje. Armie obu państw brały wcześniej udział we wspólnych ćwiczeniach, choć nigdy na terytorium Guàlize, a chociaż Guàlize wysłało kontyngent do Iraku i Afganistanu oraz wspierało wiele operacji ONZ, Jack nie mógł powiedzieć, by kiedykolwiek pracował bezpośrednio z ich żołnierzami.

Kiedy ówczesny kapitan Brody Cullane dostał telefon z góry, że jego oddział Rangerów, w trakcie szkolenia w dżungli na Portoryko, jest najbliższą potencjalną siłą reagowania na poważny incydent na Anguilli, Jack był pełen niedowierzania, ale wskoczył do pierwszego śmigłowca jak na profesjonalnego żołnierza przystało.

Najmniej spodziewał się znaleźć w szturmowanej willi przerażoną, straumatyzowaną dziewczynę, szlochającą nad zakrwawionym ciałem matki. Ariana nawet nie zdawała sobie sprawy, jak blisko śmierci sama się znalazła; Jack wpakował dwie kule w głowę partyzanta, który był już o włos od wbicia bojowego noża w plecy Ariany.

Ogłuszył ją granat hukowo-błyskowy, który wrzucił do środka, by zyskać element zaskoczenia; jej brązowe oczy były szeroko otwarte, źrenice nieostre, uszy z pewnością dzwoniły jej z szoku. Nie miał pewności, czy w ogóle go widzi. Skulona na podłodze, musiał mu się wydawać olbrzymem górującym nad nią, jeśli cokolwiek dostrzegała, więc przewiesił karabin na plecy, rozłożył dłonie, kucnął i spróbował wyglądać jak najmniej groźnie.

— Pani Monterro? — Nie miał nawet pewności, czy mówi po angielsku, a jego hiszpański był na poziomie licealnym i na tyle słaby, że i tak mogła go nie zrozumieć. —

Nazywam się Jack. Jestem tu, żeby panią stąd wyprowadzić.

Meldunki na łączności taktycznej w uchu mówiły mu, że willa jest już zabezpieczona, więc ujął ją pod ramię, by pomóc jej wstać, ale nie wyglądało, jakby była w stanie utrzymać się o własnych siłach. Licząc, że nie jest ranna, Jack podniósł ją i wziął na ręce; zaskoczyło go, że rozluźniła się i oparła głowę na jego ramieniu.

— Mam pannę Monterro — powiedział, kierując się do drzwi. — Zabezpieczona. Potrzebna ocena medyczna.

— A pani Monterro? — zapytał Cullane.

— Negatywnie — odparł ostro Jack. — Jest wśród ofiar. — Zadbawszy, by dziewczyna miała twarz odwróconą od ciał leżących w korytarzu, wyniósł ją na zewnątrz. Nie zdawała się zauważać krwi opryskanej po ścianach po strzałach w głowę; miał nadzieję, że wciąż jest oszołomiona po granacie hukowym.

Dopiero gdy wyniósł ją na zewnątrz, na zacieniony dziedziniec willi, gdzie zbierał się zespół, Ariana jakby nieco oprzytomniała, zaczęła słabo się szarpać w jego ramionach. Uspokajał ją łagodnie, starając się mówić cicho i miękko, przedstawiał się, a ona zaskoczyła go, nie tylko rozluźniając się w jego objęciu, lecz także obejmując go ramieniem za szyję i kurczowo się go trzymając.

— Nie puszczaj mnie, Jack — wyszeptała głosem zdławionym łzami.

— Nie puszczę — obiecał i trzymał ją, aż przybyli medycy. Chcieli wsadzić ją do karetki i od razu zawieźć do szpitala, ale ona w panice rozpaczliwie uczepiła się Jacka.

— Nie zostawiaj mnie!

— Jestem przy pani — uspokoił ją, gdy kapitan Cullane skinął głową. — Proszę położyć się na noszach, pojadę karetką razem z panią, dobrze?

— Jej ojciec spotka się z wami na miejscu — poinformował przez radio Cullane, gdy karetka ruszyła. — Zorganizuję, żeby dołączył pan do nas później. Proszę przy niej zostać; niech pan uzna się za jej ochroniarza, dopóki Monterro nie ściągną własnych ludzi.

— Przyjąłem, panie kapitanie — zgodził się Jack, po czym wyłączył radio.

Uścisk Ariany na jego dłoni był tak mocny, że aż zbielały mu palce. Sięgnął drugą ręką i delikatnie przycisnął jej dłoń. — Wszystko w porządku, pani Monterro. Jestem tutaj.

Wpatrywała się w jego twarz szeroko otwartymi brązowymi oczami; to, co zobaczyła, musiało ją uspokoić, choć on sam nie miał pojęcia, jak to możliwe, skoro był umazany maskującą farbą w barwach dżungli, potem i prochem. Może wyglądał wystarczająco groźnie, by miała pewność, że nikt już jej nie zaatakuje, bo jej uścisk trochę zelżał.

Ratownik jadący z nimi z tyłu karetki nachylił się i w angielszczyźnie o wyspiarskim, mocnym akcencie zapytał, czy Ariana jest ranna. Pokręciła milcząco głową.

— Na pewno? — zapytał Jack. Widział żołnierzy w głębokim szoku umierających od ran, których nawet nie byli świadomi; Ariana z całą pewnością była w szoku. Jedyną krwią, jaką na niej widział, była ta na dłoniach, i był niemal pewien, że pochodziła z ciała jej matki.

— Nie dotknęli mnie — wyszeptała; musiał się wysilić, by usłyszeć ją przez wyjące syreny karetki. — Mama trzymała ich z dala ode mnie.

— Dobrze. — Serce ścisnęło mu się na myśl o bólu, który stał za tymi słowami, o grymasie, jaki wykrzywił jej twarz. — Była pani bardzo dzielna. Proszę się trzymać. Wkrótce będziemy w szpitalu i pani ojciec tam będzie.

Wzięła jego wskazówki dosłownie, kurczowo trzymając go za palce nawet wtedy, gdy dotarli do szpitala i zabrano ją do prywatnej strefy najwyraźniej zarezerwowanej dla VIP-ów. Wszędzie kręcili się miejscowi policjanci i bledli na jego widok w pełnym oporządzeniu: z karabinkiem szturmowym kołyszącym się na pasie za plecami, pistoletem przy biodrze i całym arsenałem innych, widocznych gołym okiem broni.

Jeden z policjantów, wyższy rangą albo po prostu odważniejszy od pozostałych, wyszedł mu naprzeciw. — Nie może pan tam wejść — zaczął, a Ariana wrzasnęła.

— Nie! Nie! Nie puszczaj! — Poderwała się na noszach, chwytając Jacka wolną ręką. — Nie zostawiaj mnie!

— Nie odchodzę — Jack starał się mówić kojąco, nawet gdy wbijał wzrok w policjanta. — Jest pani bezpieczna, pani Monterro. Nie zostawię pani. Jestem porucznikiem McAuleyem, Rangers, US Army — wyrecytował też numer służbowy i policjant w końcu skinął głową, ustępując.

Raul Monterro czekał wraz, jak podejrzewał Jack, z całym personelem lekarskim tego małego szpitala; wyraz jego twarzy, kiedy zobaczył Arianę, był straszny — mieszanina ulgi i bólu, którego Jack nigdy więcej nie chciał oglądać. Podszedł, żeby objąć córkę, a ona wreszcie puściła Jacka i rzuciła się w ramiona ojca.

Może mógł się wtedy cofnąć, po cichu wymknąć z pokoju i zostawić ją pod opieką ojca, ale Jackowi nawet to nie przyszło do głowy. Złożył obietnicę i zamierzał jej dotrzymać.

I tak tej nocy znalazł się na prywatnym odrzutowcu lecącym do Guàlize City, na czasowe zwolnienie z obowiązków w Rangersach, dopóki rodzina Monterro go nie zwolni. Raul Monterro był niezwykle wdzięczny, a kiedy Jack próbował zbyć podziękowania, mówiąc, że każdy Ranger mógł trafić na Arianę, Raul spojrzał mu w oczy i podziękował również za to, że przy niej został.

W pierwszych dniach Ari wpadała w panikę za każdym razem, gdy Jack znikał jej z oczu. Guàlizeańczycy, których Raul ściągnął, by wzmocnić jej ochronę, podchodzili do Jacka z rezerwą, obserwując każdy jego ruch, ale jego gotowość odłożenia wszystkiego na bok, by zająć się Arianą, w końcu zdobyła ich szacunek. Spał na polowym łóżku pod drzwiami jej sypialni, gotów zerwać się w każdej chwili, jeśli tylko wyda z siebie najdrobniejszy dźwięk.

Jack nigdy nie kwestionował tego, że od razu całkowicie poświęcił się Arianie. Potrzebowała go, więc był. Rozmawiał z nią, pocieszał ją, starał się ją odciągnąć od myśli, ucząc ją gier karcianych, pytał o jej nadzieje i marzenia. Marzyła o studiach medycznych w Stanach i zasypywała go pytaniami; Jack żałował tylko, że nie podróżował więcej, żeby mógł jej lepiej odpowiadać. Wychował się w Atlancie, studiował na Georgia State na stypendium futbolowym i wstąpił do armii po ukończeniu studiów, gdy stało się jasne, że nie jest dość dobry, by uczynić z futbolu zawód. Twardy, sprawny i bystry, wkrótce zachęcono go, by spróbował dostać się do Rangersów.

Zobaczył na misjach więcej krajów niż odwiedził stanów w Ameryce; przez ostatnie sześć lat to się nie zmieniło. Wciąż patrząc w dół na ulicę, cichą już o tej wczesnej porze, Jack przeczesał dłońmi krótko przystrzyżone włosy, westchnął i odwrócił się z powrotem do łóżka.

Rozpamiętywanie przeszłości do niczego nie prowadzi. Musiał być rano wypoczęty i świeży, bo w najbliższym czasie najpewniej czekały ich działania o najwyższej intensywności.

Jack tylko miał nadzieję, że i tym razem Ariana wciąż żyje i że znów uda się ją uratować.

Rozdział jedenasty

Arianę wyrwał z zamyślenia — wspomnień o nocy sprzed sześciu lat, których nigdy nie zdołała wymazać — nagły, znów niepoprzedzony pukaniem trzask otwieranych drzwi. Zmierzyła Tomàsa wściekłym spojrzeniem; on patrzył wyzywająco, z aroganckim uśmieszkiem na ustach.

— Pora kolacji, Ariana.

— Spierdalaj.

— Powiedziałem *El Lobo*, że tak powiesz. Kazał przekazać, że albo włożysz jedną z ładnych sukienek, które dla ciebie wybrał, albo mam porżnąć to, co masz na sobie, na szmaty i zaciągnąć cię na dół nago. Tak czy inaczej schodzisz na kolację. — Ostentacyjnie wyszarpnął z pochwy przypiętej do uda ostry nóż myśliwski i zaczął czyścić nim paznokcie.

Wściekłość na moment ścisnęła Arianie gardło, zanim wypluła: — Wynoś się.

Tomàs uniósł kpiąco brew.

— Wynoś się. Nie kazał ci tu siedzieć, żeby pilnować, czy się przebiorę. Więc wynoś się. I nawet mi się, kurwa, nie waż otwierać tych drzwi bez wcześniejszego pukania i czekania, aż powiem, że możesz wejść.

Przez chwilę myślała, że przegra tę próbę sił, ale najwyraźniej Tomàs obawiał się, co *El Lobo* zrobi, gdyby Ariana powiedziała mu, że Tomàs odmówił jej choćby tej odrobiny ogłady. To on pierwszy spuścił wzrok i wyszedł z pokoju, a drzwi zatrzasnęły się ciężko za nim.

Ariana wzięła głęboki, uspokajający oddech i podniosła się z łóżka. Jedno spojrzenie do garderoby potwierdziło jej podejrzenia — *El Lobo* nie miał za grosz gustu. Przerzucała z odrazą krzykliwe kiecki, z wargą pogardliwie wykrzywioną, aż w końcu wybrała najmniej obrzydliwą i skierowała się do łazienki. Nadal nie zamierzała się tam kąpać, ale musiała skorzystać z toalety i przynajmniej umyć twarz i ręce. Zrobić to tak, by żadne ukryte kamery nie miały widoku na części ciała, których nie chciała pokazywać, wymagało akrobatycznych wygibasów, ale dała radę.

Przebranie się w ten potworny strój było jeszcze trudniejsze, więc ostatecznie zdecydowała się wejść do garderoby. Było tam ciasno i ciemno, ale przynajmniej miała pewność, że nie daje Tomàsowi, Gustavowi czy komukolwiek innemu uciesy dla oczu.

Otworzywszy drzwi sypialni, spojrzała na Tomàsa w górę. — To chodźmy.

— Nie zrobiłaś włosów ani makijażu — skrytykował, zlustrowawszy ją wzrokiem.

— Miałam założyć jedną z jego odpychająco brzydkich sukienek, a nie wystroić się jak dziwka — odparła ostro.

— I nie włożyłaś żadnych butów...

— Bo podałeś mu zły rozmiar. Nie zamierzam sobie skręcić, kurwa, kostki tylko dlatego, że jesteś zbyt tępy, by wiedzieć, że wszystkie moje są robione na zamówienie, idealnie pod moje stopy — skłamała i przewróciła na niego oczami. Nawet nie przymierzyła tych ohydnych, szpilkowych szpilek. W ostateczności nadawałyby się na broń, ale nie byłaby w nich w stanie poruszać się szybciej niż drobnym, ostrożnym kroczkiem, a Ariana nie zamierzała się w ten sposób sama unieruchamiać.

— Rozpuszczona bogata suka — usłyszała pomruk Tomàsa za plecami, gdy wyprzedziła go w drodze do schodów, ignorując falujące wokół nóg falbany.

— Z pewnością jestem przyzwyczajona do lepszych standardów niż te tutaj i mam zamiar wytknąć to Gustavowi — odparła przez ramię, z satysfakcją widząc, jak Tomàs blednie. Oczywiście to on miał przekazać nie tylko jej rozmiary ubrań i butów, ale też preferencje żywieniowe. Złośliwą przyjemność sprawiła jej myśl, że cokolwiek dostanie, będzie udawała obrzydzenie.

Nie będzie musiała udawać, uświadomiła sobie kilka minut później, marszcząc nos z odrazą. Tomàs najwyraźniej rzeczywiście przekazał jej upodobania kulinarne, *wszystkie* — a Gustav, w idiotycznie wystawnym geście, by ją zaimponować, kazał przygotować najwyraźniej każdą z tych potraw. Na długim, polerowanym, mahoniowym stole zastawiono tyle jedzenia, że starczyłoby dla wojska, nie tylko dla ich dwojga. Widok takiej obfitości, z której większość niewątpliwie się zmarnuje, wywołał w niej mdłości.

— Wyglądasz ślicznie, Ariano — Gustav odsunął jej krzesło. Popatrzyła na niego przez moment, po czym westchnęła ciężko i usiadła bez gracji.

— Szampana? — uniósł butelkę, by mogła zobaczyć.

— Nie piję. Tomàs ci tego nie powiedział? — rzuciła lodowato Ariana.

Gustav posłał Tomàsowi wściekłe spojrzenie, a tamten wzruszył ramionami z przepraszającą miną.

— Najmocniej przepraszam, proszę Pana, nie sądziłem, że to może mieć znaczenie.

Siadłszy na swoim miejscu, Gustav nalał sobie pełny kieliszek i wychylił solidny łyk, po czym zapytał: — Dlaczego nie pijesz, moja droga?

— Nie piję, nie palę i nie biorę — rzuciła, znacząco zerkając na lusterko leżące na stoliku, które dostrzegła, jak tylko weszła, z pociętymi kreskami kokainy i odrzuconą obok słomką. — Właśnie skończyłam medycynę; widziałam, jakie szkody wyrządzają te wszystkie rzeczy.

— Wiele tracisz. Haj po kokainie jest nie do porównania z niczym innym. — Gustav szczerzył zęby. Już sobie pociągnął, zorientowała się Ariana. Miał rozszerzone źrenice, mówił szybko, słowa potykały się o siebie. Nic nie odpowiedziała. To nie miało sensu.

— Wodę, Tomàs — wskazała władczo na stojące na kredensie zakręcone butelki. Tomàs zmarszczył czoło, a potem aż podskoczył, gdy Gustav zerwał się na równe nogi.

— Czemu się pan waha? Proszę jej to przynieść, natychmiast!

Tomàs o mało się nie potknął w pośpiechu, żeby podać Arianie butelkę. Przyjęła ją z królewskim skinieniem, odkręciła nakrętkę i wzięła łyk.

— Co chciałabyś zjeść, Ariano? Proszę, te dania przygotowano specjalnie dla ciebie...

Na samą myśl robiło jej się niedobrze — skąd wzięły się pieniądze na to wszystko, ile z tego się zmarnuje, gdy tak wielu ludzi cierpi przez brudny handel *El Lobo*. Musiała jednak coś zjeść, więc bez słowa sięgnęła po najbliższe danie: *pabellón a criollo*, lokalny przysmak z wołowiny i fasoli na ryżu, zwieńczony jajkiem sadzonym, i nałożyła sobie trochę na talerz. Przynajmniej mogła to zjeść samym widelcem, w jedną, zdrową rękę.

Gustav nie jadł — nic dziwnego, pomyślała, wiedząc, że kokaina tłumi apetyt — i mówił dalej, podczas gdy ona jadła. Zachowywał się niemal maniakalnie, gestykulując szeroko, opowiadając o pieniądzach, jakie wydał na budowę domu, o architekcie sprowadzonym specjalnie z Hiszpanii. O pochodzeniu, którego się domyślała, widząc, że jest biały; jego dziadkowie wyjechali z Niemiec w latach czterdziestych, ojciec urodził się w Argentynie, matka była Rosjanką.

Ariana jadła w milczeniu, słuchając. Gustav regularnie robił pauzy i zorientowała się, że czeka na komentarz, ale naprawdę nie miała nic do powiedzenia. Czy oczekiwał pochwał za to, że dorobił się na krwi i łzach jej ludzi? Radości z tego, że jest potomkiem człowieka, który najwyraźniej był nazistą uciekającym przed sprawiedliwością? Po czwartej takiej pauzie, gdy patrzył na nią wyczekująco, a dostawał tylko kamienne milczenie, usłyszała, jak Tomàs cicho parska za jej plecami, przy drzwiach.

— Śmiesz się śmiać z *El Lobo Negro!* — Gustav znowu zerwał się na nogi, tym razem jednak wyciągnął pistolet i wycelował prosto w Tomàsa. — Zawiódł mnie pan! — wrzeszczał, a w kącikach ust zbierała mu się ślina. — Nie pije mojego szampana, nie zakłada butów, które wybrałem, nie je tego jedzenia!

— Jest nieposłuszną gówniarą, która nie rozumie swojej sytuacji — odparł Tomàs, głosem spokojnym i równym, mimo że lufa celowała prosto w niego. — Wkrótce się nauczy, że leży w jej najlepszym interesie Panu się przysłużyć.

— Pierdol się, palancie — syknęła na niego Ariana. — Dwa pieprzone lata mnie obserwowałeś, a wciąż nie wiesz gówno o tym, kim naprawdę jestem.

— Wiem, że jesteś rozpuszczoną suką! — wrzasnął jej w odpowiedzi Tomàs.

Huk złoconego pistoletu *El Lobo* był w ciasnym wnętrzu ogłuszający. Na czole Tomàsa nagle rozkwitła czerwona gwiazdka, zanim oczy mu zaszły mgłą, a on runął jak marionetka z przeciętymi sznurkami.

Instynkt kazał Arianie zerwać się na równe nogi i rzucić w jego stronę, ale zanim nawet przyklękła, by sprawdzić puls, wiedziała, że jest za późno. Nie żył, zanim jeszcze uderzył o podłogę.

— Zabiłeś go — powiedziała otępiale. W czasie praktyk widziała śmierć, oczywiście; ale widzieć umierających a patrzeć, jak kogoś z zimną krwią mordują na twoich oczach, to dwie zupełnie różne rzeczy. — Ty go *zabiłeś*!

— Twoja wina! — wrzasnął na nią Gustav. — Zobacz, do czego mnie doprowadziłaś!

— Ja? To nie ja kazałam ci strzelić mu w głowę, potworze! — Była w szoku i wściekła, wykrzyczała to bez zastanowienia. Wycelował pistolet w jej twarz.

— Nie myśl, że ciebie też nie zastrzelę!

Klęcząc przy ciele Tomàsa, powinna była skulić się przed groźbą, ale wszystko w niej buntowało się przeciw temu. Zamiast tego wbiła spojrzenie w Gustava, gdy jej dłoń powolutku, skrycie pełzła w stronę noża nadal tkwiącego w pochwie na udzie Tomàsa.

— Pierdolona suka — mruknął Gustav, po czym odwrócił się i podszedł z powrotem do stolika z pociętymi kreskami kokainy.

Teraz, pomyślała Ariana. Nikt nie przybiegł po dźwięku strzału, nikt więc zapewne nie przybiegnie, słysząc krzyki. Złapała nóż w lewą, nieuszkodzoną dłoń i skoczyła, zamierzając rozciąć Gustavowi gardło.

Usłyszał ją, gdy obcasy posunęły się po wypolerowanym marmurze; obrócił się ku niej z nieludzką szybkością. Nóż miała jednak w lewej ręce, a on na tej stronie trzymał broń; zawahał się na ułamek sekundy — wystarczająco, by Ariana kopnęła go ile sił w rzepkę kolanową. Jej lewy nadgarstek poszybował w górę; już nie próbowała dźgnąć, tylko zablokować broń, odepchnąć ją znad twarzy, w duchu klnąc na niemal bezużyteczny prawy nadgarstek.

Pistolet wypalił jeszcze głośniej, tak blisko jej twarzy. Ariana zamrugała ze zdumienia. Przez sekundę panowała oszołomiona cisza, gdy gapili się na siebie.

Gustav pchnął, a Ariana cofnęła się, niezdolna oprzeć się jego napędzanej narkotykami sile. Lufa znów trzasnęła w dół, celując prosto w jej twarz, i skamieniała, zastanawiając się, czy po prostu ją zastrzeli.

Przecież musi rozumieć, że mam wartość jako zakładniczka tylko wtedy, gdy żyję...

— *Patrón?* Rozległo się głośne pukanie do drzwi.

— Wejść — zawołał po chwili Gustav, z zaciśniętą szczęką.

Wpadło dwóch mężczyzn, musząc odsunąć ciało Tomàsa, by się przecisnąć. Ledwie na nie spojrzeli, patrząc tylko na szefa.

— Słyszeliśmy strzał, *patrón*. Czy wszystko w porządku?

Ci byli o wiele bardziej uniżeni niż Tomàs, uświadomiła sobie Ariana. To była jego śmiertelna pomyłka — nie okazywał wystarczająco służalczości, by zadowolić *El Lobo*. Gustav oczekiwał od swoich ludzi niczego mniej niż oddania i nie tolerował sprzeciwu.

Co mogło zadziałać na jej korzyść. Gdyby jakoś go wyeliminowała, pewnie nie było tu silnej „dwójki"; może zdołałaby przekonać ludzi, żeby ją wypuścili. Najpierw jednak musiała znaleźć sposób, by zabić Gustava.

— Wszystko w porządku — powiedział Gustav, nie spuszczając wzroku z Ariany. — Fuentes mnie zirytował.

Nie zamierzała opłakiwać zdrajcy, który sprzedał ją *El Lobo*, ale szok po tym, jak zamordowano go na jej oczach, robił swoje. Ręka zaczęła jej drżeć, ale nie opuściła noża, nie ustąpiła nawet z lufą wymierzoną w twarz.

— Odprowadźcie ją do jej pokoju — powiedział w końcu Gustav. — Niech trochę pomyśli nad swoją sytuacją i zrozumie, że w jej interesie leży współpraca.

Akurat, pomyślała Ariana, szczerząc zęby w niemym warknięciu. Obaj *sicarios* z ostrożnością mierzyli ją wzrokiem, wciąż dzierżącą nóż. Zacisnęła go mocniej. Gustav prychnął.

— Co, tchórze? Kogo boicie się bardziej — jej czy mnie?

— Broń w jego ręce przechyliła się w stronę bliższego mężczyzny i obaj ruszyli szybko, biorąc Arianę w kleszcze. Spodziewała się tego i też się poruszyła, licząc, że przynajmniej jednego wyeliminuje, ale spuściła z oka Gustava i wtedy jego ręka runęła na jej nadgarstek. Trzymał pistolet, a ciężki metal walnął boleśnie w delikatne kości, wyrywając z niej krzyk bólu. Nóż zadźwięczał na podłodze, a dwóch *sicarios* chwyciło ją pod ramiona i szarpnęło w stronę drzwi.

Ariana klęła i szarpała się całą drogę do pokoju, łzy wściekłości i bólu spływały jej po policzkach, gdy oba obolałe nadgarstki były brutalnie szarpane. Miała paskudne przeczucie, że cios w lewy nadgarstek mógł złamać kość promieniową — bolał nawet bardziej niż dokuczliwy ból skręconego prawego.

— Właź tam, suko Monterro! — Wepchnęli ją do środka, drzwi trzasnęły, a zaraz potem wyraźnie usłyszała kliknięcie przekręcanego klucza.

Osunąwszy się plecami na drzwi, trzęsąc się po całym ciele, Ariana brała głębokie oddechy, walcząc z narastającą paniką. Nocne piekło mogło się jeszcze nie skończyć; Tomàs wcześniej sugerował, że *El Lobo* planował ją posiąść. Mogła niewiele zdziałać, by powstrzymać barona narkotykowego, jeśli przyjdzie ją zgwałcić, zwłaszcza z obiema poranionymi rękami, ale mogła przynajmniej go spowolnić. Złapała z szafy parę butów, wsunęła szpiczaste noski pod drzwi najlepiej, jak umiała, wbijając szpilki w dywan, po czym z trudem dosunęła ciężkie, rzeźbione krzesło i zaklinowała jego oparcie pod klamką.

Wyczerpana tym wysiłkiem, z lewym nadgarstkiem wrzeszczącym bólem, długo siedziała skulona na dywanie, wpatrzona w drzwi. Nie łudziła się, że Gustav ich nie sforsuje albo nie każe tego zrobić ludziom, ale przynajmniej zrobiła wszystko, by się zabezpieczyć.

W końcu uznała, że powinna spróbować odpocząć, a prowizoryczna barykada przynajmniej ją ostrzeże, jeśli ktoś spróbuje wejść. Podniosła się powoli i poszła do łazienki. Tomàs przyniósł wcześniej więcej niż jeden bandaż, więc mogła owinąć lewą rękę, nawet jeśli była już niemal pewna, że to złamanie. Delikatne obmacywanie fioletowej opuchlizny na przedramieniu wycisnęło jej łzy z oczu i kazało wciągnąć powietrze przez zęby, ale nie wyczuła przemieszczenia odłamów. *Stabilne, zamknięte złamanie*, pocieszała się. *Nie tak źle.*

— Weź się w garść — powiedziała Ariana do swojego odbicia w lustrze. Wyglądała okropnie, blada i zlana potem — nie że obchodziło ją teraz, jak wygląda — ale głęboki szok mógł ją unieruchomić właśnie wtedy, gdy potrzebowała jasnego umysłu.

Co powiedziałby Elliot?

— Triaż — niemal słyszała jego szorstki, równy głos. — Wiesz, jak to się robi.

Racja. — Triaż — powiedziała Ariana na głos i odwróciła się, żeby poszukać zapasowego bandaża, którym Tomàs wcześniej niemal w nią cisnął. Położyła go na komodzie w sypialni, przypomniała sobie.

Owijanie ręki sprawiło, że chciało jej się wymiotować, a sztywną, obolałą prawą nie była w stanie zacisnąć bandaża tak mocno, jak trzeba, ale nie zamierzała pukać i prosić o pomoc. Okazywanie słabości to proszenie się o kłopoty.

Następny krok: wyjść z tej ohydnej sukienki. Dzięki Bogu, że wybrała taką bez zamka, choć śliska tkanina skutecznie utrudniała ściągnięcie jej przez głowę.

— Do kurwy nędzy — warknęła w końcu Ariana, szarpiąc za dekolt. Marny materiał poddał się łatwo, pękając aż do pasa, i wreszcie się wyswobodziła, cisnąwszy sukienkę na podłogę.

Dopiero wtedy przyszło jej do głowy, żeby martwić się kamerami. *Nieważne*, pomyślała, zbyt zmęczona, by się przejmować. Miała na sobie bieliznę. Na drzwiach łazienki wisiał puchaty szlafrok; wciągnęła go ze znużeniem, znalazła przy umywalce myjkę i zmoczywszy ją, przetarła spoconą twarz.

Picie niefiltrowanej kranówki nie było najlepszym pomysłem, ale wyglądała na dość czystą, kiedy odkręciła kurek, a i tak nie miała wielu innych opcji. Odwodnienie było teraz większym zagrożeniem — oceniła — więc zaczerpnęła w dłonie kilka garści i wypiła.

W końcu, skrajnie wyczerpana, zataczając się, wróciła do sypialni, zrzuciła z łóżka odpychającą narzutę z jaguara i osunęła się na jedwabne prześcieradła, uważając mimo zmęczenia, by położyć się na plecach i ułożyć obie chore ręce na brzuchu. Jeśli dopisze jej szczęście, *El Lobo* nic tej nocy nie spróbuje, a rano poczuje się trochę lepiej. Powieki jej opadły i szybko zapadła w niespokojny, pełen szarpanych obrazów sen.

ROZDZIAŁ DWUNASTY

Obudził go w końcu dźwięk dzwoniącego telefonu; wystrzelił z łóżka i chwycił aparat.

— McAuley — warknął.

— Przyszła kolejna wiadomość, z instrukcją, skąd odebrać przekaz od *El Lobo Negro* — oznajmił zwięźle Raul.

— Niech Pan się tam nawet nie wybiera!

— Nie ucz ojca, jak się dzieci robi, McAuley. — Raul parsknął bez cienia wesołości. — Gutierrez połamałby mi nogi, gdybym choć o tym pomyślał. Wysłałem jednego z moich ludzi. Wróci za godzinę albo dwie; pomyślałem, że pewnie będzie Pan chciał tu być.

— Ma Pan oczywiście rację. — Jack przetarł oczy wolną dłonią, podszedł do okna i wyjrzał. Było wciąż wcześnie; miasto tonęło w porannej mgle, wszystko spowite było w dymnoszare odcienie. — Chce Pan, żebym przyprowadził ze sobą pozostałych?

— Myślę, że najlepiej trzymać panów w jednym miejscu, z dala od oczu opinii publicznej. Wyślę po pana samochód i każę przysłać tu śniadanie. Trzydzieści minut — dodał na pożegnanie i się rozłączył.

Pozostali Rangersi mieli pokoje na tym samym piętrze; kilka szybkich puknięć Jacka do każdych drzwi postawiło wszystkich na nogi i do chwili, gdy podjechał po nich samochód, byli już wykąpani, ubrani i w pełni czujni.

— Z całym szacunkiem, szefie, wyglądasz jak gówno — mruknął cicho Hunter do Jacka, kiedy czekali w rogu lobby. — Mało spałeś?

— Wcale nie masz szacunku, Hunter — odparł Jack, ignorując pytanie. — Jestem gotów do roboty. Nie martw się o mnie.

— Jedyny powód, dla którego tu jesteśmy, to martwić się o ciebie, szefie — wtrącił Diaz, wyraźnie podsłuchując rozmowę. — Kiedy pułkownik poprosił o ochotników, o mało nie doszło do buntu, gdy powiedział, że może wysłać tylko trzech. Połowa pułku chciała jechać, ale dodał, że to wyglądałoby na inwazję i lepiej, żebyśmy dali spokój.

— To jakim cudem skończyłem z wami trzema idiotami? — pomarudził Jack bez złości, wiedząc, że Brody Cullane nie mógł wysłać mu trzech bardziej kompetentnych żołnierzy. Hunter roześmiał się, gdy pod hotelowy podcień wturlało się wielkie czarne SUV.

— Po prostu miałeś szczęście, szefie.

Kręcąc głową, Jack ukrył uśmiech, gdy wspinał się na przednie siedzenie SUV-a, a trzej Rangersi chichotali, wsiadając za nim. Z fotela kierowcy skinęła mu głową kobieta w mundurze Federalnej Policji Guàlizei, o brązowych, spokojnych i pewnych oczach.

— Dzień dobry, kapitanie — powiedziała kobieta z lekkim akcentem. — Otrzymałam polecenie, by zawieźć pana do Pałacu Prezydenckiego. To dla pana i pańskich ludzi. — Podała laminowane przepustki bezpieczeństwa.

— Dziękuję. — Jack rozdał przepustki, po chwili przypiął swoją do kieszeni koszuli. Wiedział, że nie powinien wypytywać kierowczyni o to, co wydarzyło się w nocy. Chociaż zgadywał, że kobieta jest zapewne jedną z zaufanych ochroniarek Raula, rozsądnie było trzymać informacje jak najbliżej siebie, skoro nie mieli pojęcia, kto potencjalnie może być na liście płac *El Lobo's*.

Do Pałacu Prezydenckiego nie było daleko. Jack poprzedniego dnia nie docenił w pełni urody i majestatu budowli i nie był tu podczas swojej wcześniejszej wizyty w Guàlizei. Teraz patrzył z uznaniem, gdy jechali długą aleją wysadzaną kwitnącymi bugenwillami, eksplozją barw, która tylko podkreślała dostojne piękno białego marmurowego pałacu.

— Czy cały rząd mieści się tutaj? — zapytał Hunter z tylnego siedzenia. — Wygląda na wystarczająco duży!

— Tylko gabinet i izby Kongresu — odparła kierowczyni. — Pozostali politycy mają biura w Nowym Gmachu Rządowym, tuż za pałacem.

— I tak robi wrażenie — mruknął Hunter, a Jack przytaknął w milczeniu.

Przy bramie ochrony wszystkich poproszono o pokazanie przepustek, podczas gdy dwaj kolejni federalni policjanci sprawdzali lusterkami podwozie samochodu, a wokół auta krążył pies wyszkolony do wykrywania materiałów wybuchowych.

Było to trzeźwiące przypomnienie, że Guàlizea czuła się krajem w stanie wojny domowej, a obecny rząd przyjął twardą linię wobec handlu narkotykami. Raul Monterro nie był pierwszym politykiem, który zapłacił wysoką cenę za lojalność. Jack miał tylko nadzieję, że on i jego zespół zdołają powstrzymać *El Lobo* i zadbać, by Ariana nie stała się kolejną ofiarą w walce Guàlizei z narcos.

Raul przechadzał się po swoim gabinecie, gdy wprowadzono Rangersów. Gutierrez skinął ich kierowczyni, która ich przyprowadziła, a kobieta zasalutowała, po czym wyszła, zamykając za sobą stanowczo drzwi.

— Czy pański człowiek już wrócił? — zapytał Jack.

— Wrócił już do pałacu, ale paczka, którą odebrał, musi przejść kontrolę bezpieczeństwa, zanim zostanie wniesiona. — Raul skrzywił się i dalej chodził po pokoju.

— Bo to byłaby znakomita okazja, żeby podrzucić paczkę-bombę albo truciznę kontaktową prosto w twoje ręce — odparł Gutierrez niemal spokojnie. Wyraźnie był to argument, który przedstawiał już wcześniej — i absolutnie słuszny, jak uświadomił sobie Jack. *El Lobo Negro* musiał przynajmniej podejrzewać, że porwanie Ariany nie przyniesie mu wymarzonych rezultatów. Kuszące byłoby wykorzystać tę okazję, by wyeliminować Raula Monterro, ministra sprawiedliwości kraju, człowieka, który poświęcił karierę walce z narkobiznesem i odniósł w ostatnich latach nadzwyczajne zwycięstwa. Kartele, które niegdyś praktycznie rządziły Guàlizeą, miały wybranych przedstawicieli na wysokich stanowiskach i działały całkowicie bezkarnie, były już niemal wymarłe.

Gdy Jack nad tym rozmyślał, Gutierrez podniósł się z miejsca. — Sprowadziliśmy jedzenie — powiedział. — Jadalnia jest tuż obok.

Pozostali trzej Rangersi poszli ochoczo, a Jack zawahał się tylko przez moment, po czym dołączył. Musiał dbać o zapasy energii, a spacer w kółko w ślad za Raulem nie przyniósłby nikomu pożytku. Z pewnością też nie sprawiłby, że najwyraźniej sprawna i skrupulatna ochrona pałacu wykonywałaby swoją pracę szybciej.

Pokój połączony z gabinetem Raula był najwyraźniej przeznaczony do podejmowania niewielkich grup na spotkaniach, ale z długim mahoniowym stołem i tapicerowanymi antycznymi krzesłami stanowił bardzo elegancką jadalnię. Szeroki wybór owoców, wędlin, serów i kilka rodzajów pieczywa skusiły Rangersów, by usiąść i zabrać się do jedzenia, choć gdy Jack nakładał sobie jedzenie, nie mógł nie pomyśleć, co je Ariana — a nawet czy w ogóle ją karmią.

Ariana zerwała się z przerażeniem, słysząc dźwięk w swoim pokoju. Zostawiła lampkę przy łóżku zapaloną, nie chcąc obudzić się w całkowitej ciemności, i w tym bladym świetle zobaczyła, jak klamka się porusza — ktoś próbował otworzyć drzwi z zewnątrz.

Na zewnątrz było bardzo ciemno. W duchu przeklęła swój zwyczaj nie noszenia zegarka — przestała go zakładać w czasie studiów medycznych, gdy bez przerwy haczyła o niego rękawiczkami chirurgicznymi, ale teraz bardzo by się przydał, bo nie miała pojęcia, która jest godzina.

Klamka znów się przekręciła, drzwi zatrzęsły się. Przerażona, Ariana chwyciła rzecz, która najbardziej nadawała się na broń w tym pokoju — jeden z najbardziej spiczastych obcasów z szafy. Syknęła z bólu, gdy zaprotestowały potłuczone przeguby, ale mimo to wyskoczyła z łóżka i stanęła obok drzwi, czekając. Jeśli ten, kto stał na zewnątrz, zdoła je otworzyć, zamierzała celować szpilką prosto w oko wchodzącego.

Stojąc tak blisko drzwi, wyłapała ściszoną rozmowę po drugiej stronie.

— No dalej, otwieraj to.

— Próbuję! Coś się zacięło.

— Suka musiała czymś zablokować od środka. Trzeba by było to wyważyć.

Nastała krótka pauza.

— Nie, będzie za dużo hałasu. *El patrón* nas zabije, jeśli nas przyłapie. Zostaw. Jutro w nocy też tu będzie. Poczekamy.

Do uszu Ariany dotarł prostacki śmiech, gdy odchodzili. Wypuściła powietrze i oparła się o ścianę. Nie miała najmniejszych wątpliwości, że właśnie cudem uniknęła brutalnego gwałtu — i najpewniej tylko odsunęła go o kilka godzin.

— Mam nadzieję, że masz jakiś plan, Papi — wyszeptała, walcząc ze łzami cisnącymi się do oczu. — I naprawdę mam nadzieję, że dobry.

Zakradając się z powrotem do łóżka, wsunęła się pod kołdrę, chociaż w pokoju było ciepło, i kurczowo trzymała przy sobie but na szpilce, aż w końcu nastał ranek.

Rangersi skończyli jeść i popijali kawę; w pokoju nie było jednak rozmów, gdy czekali, aż człowiek Raula przyjdzie z przesyłką od *El Lobo*. Wreszcie do drzwi zewnętrznego gabinetu zapukano i wszyscy poderwali się na równe nogi.

Gutierrez przewrócił oczami, machając, by usiedli, i pomachał palcem pod nosem Raula, kiedy ten sam ruszył do drzwi. Jack uśmiechnął się, gdy Raul się cofnął, wyglądając na skarconego; Gutierrez był najwyraźniej ochroniarzem z najwyższej półki. I doskonale panował nad swoim pryncypałem.

Paczka została wniesiona przez niepozornego Guàlizeańczyka o pewnym, doświadczonym spojrzeniu. Nie okazał najmniejszego zdziwienia, widząc gabinet szefa pełen amerykańskich żołnierzy po cywilu; tylko obrzucił wszystkich tym pewnym spojrzeniem, po czym podał niewielki plastikowy pojemnik wielkości pudełka po butach Gutierrezowi.

— Oryginalne opakowanie wysłaliśmy na odciski palców i badanie DNA — powiedział szybkim hiszpańskim — wraz z kilkoma pasmami włosów, żeby sprawdzić, czy rzeczywiście należą do señority Monterro.

Gutierrez skinął głową i ostrożnie postawił pojemnik na biurku. Zdjął pokrywkę i zmarszczył brwi, gdy razem z Raulem zajrzeli do środka. — Był list?

— Nie. — Nowoprzybyły pokręcił głową. — Żadnego listu. Kartonowe pudełko owinięte szarym papierem, na wierzchu nazwisko ministra Monterro. Byłem obecny, gdy Ochrona je otwierała; w środku była tylko plastikowa torebka z tym.

Raul sięgnął do pojemnika i wyjął zawartość; Jack zobaczył teraz, że to pukiel włosów, około dwudziestu pięciu centymetrów długości, związany na obu końcach kawałkami tandetnego, brązowego sznurka. Coś w nim aż się skrzywiło na myśl, że coś tak prymitywnego dotyka nawet odciętego pasma włosów Ariany. Zasługiwała co najmniej na najdelikatniejsze jedwabne wstążki. Ten sznurek był kolejną obelgą.

Jack słuchał w milczeniu, gdy Gutierrez wypytywał tamtego agenta o szczegóły odbioru, ale właściwie nie było o czym mówić. Tuż po świcie dostali maila z poleceniem dokonania odbioru w małym parku na odległym krańcu miasta; agent znalazł pudełko pod ławką, podniósł je i od razu wrócił. Nikogo innego nie było w zasięgu wzroku.

— Dziękuję — powiedział w końcu Gutierrez, klepiąc tamtego po ramieniu. — Dobra robota.

Spokojne skinienie głową, gdy agent o pewnym spojrzeniu przyjął należne mu uznanie, i już go nie było — drzwi cicho zamknęły się za nim.

Raul opadł w fotel, przeciągając między palcami pasmo włosów Ariany, z zamkniętymi oczami. Wyglądał jak człowiek w straszliwym bólu.

W pokoju zapanowała długa, okropna cisza, a potem, za plecami Jacka, sierżant Diaz odezwał się cicho.

— Czemu nie było listu razem z włosami, szefie? Myślałem, że w tym pierwszym mailu było, że przyjdzie z listą żądań?

— Zapewne przyjdzie w kolejnym mailu — odparł Jack, łapiąc spojrzenie Gutierreza. Guàlizeańczyk skinął głową, otworzył laptop i szybko zaczął pisać. — List, odręczny czy pisany na maszynie, to w końcu tylko kolejny dowód.

— Jest nowy mail — oznajmił ponuro Gutierrez. — Przyszedł parę minut temu.

— Czytaj — powiedział znużony Raul, nawet nie otwierając oczu. — Powiedz mi, czego chce, żebym musiał to odrzucić. Powiedz, jaka byłaby cena życia Ariany. Brzmiał pogodzony, wyczerpany. Jack odniósł silne wrażenie, że Raul już całkiem dobrze domyślał się, o co poprosi *El Lobo Negro*.

— Zakładam, że dotarł już do pana znak od pańskiej córki — czytał Gutierrez z komputera, najpierw po hiszpańsku, a potem tłumacząc na angielski na użytek Rangersów, choć wszyscy byli co najmniej umiarkowanie biegli w hiszpańskim. — Aby wykupić jej kolejny dzień z wszystkimi częściami ciała na swoim miejscu, ma pan czas do północy, by zorganizować zwolnienie z więzienia Santa Luisa Juana Gabriela Alvareza.

Raul roześmiał się gorzko. — Alvarez. Oczywiście. Sukinsyn.

— A kim jest Alvarez? — zapytał Jack, choć domyślał się odpowiedzi.

— Zabójca, egzekutor, jak tam chcesz. Wiedzieliśmy, że działa w organizacji *El Lobo's*, kiedy jakieś trzy tygodnie temu zgarnęli go przy kontroli na granicy z Kolumbią — powiedział Raul, wreszcie otwierając oczy. — Wygląda na to, że może być ważniejszy, niż sądziliśmy. Wydaj rozkaz, żeby przenieść go do izolatki i przesłuchać ponownie, Ramón. Najwyraźniej wie więcej, niż nam powiedział.

— Nic nam nie powiedział, szefie!

— Właśnie. — Oblicze Raula było bezlitosne. — Jeśli Ariana ma zapłacić cenę, Alvarez też zapłaci. Dokręćcie mu śrubę.

Rangersi wymienili spojrzenia. Nikt się nie odezwał, gdy Gutierrez wydął policzki, ale nie skomentował rozkazu Raula. Zamiast tego wyjął telefon z kieszeni, wybrał numer i wyszedł do sąsiedniego pokoju, mówiąc szybkim hiszpańskim do kogoś, kto odebrał na drugim końcu.

Jack przez minutę czy dwie przyglądał się Raulowi i w końcu odezwał się: — Czy ma Pan coś przeciwko, żebym przekazał tego maila podpułkownikowi Cullane'owi? Pierwszego wysłałem do NSA, żeby spróbowali namierzyć jego źródło.

Wpatrzony w przestrzeń, Raul machnął niedbale ręką. — Proszę robić, co pan uważa.

Jack usłyszał za sobą przesunięcie stóp; obejrzał się i zobaczył zaniepokojone spojrzenie Huntera. Pokręcił ledwie dostrzegalnie głową, dając porucznikowi do zrozumienia, że się nie martwi. Owszem, Raul zachowywał się trochę dziwnie, ale dopiero oswajał się z nowymi informacjami. Błyskotliwy umysł, który uczynił z Raula Monterro najlepszego prokuratora w Guàlizei, zanim trafił do ministerstwa sprawiedliwości, wkrótce znów zacznie pracować pełną parą.

Kiedy Jack przesłał już maila do Brody'ego Cullane'a z prośbą o aktualizację w sprawie ewentualnego namierzenia poprzedniej wiadomości, Raul otworzył szufladę biurka i wyjął z niej małe aksamitne pudełko. Położył je na blacie, otworzył, a obok, na wypolerowanym drewnie, ułożył pukiel włosów Ariany.

Jack patrzył, jak starannie wypielęgnowane paznokcie Raula szybko rozsupłują węzły w grubym sznurku, po czym mężczyzna wrzucił strzępy do popielniczki, którą wyjął z tej samej szuflady. Powoli, ostrożnie zwinął włosy Ariany i ułożył je w aksamitnym pudełku, owijając je wokół czegoś, co złociście błysnęło na czarnym aksamicie.

— Obrączka mojej żony — powiedział Raul, nie odrywając wzroku od tego, czego się podjął. Na koniec zamknął pudełko, wsunął je z powrotem do szuflady biurka i cicho ją domknął. — Ma ktoś ogień? — zapytał wreszcie, podnosząc głowę.

Jack rozważał uwagę, że ten sznurek to też dowód, ale milczał, gdy Diaz sięgnął do kieszeni, wyciągnął zapalniczkę i podał ją.

— Dziękuję, sierżancie — powiedział uprzejmie Raul i odpalił zapalniczkę. Wszyscy patrzyli w milczeniu, jak sznurek zamienia się w czarny popiół; w powietrzu uniósł się lekko gryzący zapach, który po chwili rozproszyła klimatyzacja.

Skrzypnięcie odsuwanego krzesła Raula było głośne w cichym pokoju. — No dobrze, panowie — odezwał się, a jego głos znów był ostry i pewny. — Do dzieła.

Gutierrez wrócił z sąsiedniego pokoju, zatrzaskując telefon. Zatrzymał się, by pociągnąć nosem, zmrużył oczy, a potem pokręcił głową, widząc smużki dymu unoszące się z popielniczki.

— Postaraj się nie podpalać kolejnych dowodów, szefie? — poprosił sucho.

— *El Lobo* ma gdzieś, jakie dowody znajdziemy — odparł Raul z niedowierzającym potrząśnięciem głowy. — Cała istota w tym, że wreszcie wychodzi na jaw, bezczelny i wyzywający. Czemu miałby go obchodzić, że znajdziemy jego DNA w śladach śliny na kopercie?

— Bo wtedy wiedzielibyśmy, kim ten skurwysyn właściwie *jest*! — Twarz Gutierreza wykrzywił grymas, a Jack zrozumiał, że ten opanowany, zawodowy ochroniarz jest znacznie bardziej poruszony całą sytuacją, niż dotąd pokazywał. — Znaliśmy jego *nazwisko*, jego dawnych współpracowników, ludzi, na których *on* mu zależy!

Z gardła Jacka wyrwał się niski pomruk zgody, co go samego trochę zdziwiło.

— Spokojnie, szefie — powiedział cicho Hunter za jego plecami.

Raul mu się przyglądał, zauważył Jack — i wyraz na twarzy starszego mężczyzny ani trochę nie był niezadowolony. Po chwili Jack skinął Raulowi głową i otrzymał takie samo skinienie w odpowiedzi.

Tak, Jack zrobi wszystko, by odzyskać Arianę.

Cokolwiek będzie trzeba.

Rozdział trzynasty

Słońce zdążyło już porządnie wzejść, a Ariana naprawdę straciła panowanie nad sobą. Drzwi balkonowe, które były otwarte, kiedy obudziła się poprzedniego popołudnia, ktoś w pewnym momencie zamknął na klucz, gdy wyszła z pokoju na spotkanie z *El Lobo*, i w pokoju szybko zrobiło się stanowczo za ciepło. Na ścianie wisiała jednostka klimatyzacji, ale w pokoju nie było pilota, a sufitowy wentylator nie reagował na żaden włącznik.

Spodziewała się, że ktoś otworzy drzwi i przyniesie jej śniadanie. Nikt jednak nie przyszedł, a gdy straciła cierpliwość, bo żołądek burczał jej coraz głośniej, i stuknęła butem w drzwi, donośnie domagając się uwagi, odpowiedzi nie było.

Przyłożywszy ucho do drzwi, Ariana nasłuchiwała. Wiedziała z wczorajszej nocy, że nie są dźwiękoszczelne, ale teraz nie słyszała zupełnie nic.

Odeszła od drzwi i podeszła do balkonowych, żeby wyjrzeć na zewnątrz, mrużąc oczy przed jaskrawym słońcem. Wczoraj widziała drzewa, ale nie zwróciła na nie uwagi. Teraz przyjrzała się porządnie i dostrzegła nie tylko drzewa, lecz wysokie, potrójne piętro koron głębokiego lasu deszczowego. Wokół domu był jednak wykarczowany pas, a przez szybę i między kutymi prętami balkonu widziała bujne, kwitnące ogrody. Przycisnąwszy policzek do szyby, żeby zajrzeć w lewo i w prawo, dostrzegła za jednym końcem domu kolejny budynek, ale nie potrafiła odgadnąć, do czego służy. Może garaż?

Ani żywej duszy. Zaciskając z frustracji zęby, rozważała, czy nie przyłożyć barkiem w drzwi balkonowe i nie spróbować ich wyważyć, ale co potem? Nawet gdyby zrobiła linę z prześcieradeł, poranione nadgarstki i tak uniemożliwiłyby jej zejście na dół. A *jeśli* jakimś cudem zdołałaby dostać się na ziemię, nie miała pojęcia, gdzie jest; sama obecność wysokich koron lasu deszczowego mówiła jej, że nie jest w Guàlize City ani w żadnym innym mieście. To oznaczało, że ucieczka pieszo nie wchodzi w grę. Zgubiłaby się w dżungli w kilka minut.

Potrzebowałaby jakiegoś pojazdu, by mieć choć cień szansy na udaną ucieczkę, a to oznaczało kradzież. Znów zmrużywszy oczy, zerknęła na budynek, który mógł być garażem, i zastanowiła się, czy zostawiają kluczyki w stacyjkach. Jeśli byli na odludziu, mogli podchodzić do takich spraw na luzie; po co martwić się kradzieżą, skoro nie ma komu kraść?

Westchnąwszy z frustracji, Ariana wróciła do łazienki, puściła chłodną wodę na nadgarstki i ochlapała gorącą twarz. Przynajmniej miała co pić, a woda nie zaszkodziła jej poprzedniej nocy, więc musiała uznać, że jest bezpieczna.

Niech *El Lobo* idzie do diabła. Zorientował się, jak jest niebezpieczna, i pojął, że nie może pozwolić jej rozmawiać z jego ludźmi. Może przelicytowała przy Tomàsie.

Z drugiej strony dało jej to potencjalnie cenne informacje; *El Lobo* szybko tracił panowanie nad sobą, lubił używać własnego towaru i nikomu nie ufał.

Gdyby tylko potrafiła jakoś obrócić to przeciwko niemu.

Wróciwszy do sypialni, Ariana położyła się na łóżku, a jej myśli wirowały wokół możliwości i planów. Bo Ariana Monterro może i miała tu, w dżungli, zginąć, ale na pewno nie odejdzie bez walki.

Dzień zdawał się trwać bez końca. Sam Prezydent zajrzał do gabinetu Raula zapytać, czy są jakieś wieści, z wyrazem głębokiej troski na twarzy, obiecując Raulowi wszelkie potrzebne środki.

— Informacje są bardzo ściśle trzymane — zapewnił Raula. — Nikt mnie o nic nie pytał; nie słyszałem nawet, żeby szeptano imię Ariany.

— Jeszcze — rzucił ponuro Raul. Wszyscy wiedzieli, że to tylko kwestia czasu; *El Lobo* bardzo możliwe, że sam zadzwoni do stacji telewizyjnych, kiedy dojdzie do wniosku, że Alvarez nie wyjdzie z więzienia.

Raul miał tego ranka w gabinecie kilka umówionych spotkań z urzędnikami z Ministerstwa i po burzliwych naradach uznał, że nie powinien ich odwoływać — trzeba było jak najdłużej podtrzymywać iluzję normalności. Rangersi mieli przejść do sąsiedniego pokoju i poczekać, aż spotkania się skończą.

Gutierrez przyniósł talię kart i zapewnił, że pokój jest dźwiękoszczelny, więc zespół sięgnął po sprawdzoną żołnierską tradycję czekania na akcję — niekończące się rozdania kart. Jack nie potrafił się jednak skupić, a przy każdym skrzypnięciu drzwi napinał się jak struna.

W porze lunchu dostarczono kolejne jedzenie, placki z mąki kukurydzianej *arepa* nadziewane szynką i serem oraz *tajadas* — smażone na głębokim tłuszczu plastry dojrzałego platanu. Hunter z podejrzliwością zerknął na dzban z ciemnym brązowym płynem, w którym pływały kostki lodu, dołączony do posiłku.

— To nie wygląda jak mrożona herbata.

— Sok z tamaryndowca — wyjaśnił mu Jack. Dobrze pamiętał go z poprzedniej wizyty. To był ulubiony napój Ariany i choć był to smak nabyty, on też się do niego przekonał.

Czemu nie potrafię zapomnieć o niej najmniejszego drobiazgu?

Znał odpowiedź, zanim jeszcze zadał sobie to pytanie. Ariana Monterro była nie do zapomnienia, nawet w wieku dziewiętnastu lat; to, jaka mogła być jako dwudziestopięcioletnia kobieta, niemal go przerażało.

Jack zauważył, że Raul tylko dziobie w talerzu, a Gutierrez uważnie go obserwuje z troską w oczach. Gdy zadzwonił telefon na biurku Raula, ten poderwał się pierwszy, niemal wpadając z powrotem do swojego gabinetu.

Jack złapał spojrzenie Gutierreza. — Jest na skraju wytrzymałości — zauważył z niepokojem.

— Co ja mogę? — agent odparł cicho, z rezygnacją wzruszając ramionami. — Dopóki to się nie skończy, nic nie będzie normalne.

— Ramón! — Raul rzucił słuchawką, wpadł z powrotem do pokoju, a jego oczy zapłonęły żarem. — Alvarez mówi!

Gutierrez natychmiast zerwał się na równe nogi. — Chcesz tam jechać, żeby go przesłuchać.

— Oczywiście. — Raul odwrócił się do Jacka. — Nie możemy jednak zabrać pana z nami. Amerykańscy żołnierze w Pałacu Prezydenckim to nic dziwnego; żebym jednak wprowadził choć jednego z was do więzienia Santa Luisa, to już zupełnie co innego.

— Rozumiem — powiedział Jack, i rzeczywiście rozumiał. Sam chciał tam być, wycisnąć z przemytnika szczegóły dotyczące położenia Ariany, ale musiał zaufać ludziom Raula, że wykonają zadanie.

— Podstawię kogoś, żeby odprowadził cię do hotelu. Odpocznij; jeśli wyciągniemy szczegóły od Alvareza, możecie ruszać za parę godzin — poradził Gutierrez.

Zfrustrowany, Jack zacisnął pięści pod stołem, ale skinął głową. I tak nie mógł zrobić nic więcej.

Ariana zbudziła się z nagłym szarpnięciem, niepewna, co ją obudziło, dopóki do jej uszu nie dotarł pomruk silnika diesla. W pokoju było trochę chłodniej, ale wciąż czuła się gorąca i lepka od potu. Zsunęła się z łóżka i podbiegła do drzwi balkonowych, wyglądając akurat w porę, by zobaczyć jeepa wyłaniającego się z dżungli na wyboistej drodze, która prowadziła za budynek stojący za domem. Z tej odległości nie mogła dostrzec szczegółów, poza tym, że jeepem jechał kierowca i jeden pasażer.

Może teraz wreszcie ją nakarmią. Jej pokój wychodził na wschód, więc słońce było teraz za domem, ale po cieniach poznała, że to późne popołudnie, pewnie po czwartej.

Wraz z przyjazdem jeepa posiadłość nagle ożyła. Czy *El Lobo* był poza domem, a jego ludzie w tym czasie się obijali, leniuchując pod jego nieobecność?

Może nigdy się nie dowie, czy jej przeczucie było słuszne, ale w ciągu dziesięciu minut od przyjazdu jeepa rozległy się kroki za drzwiami jej sypialni. Czujna, Ariana patrzyła na drzwi, stojąc przy oknie, i aż podskoczyła, kiedy się otworzyły, odsłaniając nie *sicarios*, tylko pulchną, kobietę w średnim wieku z tacą.

— Kim jesteś? — zapytała Ariana zaskoczona.

— Jestem Emilia, panienko — odparła spokojnie kobieta, stawiając tacę na stoliku. Stała na niej butelka wody i talerz z pokrojonymi owocami. Umierając z głodu, Ariana aż przełknęła ślinę na widok talerza. — *El Patrón* uznał, że wolisz, żebym zajęła się tobą ja, a nie jacyś obcy mężczyźni — ciągnęła Emilia. — Potrzebujesz czegoś?

To było głupie pytanie, pomyślała Ariana. — Pistolet i samochód do ucieczki? — zasugerowała sarkastycznie.

Emilia nie wyglądała na choćby odrobinę zaskoczoną. — Będziesz jadła kolację z *El Patrónem* o siódmej — powiedziała bez cienia emocji w głosie. — Załóż ładną sukienkę. — Odwróciła się na pięcie i wyszła z pokoju; drzwi zatrzasnęły się, a zaraz potem rozległ się szczęk przekręcanego w zamku klucza.

Przynajmniej przyniesiona przez Emilię woda była zimna, owoce też. Ariana zjadła wszystko z talerza i wypiła całą wodę. Klimatyzacja znów się włączyła i w pokoju wreszcie zaczęło się robić chłodniej. Siedząc na skraju łóżka i rozważając swoje opcje, popijając ostatnie łyki chłodnej wody, z posępną miną pomyślała, że powinna była poprosić Emilię o jakieś książki, bo już po jednym dniu zamknięcia w pokoju bez zajęcia dostawała kota.

Kierując się do łazienki, żeby zmyć z rąk lepiący sok, uświadomiła sobie, że przynajmniej jedną rzecz może zrobić, choć da jej to tylko chwilową satysfakcję. Mogła przeszukać łazienkę centymetr po centymetrze i znaleźć ewentualne kamery, a potem wymyślić sposób, by je zablokować i wziąć prysznic bez martwienia się, że jakiś zboczeniec ją podgląda. Wczorajszy trik z zablokowaniem drzwi zadziałał całkiem nieźle, więc wróciła do sypialni, by go powtórzyć: wcisnęła obcas pod drzwi i ponownie zaklinowała pod klamką ozdobne krzesło.

Nie zajęło jej długo, by znaleźć pierwszą kamerę na szafce z lustrzanymi drzwiczkami, ustawioną prosto na prysznic. Mocno szarpnęła i przewód wyszedł ze ściany, co wywołało u niej uśmiech satysfakcji, choć nadgarstek zapiekł boleśnie. Nie przestała szukać i wkrótce znalazła drugą kamerę, sprytniej ukrytą — w naturalnym sęku drewnianej boazerii. Przez chwilę rozważała, co z nią zrobić, przechylając głowę, po czym znów się uśmiechnęła. Kropelka pasty do zębów w obiektyw powinna załatwić *sprawę*, a przynajmniej *El Lobo* najwyraźniej troszczył się o jej stan uzębienia na tyle, że zapewnił szczoteczkę i pastę.

Ariana szukała jeszcze dziesięć minut, ale nic więcej nie znalazła. W końcu wzięła głęboki oddech i wzruszyła z rezygnacją ramionami. Jeśli porywacze zobaczą ją pod prysznicem, nawet jeśli zrobią z tego nagranie i wrzucą je do internetu, realistycznie rzecz biorąc, w tej chwili i tak byłby to najmniejszy z jej problemów.

Odwijanie bandaży z nadgarstków bolało, ale musiała je obejrzeć i aż nazbyt dobrze wiedziała, że i tak były zawiązane za luźno. Gdy nikt nie wpadł — ani nawet nie próbował — zanim skończyła zdejmować bandaże, uznała, że czas zaryzykować prysznic.

Gorąca woda cudownie pieściła spoconą, brudną skórę. Ariana uniosła twarz do strumienia i pozwoliła, by choć na kilka sekund spłukał jej troski. Jednostajny, tępy ból obolałych ramion przywrócił ją do rzeczywistości szybciej, niż by chciała, więc westchnęła, sięgnęła po mydło, szybko się umyła i wyszła spod prysznica, zanim ktokolwiek zdążyłby wtargnąć do łazienki.

Mycie włosów było koszmarem przy bolących obu rękach, a suszenie nie wchodziło w grę. Zostaną więc splątane i wilgotne. Może, jeśli Emilia wróci, Ariana poprosi ją o pomoc przy rozczesaniu i zapleceniu ich, ale nie zamierzała pukać do drzwi i prosić o obecność tamtej kobiety.

Westchnąwszy, obejrzała zawartość szafy. Jedyna w miarę przyzwoita sukienka, którą miała na sobie wczoraj wieczorem, była teraz tylko poszarpanym łachmanem. Z pozostałej mniej więcej tuzinowej reszty nie wyobrażała sobie, że mogłaby kiedykolwiek którąkolwiek założyć. Krótkie były tak krótkie, że ledwie zakrywałyby jej tyłek, a niezależnie od długości wszystkie miały głębokie, bezwstydne dekolty. Stanik pod każdą z nich byłby w połowie na wierzchu, a już na pewno nie zamierzała go zdejmować.

W końcu wzruszyła ramionami i chwyciła sukienkę z elastycznego, śliskiego materiału. Była w krzykliwe wzory, które — miała nadzieję — przyciągną wzrok, a nie pół odsłonięty stanik, a przynajmniej rozciągliwa tkanina sprawiała, że nie musiała siłować się z zamkami. Wsunęła się w sukienkę i skrzywiła się na swój widok w lustrze.

— Będzie musiało wystarczyć — mruknęła, odwracając się od odbicia. Nie zamierzała męczyć się z makijażem, a jeśli *El Lobo* będzie miał do tego uwagi, zasłoni się obolałymi nadgarstkami. Nigdy nie umaluje się i nie będzie udawać jego dziwki, bez względu na to, czym będzie groził ani co jej zrobi.

ROZDZIAŁ CZTERNASTY

 czekała na Rangerów w garażu podziemnym, gdzie czekał na nich kolejny czarny SUV. Nie przedstawiła się, a oni o to nie pytali, gdy odwoziła ich z powrotem do hotelu.

— Idę wziąć prysznic i spróbuję uciąć sobie parę godzin drzemki — powiedział Jack cicho, kiedy czterej mężczyźni na moment zatrzymali się w hotelowym lobby. — Jeśli chcecie wyjść i rozejrzeć się, w porządku, ale trzymajcie telefony pod ręką. Gutierrez wyposażył ich wszystkich w tanie telefony na kartę, wcześniej nieużywane, żeby mogli się kontaktować.

— Trzymać się w promieniu pięciu przecznic? — zaproponował Hunter, a Jack skinął głową. Centrum Guàlize City nie było wiele większe, a jeśli zostaną w tym rejonie, w razie potrzeby w dziesięć minut powinni być z powrotem w hotelu. Przylecieli lotem rejsowym, więc i tak nie mieli żadnej broni do odebrania.

— Trzymajcie się razem, jeśli już wyjdziecie — poprosił Jack. — W trójkę, a przynajmniej parami. Nie wiemy, czy ktoś nas obserwuje, a nie chcę nikomu ułatwiać roboty.

— Tak jest, panie kapitanie. Wszyscy trzej potwierdzili rozkaz krótkimi skinieniami. Gdyby byli w mundurach, zasalutowaliby, pomyślał Jack, odwracając się sam do windy, podczas gdy pozostali wyszli z powrotem na zewnątrz. Zapewne dostawali już świra po wczorajszym długim locie i całym dzisiejszym dniu zamknięci w czterech ścianach, musieli rozprostować nogi. Przynajmniej on był wczoraj w dżungli, na miejscu katastrofy. Myśląc o tym, przypomniał sobie, że musi zadzwonić do Mary. Zrobi to, jak tylko wróci do pokoju. Raul zorganizował, by ciało Elliota przywieziono do Guàlize City razem z innymi; ze względu na przestępczy charakter katastrofy prawnie wymagano, by przeprowadzono sekcje. Ciało Elliota zostanie wydane w ciągu kilku dni, a Raul obiecał zająć się repatriacją wszystkich członków zmarłej ochrony.

To nie była łatwa rozmowa — siedzieć na krawędzi hotelowego łóżka w zaciemnionym pokoju i mówić Marze, że Elliot na pewno nie żyje. Że Jack widział jego ciało.

— Będzie musiała być sekcja, ale powinienem móc przywieźć go do domu za kilka dni — powiedział Jack do zapłakanej Mary do słuchawki.

— Sekcja? Dlaczego? Przecież zginął w katastrofie lotniczej! — wydusiła przez czkawkę.

Za późno Jack zdał sobie sprawę, że puścił farbę. Powinien był po prostu powiedzieć, że jest trochę papierologii do załatwienia, zanim będzie mógł sprowadzić ciało Elliota, pomyślał, wkurzony na siebie. Nie zamierzał jednak kłamać Marze, więc zamiast tego powiedział: — Mara... jest w tym więcej, niż mogę ci teraz powiedzieć. To informacje niejawne.

Była żoną Rangera; wiedziała, że są rzeczy, o których nie można mówić. Zapewne jej myśli mknęły już w stronę wszelkich możliwych spekulacji, ale nie pisnęłaby nikomu ani słowa, dopóki nie będzie mógł powiedzieć jej więcej.

— Ariana? — Jednym słowem Mara zawarła całe mnóstwo znaczeń.

— Tajne — odpowiedział Jack jednym słowem.

— Rozumiem. — Mara na moment zamilkła, po czym dodała: — Powodzenia, Jack.

— Dzięki, Mara. Przywiozę Elliota do domu, jak tylko będę mógł.

— Dziękuję *ci* — powiedziała, po czym się pożegnała i rozłączyła.

Jack opadł na łóżko wciąż w pełni ubrany, wpatrując się w sufit. W całej tej intensywności pościgu za Arianą i jej porywaczami nie miał tak naprawdę czasu, by pomyśleć o śmierci Elliota. Wciąż do niego nie docierało, że jego najlepszy przyjaciel naprawdę odszedł. Pewnie dotrze dopiero, gdy wróci do Stanów, zamyślił się, kiedy Elliot będzie mógł dostać takie pożegnanie, na jakie zasłużył. Sama myśl, że już nigdy nie zobaczy Elliota, nie usłyszy tego głębokiego parsknięcia, które zapowiadało jeden z jego okropnych dowcipów, była teraz zbyt trudna do ogarnięcia.

Był dość zmęczony po kiepsko przespanej nocy, więc kiedy zamknął oczy, sen nie był daleko. Spał jednak płytko, dręczony snami o beztwarzowym mężczyźnie obcinającym Arianie lśniące włosy maczetą, kosmyk po kosmyku, coraz bliżej skóry głowy.

Jack zerwał się z niespokojnej drzemki na głośne pukanie do drzwi. Ku swojemu zaskoczeniu zobaczył, że na zewnątrz zaczyna się ściemniać; spał dłużej, niż mu się wydawało.

— Kto tam? — zawołał, siadając i zsuwając nogi z łóżka.

— Hunter.

— Już idę.

Gdy Jack otworzył drzwi, niższy mężczyzna stał sam. — Diaz i Mostyn właśnie się odświeżają — powiedział Hunter bez wstępów — a potem planujemy zejść na kolację. Idziesz?

— Chyba tak — Jack skinął głową. — Rozejrzeliście się?

— Tak. Piękne miasto, co? Zupełnie nie to, czego się spodziewałem po Ameryce Południowej.

Machnąwszy Hunterowi, żeby wszedł do pokoju, Jack wyjął z plecaka czystą koszulę i przebrał się. — Czego *właściwie* się spodziewałeś?

— Sam nie wiem, szczerze mówiąc — wzruszył ramionami Hunter. — Skoro nigdy wcześniej tu nie byłem... chyba myślałem, że wszędzie będzie jak w tych slumsach Rio, które widziałem w telewizji.

Jack zaśmiał się na to, podniósł kurtkę i wsunął w nią ramiona. — Nie w Guàlize, przynajmniej nie na większą skalę. Kraj siedzi na całkiem porządnych złożach ropy po północnej stronie jeziora Maracaibo i mieli dwóch uczciwych, popularnych prezydentów z rzędu przez ostatnie czternaście lat. Wlali masę wpływów z ropy w infrastrukturę i edukację, i przeciętny obywatel ma się tu całkiem nieźle, dziękuję bardzo. Dlatego Monterro i reszta rządu są tak zdeterminowani, by nie pozwolić, żeby kartele narkotykowe znów zapuściły tu korzenie.

— Rozumiem — przytaknął Hunter. — Dwa przecznice stąd jest mały targ, miejscowi sprzedają świeże produkty i przyprawy, takie rzeczy. Pogadaliśmy z kilkoma właścicielami straganów i, cholera, jacy to mili ludzie. A kiedy się dowiedzieli, że jesteśmy Amerykanami, też byli bardzo przyjaźni.

To było na tyle niecodzienne, że wzbudzało ciekawość, wiedział Jack. Skinął głową, gdy wyszli z pokoju i ruszyli korytarzem, by zapukać do drzwi pozostałych. — Sześć lat temu też tak było, kiedy tu byłem. Naprawdę życzliwi.

— Tak, dobrzy ludzie.

Mostyn i Diaz byli gotowi, więc cała czwórka zeszła znowu do restauracji. Kręciło się tam sporo biznesmenów w małych grupach, więc nikt nie zwrócił na nich uwagi, gdy zasiedli przy cichym stoliku z boku sali.

Pojawił się ten sam kelner, który obsługiwał ich poprzedniej nocy, by przyjąć zamówienia. Jack wciąż miał problem, by skupić się na menu, więc poczekał, aż Hunter złoży zamówienie, po czym powiedział: — To samo dla mnie, dzięki.

Byli w połowie posiłku, cicho rozmawiając o tym, co mężczyźni widzieli tego dnia, kiedy ruch przy drzwiach przykuł uwagę Jacka.

— Jest Gutierrez. — A po wyrazie twarzy widać było, że ma wieści. Jack upuścił widelec na talerz i podniósł się na nogi, gdy Gutierrez podszedł do stolika.

— McAuley. Znaleźliśmy ich — Gutierrez przeszedł do rzeczy.

— Ruszajmy. Och, kolacja... — Jack odwrócił się z powrotem do stołu. — Lepiej weźmy rachunek.

— Już załatwione — odprawił jego obawy ruchem ręki Gutierrez. — Proszę. Pan Monterro na panów czeka.

Od razu stało się jasne, że nie jadą z powrotem do Pałacu Prezydenckiego, bo Gutierrez skręcił prowadzonego przez siebie SUV-a w innym kierunku.

— Na lotnisko — powiedział zwięźle, gdy Jack zapytał, dokąd jadą, i na tym Jack musiał poprzestać.

— To rozsądne, panie kapitanie? — mruknął Hunter półgłosem, gdy czterej Rangerzy wysiedli z SUV-a i ruszyli za Gutierrezem do hangaru. — To nie wojsko... — przeciwnie, hangar zajmował prywatny odrzutowiec dla VIP-ów, lśniący nowiutki Gulfstream, bliźniaczy z tym, który Jack widział rozbity w dżungli.

— Nie możemy ryzykować wciągnięcia guàlizejskiego wojska — odparł równie cicho Jack. — Nie, jeśli chcemy mieć przewagę zaskoczenia. *El Lobo Negro* ma oczy i uszy wszędzie. Podzielał obawy Huntera, ale ufał, że Raul Monterro chce dać im jak najlepszą szansę na odzyskanie Ariany żywej. Nie zrobiłby niczego, co mogłoby to zagrozić.

Wyglądało na to, że są zupełnie sami w hangarze, poza Gutierrezem, który zamknął drzwi, którymi weszli, po czym podszedł do samolotu i zawołał w stronę kokpitu. Chwilę później w otwartych drzwiach wychylił głowę Raul Monterro, skinął, gdy ich zobaczył, i zszedł po trapie.

— Tylko kończę przegląd przedstartowy — powiedział, gdy Jack posłał mu pytające spojrzenie.

— Nie wiedziałem, że jest pan pilotem — powiedział Jack, nieco zaskoczony.

— Hobby — wzruszył ramionami Raul. — Na szczęście mam uprawnienia do pilotowania takich maszyn. Ten samolot należy do przyjaciela, który zgodził się pożyczyć mi go w trybie pilnym.

— Dokąd?

— Proszę — skinął, a Rangerzy poszli za nim do grupy stołów ustawionych z boku hangaru. Leżały tam mapy i fotografie, część tych, które Jack widział wcześniej, i inne, dla niego nowe.

— Co woli pić pański pułkownik Cullane? — zapytał Raul niespodziewanie.

— Yyy... nie jestem pewien. Chyba szkocką? — powiedział Jack, zaskoczony.

— Dopilnuję, by wysłać mu skrzynkę najlepszego. Oddzwonił niedługo po waszym wyjściu; wasza NSA wreszcie namierzyła źródłowego e-maila, a moi ludzie zrobili resztę. Oryginalny sygnał wysłano z tej posiadłości tutaj. — Raul podniósł fotografię i podał ją Jackowi.

— Okazała — zauważył Jack, studiując zdjęcie białego domu w stylu rancza. Trzy kondygnacje i dwanaście pełnowymiarowych okien na froncie — to była ogromna posiadłość, która nie wyglądałaby obco w Hamptons.

— I nie taka, na którą w Guàlize stać byle kogo, rozumie pan. Oficjalnie posiadłość wybudowano jako ecolodge. Próba rezerwacji przez ich stronę internetową — stronę, którą w ogóle niezwykle trudno znaleźć, a kiedy już się uda, próbuje zainfekować komputer wirusami — jest praktycznie niemożliwa. Departament antynarkotykowy od pewnego czasu ma tę posiadłość na oku.

— Uważa pan, że posiadłość należy do *El Lobo Negro*?

— Istotnie. — Raul dołożył do zdjęcia, które trzymał Jack, kilka zdjęć satelitarnych. — Nie tak dobre jak te z

NSA, ale Google działa szybciej. Budowę posiadłości zakończono nieco ponad rok temu, a te ujęcia są sprzed czterech miesięcy.

Rzeczywiście, zdjęcia nie miały takiej rozdzielczości jak fotografia, która poprzedniego dnia ujawniła istnienie tajnej drogi przemytników, ale w pełni wystarczały Jackowi. Rozłożył je na stole i wraz z pozostałymi Rangerami pochylił się nad nimi, oglądając budynki w kompleksie — oprócz ogromnego domu-rancza było kilka mniejszych — i rozważając ich przeznaczenie oraz liczbę potencjalnych wrogów na miejscu.

— Musimy wejść solidnie uzbrojeni — powiedział Hunter, wiodąc palcem po budynkach. — I nie możemy zrzucić się prosto na cel. Trzeba podejść i zrobić rozpoznanie.

— Nie mamy czasu na skryty zwiad — powiedział Jack twardo. — Musimy wejść na ostro i wyciągnąć pannę Monterro stamtąd.

Żadnemu to się nie podobało, ale wiedzieli też, że ma rację. Jack dostrzegł jednak porozumiewawcze spojrzenie, jakie wymienili dwaj sierżanci, i wiedział, o czym myślą.

— Potrzebujemy naprawdę solidnej siły ognia — ujął to Mostyn.

Raul uśmiechnął się pod nosem. — Na szczęście o to zadbałem.

Gestem zaprosił ich, by obeszli samolot na drugą stronę hangaru, i wszyscy przystanęli na widok broni, którą Gutierrez krzątał się, ładując amunicją.

— Myślałem, że mówił pan, że nie dostaniemy wsparcia wojska? — powiedział Hunter.

— Nie dostaniecie — rzucił Gutierrez, zerkając na niego i szczerząc zęby. — Mam tylko cztery spadochrony.

— Za to broni starczy dla pół pułku! Skąd, u diabła, to wszystko pan wytrzasnął? — Hunter podszedł, podniósł nowiutki karabinek szturmowy i z uznaniem mu się przyjrzał.

— Proszę nie pytać, nie będę musiał odpowiadać. — Uśmiech Gutierreza zmienił się w zadziorny uśmieszek.

Była też świeża odzież dla każdego z nich: mundury polowe w dżunglowym kamuflażu, po dwa pełne komplety na głowę, plecak już przygotowany z awaryjnym wyposażeniem medycznym oraz więcej amunicji i materiałów wybuchowych, niż byliby w stanie kiedykolwiek unieść.

Poświęcili piętnaście minut na wybór i spakowanie sprzętu, po czym wrócili do stołu planistycznego. Może i wchodzili w pośpiechu, ale Jack chciał do diabła dopilnować, by mieli kilka alternatywnych scenariuszy ewakuacji, jeśli coś pójdzie nie tak, bo istniało duże prawdopodobieństwo, że *coś* rozwali im bazowy plan.

Raula paliło, żeby już ruszać, ale Gutierrez był najwyraźniej byłym operatorem sił specjalnych i przekonał szefa, żeby uzbroił się w cierpliwość, podczas gdy Rangerzy przechodzili przez swoje procedury. I dobrze, że nie wylecieli od razu, bo akurat gdy skończyli i szykowali się do załadunku odrzutowca, odgłos podjeżdżającego auta na zewnątrz sprawił, że wszyscy zamarli i spojrzeli po sobie.

Pierwszy poruszył się Gutierrez, dobył pistoletu i ruszył do drzwi wejściowych. Minutę później spojrzał na Jacka, unosząc brwi, po czym wprowadził nowo przybyłego do hangaru.

— Ma pan gościa, kapitanie McAuley.

— Czy my się znamy? — zapytał Jack zaskoczony; mężczyzna wyglądający na miejscowego w ogóle nie wydał mu się znajomy.

— Cóż, wczoraj spotkaliśmy się tylko przelotnie i nie bardzo miałem okazję się przedstawić — odparł mężczyzna z uśmiechem, a Jack nagle uświadomił sobie, że to ten amerykański agent, który poprzedniego dnia przekazał mu w parku zdjęcia satelitarne. — Nie wiem, co pan tu robi, i zdecydowanie nie chcę wiedzieć — wiarygodna niewiedza i te sprawy — ale mam coś dla pana. Właśnie przyleciało popołudniowym lotem, w poczcie dyplomatycznej.

Brwi Jacka powędrowały wysoko, gdy otworzył torbę podaną przez agenta, a na twarzy rozlał mu się uśmiech. W środku było pół tuzina szyfrowanych radiostacji osobistych Rangerów. Nie trawił myśli o wejściu bez łączności, ale nie mieli gwarancji, że cokolwiek dostaliby w Guàlize, będzie bezpieczne. Posiadanie radii, których przeciwnik nie zdoła przechwycić, zdecydowanie zwiększało ich szanse powodzenia.

— Powodzenia, kapitanie McAuley — powiedział agent cicho, po czym zwrócił się z szacunkiem do Raula: — Życzę panu pełnego sukcesu w szybkim odzyskaniu panny Monterro, proszę pana.

— Dziękuję — Raul skłonił głowę w odpowiedzi i patrzyli, jak Gutierrez odprowadza agenta z powrotem.

— Czy kiedykolwiek poznaliśmy jego nazwisko? — zapytał po chwili Raul.

— Naprawdę uważa pan, że podałby nam prawdziwe? — odparł sucho Hunter.

ROZDZIAŁ PIĘTNASTY

ARIANA NIE MIAŁA JAK sprawdzić godziny, ale zakładała, że jest siódma, albo tuż przed, kiedy jej drzwi znów odryglowano. Przestawiła krzesło i buty, żeby drzwi mogły otworzyć się swobodnie, i siedziała przy oknie z rękami złożonymi skromnie na kolanach.

To nie Emilia otworzyła drzwi; był to jeden z *sicarios* Gustava, chudy mężczyzna z krzaczastym wąsem i zimnymi jak u węża oczami. Za nim stał drugi, pyzaty, który z lubieżnym wyrazem twarzy gapił się na dekolt Ariany. Zignorowała obu, podniosła się i przeszła obok nich z wysoko podniesioną głową, spokojna i milcząca. Za jej plecami ktoś mruknął coś, czego nie dosłyszała, ale po chwili rozległ się sprośny śmiech, od którego włoski stanęły jej dęba na karku.

Zmuszając się, by utrzymać równy krok, Ariana zeszła po schodach. Nie zamierzała pozwolić, by para zbirów ją zastraszyła, nie wtedy, gdy prawdziwe zagrożenie czekało na nią w jadalni, uśmiechając się ciepło i proponując wybór bezalkoholowych napojów.

— Wystarczy woda, dziękuję — powiedziała chłodno. — Nie przepadam za słodkimi napojami gazowanymi, a aspartam w dietetycznych to paskudna chemia. Rakotwórcza.

Gustav aż zazgrzytał zębami, a Ariana zastanowiła się, czy specjalnie fatygował się po te napoje. Czy naprawdę próbował się jej przypodobać? Chyba nie sądził, że da się uwieść takimi staraniami!

Ignorując go, usiadła przy stole i zerknęła na jedzenie rozstawione przed nią. Przynajmniej nie było dziś uczty dla dwudziestu; na stole stało tylko pół tuzina dań, żadne z nich na pokaz ani przesadnie wymyślne.

Gustav nalał jej wody do szklanki, a wrodzone maniery kazały jej mruknąć ciche dziękuję. Sam zajął miejsce.

— Dziś przekonamy się, jak wysoko twój ojciec ceni twoją skórę — powiedział złośliwie.

— Nie ceni jej ponad nasz kraj, zapewniam cię — odparła Ariana znudzonym tonem, zastanawiając się, na co ma ochotę. Talerz owoców wcześniej tylko stępił głód, musiała jednak trzymać siły, nawet jeśli nie miała żadnego ruchu. Wybrała kilka *quesadillas* i nałożyła dwie na talerz.

Wyglądało na to, że Gustav nie zażył dziś kokainy, bo jadł — nakładał sobie i pożerał jedzenie, popijając solidnymi łykami czerwonego wina ze swojej szklanki. Jego maniery przy stole były odrażające; Ariana robiła, co mogła, by patrzeć tylko w swój talerz i nie widzieć, jak żuje z otwartymi ustami, ani tłustych palców wycieranych w ubranie.

Władca narkotykowy nie bardzo wiedział, co do niej mówić, kiedy akurat nie groził. Rzucił kilka uwag, które Ariana mogłaby niemal uznać za flirt, gdyby nie to, że komplementy miały postać uwłaczających przytyków. Najwyraźniej *El Lobo* uważał kobiety za płeć gorszą, a traktowanie ich jak istot rozumnych, mających własne myśli i opinie, było mu całkiem obce.

Ariana ignorowała swojego nieproszonego towarzysza kolacji, jak tylko się dało. Jedząc *quesadillas* i popijając wodę, skończyła i usiadła w milczeniu z dłońmi na kolanach.

— Czemu nie mówisz? — zapytał w końcu Gustav, najwyraźniej poirytowany jej postawą. — Kobiety, normalnie to im się gęby nie zamykają.

— W takim razie mój wybór, by milczeć, powinien być miłą niespodzianką — odcięła się Ariana.

Najwyraźniej nie potrafiąc znaleźć kontrargumentu, wlepił w nią wzrok. Czuła ciężar jego spojrzenia, ale zmusiła się, by nie podnieść oczu, i wpatrywała się w pusty talerz.

Ciszę przerwał znów charakterystyczny klekot ognia z broni automatycznej i Gustav zerwał się na nogi, wrzeszcząc na swoich ludzi i wyciągając z wewnętrznej kieszeni marynarki pozłacany pistolet. Ariana znieruchomiała, nie chcąc go sprowokować, gdy lufa broni zatoczyła łuk w jej stronę.

— Atakują nas, *patrón*! — bełkotał jeden z ludzi, którzy wpadli do pokoju na krzyk Gustava, z oczami szerokimi ze strachu. Był to ten zimnooki mężczyzna, który wcześniej otwierał drzwi Ariany, i teraz nie wyglądał już na tak pewnego siebie, co odnotowała z powściągliwą satysfakcją. — To Amerykanie!

— Nie bądź śmieszny — warknął Gustav. — Dlaczego *Amerykanie* mieliby tu być? Nie, to ludzie Monterra. Cóż, zobaczymy, jak chętnie będzie ciągnął dalej, kiedy na szali znajdzie się życie jego ukochanej córeczki. Zaprowadźcie ją na górę i skrępujcie.

— Zaraz, co? — Ariana zerwała się na równe nogi i zaklęła, gdy zimnooki mężczyzna szarpnął ją brutalnie za ramię. — Zabierz te pieprzone łapy!

Spojrzała na Gustava, ale ten ją zignorował, pędem wybiegając z pokoju i wrzeszcząc o więcej ludzi.

Zimnooki i jego tępawy wspólnik sprzed chwili wlekli Arianę po schodach na górę, mamrocząc groźby, podczas gdy kopała i wyrywała się.

— Później się tobą zajmiemy — powiedział zimnooki z lubieżnym uśmiechem, wciągając ją do pokoju. — Z przyjemnością wyślemy twojemu ojcu nagranie, jak jego ukochana córeczka jest brana przez każdego, kto będzie miał na nią ochotę. Po tych słowach spoliczkował ją mocno w tyłek, a ona wrzasnęła z wściekłości i strachu, szamocząc się, by się wyrwać. Żaden z nich nie zamierzał jej jednak puścić i sytuacja szybko się pogorszyła, kiedy jeden z mężczyzn wyciągnął grubą opaskę zaciskową i ciasno przytwierdził ją do słupka łóżka, z rękami z przodu.

Potem nie mogła już nic, tylko wykrzyczeć w pusty pokój swoją wściekłość, choć na szczęście obaj natychmiast ją zostawili. Jedno szarpnięcie opaski sprawiło, że aż pociemniało jej w oczach; ból w nadgarstkach był nie do zniesienia. Nieruchomiejąc, próbując złapać oddech, oparła czoło o drewniany słupek i modliła się, by następny, kto wejdzie, przyszedł ją ratować, a nie zabić albo zgwałcić.

Światła nagle zgasły i Ariana wstrzymała oddech. Sama w ciemności, wsłuchując się w strzały na zewnątrz, poczuła nagle większy strach niż przez cały ten koszmar. Tak czy inaczej o jej losie miało się właśnie rozstrzygnąć, a ona nie miała w tym żadnego głosu.

Rozdział szesnasty

Siedząc na fotelu drugiego pilota, Jack wpatrywał się nieobecnym wzrokiem w ciemną dżunglę pod nimi, gdy Raul pewną ręką prowadził samolot w stronę punktu zrzutu. Ariana była tam na dole, gdzieś, w mocy mężczyzny — potwora — o którym tego ranka przeczytał zbyt wiele w aktach Raula. Rzeczy, których dopuścił się *El Lobo Negro*, które kazał innym robić, przewracały Jackowi żołądek. Na samą myśl, co ten drań mógłby zrobić Ari, Jack miał ochotę paść na kolana i się modlić.

— Dziesięć minut — powiedział Raul cicho, a Jack skinął głową, podnosząc się. Położył lekko dłoń na ramieniu Raula.

— Odzyskamy ją. *Albo zginiemy, próbując* — zawisło niewypowiedziane w powietrzu.

— Wiem. — Raul odrywał wzrok od przyrządów, zerknął na Jacka. Ich spojrzenia się spotkały i przez chwilę porozumiewali się bez słów, świadomi, że to bardzo możliwe, iż widzą się po raz ostatni w życiu. — Trzymaj się, Jack — powiedział w końcu, a Jack skinął głową.

— Ty też, Raul — odparł cicho, licząc, że zobaczy starszego mężczyznę znowu, i to wkrótce.

Wracając do kabiny, skinął głową pozostałej trójce; Hunter odwzajemnił skinienie. Mieli już na sobie spadochrony i osprzęt, gotowi do skoku. Jack wsunął swoje pasy, zapiął klamry, podszedł do tylnego wyjścia i położył dłoń na klamce, czekając na sygnał Raula.

— Powodzenia tam na dole — powiedział Gutierrez z miejsca przy drzwiach. — Proszę przywieźć pannę Monterro do domu, kapitanie.

Nad drzwiami zapaliło się czerwone światło. Jack ścisnął klamkę i szarpnął do góry, otwierając drzwi; spadek ciśnienia szarpnął nim, próbując wyrwać go na zewnątrz, ale mocno trzymał się ościeżnicy. Skoczy jako ostatni. Hunter był prowadzącym; przemknął szybko obok Jacka i skoczył w wyjący mrok.

Nie minęło nawet dwadzieścia sekund, a wszyscy czterej Rangerzy zniknęli w wyjącej czerni nocy. Gutierrez szarpnął drzwi, zamknął je i zabezpieczył, po czym odpiął pasy i ruszył do przodu, by zająć fotel drugiego pilota obok szefa.

— Myśli Pan, że im się uda? — musiał zapytać.

— Jeśli im się nie uda, niech Bóg zlituje się nad Arianą, bo Czarny Wilk nie okaże — odparł Raul. Głos miał równy, a twarz mogła być wykuta z kamienia, tak niewiele na niej widać było, ale Gutierrez dostrzegał, jak bardzo szef cierpi.

Milcząco ochroniarz zwrócił się przodem, patrząc w noc. Półgłosem wyszeptał modlitwę za czterech mężczyzn, którzy dobrowolnie wyskoczyli w ciemność, by spróbować odnaleźć Arianę Monterro tylko dlatego, że jeden z nich o nią dbał.

Spadając w ciemność w swobodnym locie, Jack miał wrażenie, że czas zwalnia; każda sekunda rozciągała się w wieczność, w której mógł prześledzić decyzje, jakie doprowadziły go do tej chwili.

Wszystko zaczęło się, pomyślał, noc po pogrzebie Luisy Monterro, kiedy Ari załamała się i w swoim żalu zwróciła się do niego.

Boże, wybacz mu — pomyślał ponuro Jack — *ale okazał się słaby*. Ari była tak piękna, że każdy obejrzałby się za nią dwa razy, i nie mogła bardziej trafiać w jego gust, nawet gdyby była zrobiona na zamówienie. Miała gęste, ciemnobrązowe włosy, jedwabiste fale sięgające aż do krzyża, jaśniejsze, płowobrązowe oczy, które iskrzyły do niego ogniem, twarz o idealnym owalu złocistej skóry i pełne, miękkie usta. A jej ciało było absolutnie zniewalające: smukłe krągłości i długie kończyny, przyciśnięte do niego, gdy kurczowo się go trzymała i całowała, ofiarowując mu siebie.

Niewybaczalnie, stracił rozum. Po cichu fantazjował o Arianie od chwili, kiedy ją poznał; choć wciąż powtarzał sobie, że to nie w porządku, nie potrafił przestać. Nigdy nie pozwalał, by wpływało to na ich relacje, i nigdy nie zamierzał dać jej poznać, jak bardzo go pociąga.

Aż do teraz, gdy była wokół niego owinięta, trzymała się go mocno, szarpała jego ubrania i wydawała ciche jęki frustracji, bo nie potrafiła zdjąć ich dość szybko, by zaspokoić swoje pragnienie.

Odwzajemnił jej pocałunki z dziką namiętnością, zrywał niecierpliwie koszulę i krawat, pozwalając jej przesuwać palcami po jego silnie umięśnionej klatce piersiowej. Jej czarna sukienka dołączyła do jego ubrań na podłodze, a czarny jedwabny stanik, figi, pas do pończoch i same pończochy pod spodem doprowadziły go niemal do obłędu.

Szeptał jej imię na jej gładkiej, złocistej skórze, zanim prześledził językiem każdy jej cal, bo jeśli miał to zrobić, Jack McAuley zamierzał, do diabła, zrobić to jak należy. Żadnego szorstkiego, pośpiesznego zbliżenia dla Ariany. Zasługiwała na więcej, zasługiwała na czułość, i dał jej ją, choć mało tej czułości w nim zostało, kiedy uniósł się nad nią, a ona wbiła paznokcie w jego plecy, błagając o więcej, *mocniej*.

Wtulić ją syta i śpiącą w pościel i odejść było najtrudniejszą rzeczą, jaką kiedykolwiek musiał zrobić, ale wiedział, że już złamał kardynalną zasadę pracy ochroniarza.

Nie wiąż się z osobą, którą chronisz.

Nie powiedział Raulowi wszystkiego — miałby szczęście, gdyby wyszedł z Guàlize żywy, gdyby to zrobił — ale przyznał, że, jego zdaniem, zbliżył się do Ari zbyt mocno, by być bezstronnym, trzeźwo myślącym ochroniarzem, którego potrzebowała, i że czuł, iż ona z kolei, w swoim żalu, stała się od niego zbyt zależna.

Raul, wciąż z zaczerwienionymi od płaczu oczami, studiował Jacka niepokojąco długo, po czym skinął głową.

— W porządku, poruczniku. Kapitan Cullane dał mi listę nazwisk do kontaktu, Rangerów, którzy niedawno odeszli ze służby albo mieli odejść. Twoje było pierwsze, ale zastanawiam się, czy rzuciłbyś okiem na resztę?

Jack nie bardzo mógł odmówić, więc usiadł i spojrzał na listę.

Nazwisko Elliota było na niej drugie, zaraz pod jego własnym.

Jack na krótką chwilę przymknął oczy z poczucia winy. Gdyby przyjął tę robotę, gdyby jakoś zdołał odmówić temu, o co Ari błagała, czy Elliot wciąż by żył? Czy Mara nie byłaby teraz świeżo owdowiałą żoną? Czy Ari byłaby bezpieczna u boku Raula? Boże, co za *bałagan*. A teraz wciągnął Huntera, Diaza i Mostyna w coś, co najpewniej okaże się absolutną rozpierduchą, z której bardzo możliwe, że nikt z nich nie wyjdzie żywy.

A wszystko przez drobną dziewczynę, która sześć długich lat trzymała jego serce w smukłej dłoni, choć od tamtej nocy nie widział jej na oczy.

Zegar w jego głowie odliczył do zera i spojrzał na wysokościomierz; cyfra jarzyła się jasno, mówiąc, że czas otwierać spadochron. Szybki ruch nadgarstka wysłał w powietrze pilocik, a twarde szarpnięcie w pierś po paru sekundach oznajmiło, że główna czasza rozwinęła się prawidłowo.

Przez gogle noktowizyjne dostrzegał ledwie zarysy innych czasz przed sobą, zwisających pod nimi ludzi — jaśniejszą zielenią. Na strefę zrzutu wybrali wzgórze około mili od kompleksu; bliżej, niż Jack lubił, ale mila w dżungli to jak dziesięć na otwartym terenie. Przejście zajmie czas, nawet ludziom tak doświadczonym w poruszaniu się po takim terenie jak czterej Rangerzy. Nie mieli żadnych informacji o sytuacji, w jaką wchodzili, żadnego rozpoznania poza kilkoma zdjęciami satelitarnymi, żadnego pojęcia, ilu ludzi *El Lobo* mógł mieć na ziemi.

Będą mieli szczęście, jeśli któremukolwiek z nich będzie dane zobaczyć jeszcze jeden świt.

Stopy Jacka uderzyły o ziemię głuchym tąpnięciem; amortyzował wstrząs lądowania z łatwością wynikającą z długiej praktyki, szybko zabrał się za zdejmowanie spadochronu i zwinął go. Diaz podszedł, żeby odebrać od niego czaszę i ukryć ją z pozostałymi; Jack skinął sierżantowi i sięgnął, by włączyć radio. Jak pułkownik Cullane zdołał wepchnąć szyfrowane urządzenia do poczty dyplomatycznej, by dotarły w tak krótkim czasie, Jack nie miał pojęcia, ale będzie dozgonnie wdzięczny, bo nie było szans, by Czarny Wilk albo jego ludzie przechwycili ich sygnały.

— Alfa Dowódca — powiedział rzeczowo.

— Alfa Jeden — odpowiedział Hunter natychmiast, a po dwóch sekundach rozległo się od Mostyna i Diaza: — Alfa Dwa, — Alfa Trzy.

— Alfa Jeden, raport.

— Strefa lądowania czysta — padła krótka odpowiedź.

W niecałe pięć minut wzgórze znów było opuszczone; czterej mężczyźni poruszali się razem przez dżunglę, z bronią gotową do użycia. Rotacyjnie pełnili służbę na przedzie, używając maczety do rozcinania najgęstszych zarośli tam, gdzie musieli, ale polegali na goglach noktowizyjnych i szczególnych umiejętnościach Huntera, które prowadziły ich łatwiej naprzód. Jack pokręcił głową z podziwem, gdy Hunter po raz kolejny znalazł im przejście przez pozornie nieprzenikniony gąszcz. Porucznik dorastał w gęsto zalesionych górach północnego Idaho i było to widać; nawet wśród wysoko wyszkolonych Rangerów Hunter był najlepszym „człowiekiem od lasu", jakiego Jack kiedykolwiek znał.

— Wspominałem już, jak bardzo się cieszę, że jesteś ze mną? — powiedział cicho, prosto do ucha Huntera, gdy zatrzymali się na krótką przerwę mniej więcej w połowie drogi do celu.

— Nie, ale dzięki — odparł Hunter, rozbawiony.

— Mówię poważnie. To, że we trzech zgłosiliście się na ochotnika, żeby tu ze mną zlecieć... — ścisnęło go w gardle, ku własnemu zaskoczeniu.

— Nie spinaj się, szefie — Hunter lekko pacnął go w ramię. — Tego właśnie robimy. Likwidujemy złych gości, ratujemy dziewczynę. Panna Monterro nie ma przypadkiem siostry?

— Jeśli ma, to ją zaklepuję — Diaz przykucnął obok nich, unosząc manierkę do ust, uśmiechając się szeroko; zęby bieliły się na twarzy umazanej farbą maskującą.

— Nie poleci na twoją paskudną gębę — dogryzł Hunter.

Jack zorientował się, że się uśmiecha na ich syczane docinki, choćby na krótko. Mimo że Hunter był oficerem, a Diaz podoficerem, koleżeństwo i zaufanie między jego ludźmi było czymś, o co Jack ciężko pracował.

Żałował tylko, że nie mają wsparcia reszty jego kompanii. Kolejnych sto czterdzieści z hakiem chłopa przydałoby się jak diabli. Nawet jeden czy dwa plutony.

Jack pozwolił sobie jeszcze na chwilę tej tęsknej fantazji, po czym trącił lekko Diaza. — Wystarczy.

Obaj natychmiast ucichli. Jack dotknął radia. — Alfa Dowódca, Alfa Dwa, raport. — Mostyn wysunął się kawałek naprzód na zwiad.

Zapadła cisza na kilka sekund, po czym: — Alfa Dwa. Kontakt nawiązany.

Wszyscy trzej Rangerzy zerwali się jednocześnie na nogi. — Alfa Dowódca, Alfa Dwa, raport!

— Cel wyeliminowany. Kontynuować.

— Co do cholery, Mostyn! — syknął Jack, gdy przedzierali się przez drzewa i natknęli się na barczystego sierżanta pochylonego nad leżącym ciałem.

— Typ o mało co mnie nie obsikał. Wszedł między drzewa się odlać. Ja tylko rozpoznawałem teren.

Mówili szeptem, licząc na tło dźwięków dżungli, które utrzyma ich w ukryciu. Mostyn wskazał przed siebie i Jack zrozumiał, że dotarli na skraj dużego wykarczowanego terenu. Niezbyt dalekie światła musiały należeć do samego domu.

— Nie znosisz, jak ktoś na ciebie leje, Mostyn? — dogryzł Diaz.

— Nie widziałem sensu. I tak miał przed sobą mniej niż pięć minut życia.

Piechociarz był martwy na amen, głowa bezwładnie zwisała mu na karku. Nie miał czasu nawet zapiszczeć, zanim Mostyn wynurzył się z ciemności i go zabił.

— Miał przy sobie radio? Psa?

— Nic. Nie sądzę, żeby w ogóle patrolował, tak na serio. Po prostu przyszedł się odlać. — Mostyn wzruszył ramionami. — Czysty fart, że wybrał miejsce dokładnie tam, gdzie leżałem.

Wszyscy wiedzieli, jak łatwo misja może zamienić się w FUBAR w jednej chwili, przez zwykłego pecha. Jack podziękował w duchu za to, że Mostyn był na tyle szybki, by nie pozwolić żołnierzowi podnieść alarmu.

— Nie mamy czasu na dalsze rozpoznanie — podjął błyskawiczną decyzję — na wypadek gdyby ktoś zauważył, że go brakuje, nim wejdziemy na pozycje. Wchodzimy. Teraz.

ROZDZIAŁ SIEDEMNASTY

RANGERZY UŁOŻYLI W HANGARZE z grubsza plan, który w zasadzie sprowadzał się do *pozabijać wszystkich, których widać, i jak najszybciej dostać się do domu.* Martwy strażnik oznaczał tylko, że muszą wprowadzić plan w życie trochę wcześniej, bez trwonienia czasu na rozpoznanie. Jack uparł się, że pójdzie na czele, co wszyscy trzej pozostali uznali za fatalny pomysł, ale że był ich przełożonym, nie zdołali go od tego odwieść.

Hunter postanowił trzymać się Jacka jak cień, żeby utrzymać go przy życiu, a Mostynowi i Diazowi kazał stworzyć drugi zespół i podejść do domu od przeciwnej strony. Pognali w mrok, ograniczając radiową gadkę do minimum.

— Alpha Lead, Alpha Three; mam barak strażników, dziesięciu wrogów w środku.

— Zlikwiduj go, Alpha Three — rozkazał Jack bez wahania, a dziesięć sekund później po drugiej stronie domu huknęła potężna eksplozja. Jack się uśmiechnął i dostrzegł, jak Hunter odwzajemnia uśmiech, gdy w ciemności bieliły mu się zęby. Diaz miał rękę do materiałów wybuchowych i z lubością obładował się z arsenału, który dostarczył im Gutierrez. Nie żeby potrzebował wiele; jeden czy dwa granaty rzucone przez okno załatwiłyby sprawę idealnie.

W domu rozległy się wrzaski i frontowe drzwi rozwarły się; trzech mężczyzn wybiegło na zewnątrz, rozglądając się panicznie, z bronią uniesioną w niebo.

— Pieprzeni amatorzy — splunął Hunter obok Jacka. Porucznik niósł karabin maszynowy Mk 46. Jack tylko przewrócił oczami i mruknął coś o przesadzie, gdy Hunter go wybrał, ale musiał przyznać mu rację co do jego przydatności, skoro jedno pociągnięcie za spust skosiło wszystkich trzech *sicarios*.

W domu znów rozległy się wrzaski, gdzieś z tyłu eksplodowało kolejne ładunki i nagle zgasły wszystkie światła.

— Znalazłem generator — rzucił lakonicznie Diaz przez radio.

— Musimy się tam dostać — powiedział Jack. — Panikują. — Wskazał na narożnik domu. — Wlezę tam, wejdę oknem. Kryj mnie.

— Ty pieprzony wariacie! — warknął Hunter, ale Jack już ruszył sprintem. Seria z okien ścigała go po piętach. Klnąc, Hunter odpowiedział ogniem, zasypując wrogów kulami, i strzelanina ucichła.

— Ja pierdolę — powiedział głośno Hunter, po czym w radio: — Alpha One, Alpha Lead wszedł do środka.

— Kurwa — skwitował elokwentnie Mostyn, zanim on i Diaz zameldowali jak należy.

— Alpha One, szturmuję frontowe drzwi — powiedział Hunter, sam z trudem wierząc własnym słowom, ale musiał odciągnąć uwagę od Jacka, dać kapitanowi szansę na odnalezienie zakładniczki. — Wchodzę.

— Alpha Two, wchodzę, są drzwi od zachodniej strony — padła odpowiedź sekundę później.

— Alpha Three, pierdolę to, wchodzę oknami. Rozległo się *BUM*, gdy Diaz wysadził coś jeszcze, a Hunter skrzywił się, po czym ruszył biegiem, unosząc karabin maszynowy i kładąc ogień zaporowy, kiedy cwałował w stronę frontowych drzwi.

Kratka na pnącza, którą Jack wypatrzył, nie była zaprojektowana, by utrzymać ciężar człowieka, a już na pewno nie kogoś tak dużego i ciężkiego jak on, objuczonego pełnym pakunkiem broni i sprzętu. Złowieszczo trzeszczała, gdy szybko się po niej wspinał, starając się nie obciążać żadnego jej fragmentu dłużej niż ułamek sekundy. Zrównawszy się z oknem na drugim piętrze, wychylił się i wpadł do środka najpierw butami, zeskoczył, przeturlał się i natychmiast podniósł karabin, gotów do strzału.

Pokój był pusty, ocenił błyskawicznie przez gogle noktowizyjne. Z dołu dobiegał już ciężki ogień, gdy pozostali trzej Rangerzy szturmowali dom; dobiegł do drzwi i stwierdził, że są zamknięte.

— Kurwa! — Nie marnował amunicji na zamek; odchylił się i jednym potężnym kopniakiem wyrwał drzwi z zawiasów. Mężczyzna przechodzący korytarzem odwrócił się z przerażonym okrzykiem, a Jack strzelił mu prosto między oczy.

— Zabić ją, zabić tę sukę! — zakrzyczał skrzekliwy głos po hiszpańsku, a Jack skrzywił się, widząc radio przy pasie trupa. Schylił się, chwycił je oraz leżący obok pistolet i pobiegł korytarzem w kierunku, w którym zmierzał tamten, z rozmachem otwierając kolejne drzwi i zerkając szybkim rzutem oka do każdego pokoju.

— Nie żyje? Powiedz, że nie żyje, chcę, żeby Monterro znalazł jej trupa! — wrzasnął znów głos, akurat gdy Jack otworzył ostatnie drzwi i zobaczył Arianę, bladą, odwracającą ku niemu twarz, z rękami przywiązanymi do słupka łóżka.

Ariana wrzasnęła, gdy drzwi się rozwarły, ukazując stojącego w progu mężczyznę. Nie widziała jego twarzy w ciemności; na zewnątrz tańczyły płomienie, ale w domu nie świeciło się żadne światło i zaledwie zdołała dostrzec, że był ogromny, większy niż którykolwiek z tutejszych *sicarios*, i podnosi pistolet w jej kierunku.

Krzyknęła, ile sił w płucach, pewna, że w następnych sekundach zginie i nie zamierzała odejść po cichu. Pistolet ryknął ogłuszającym *trzask*, a ona czekała na ból, po chwili zorientowała się jednak, że nie trafił, i przestała krzyczeć z niedowierzania. Był w odległości niecałego półtora metra. *Jak mógł chybić z takiej odległości?*

— Zrobione, szefie. Nie żyje — burknął Jack po hiszpańsku do radia, rzucił je na podłogę i jednym długim krokiem doskoczył do Ari, kładąc jej dłoń na ustach. — Proszę już nie krzyczeć — powiedział, tym razem po angielsku — jeśli będą myśleć, że Pani nie żyje, kupi nam to minutę albo dwie.

Zszokowana do granic, Ariana patrzyła, jak odkłada pistolet na łóżko, dobywa nóż i jednym cięciem przecina opaskę zaciskową, która wiązała ją do słupka. Ogromny mężczyzna był Amerykaninem i było w nim coś bardzo znajomego.

— Kim pan jest? — zapytała.

— Kapitan McAuley, US Army Rangers, proszę Pani, może mnie Pani pamięta...

Wpatrując się w jego twarz, gdy uwalniał jej ręce, wyszeptała z oszołomionym zachwytem: — *Jack?*

Jack drgnął, gdy wypowiedziała jego imię, spojrzał jej w twarz. Dzięki goglom noktowizyjnym widział ją o wiele lepiej niż ona jego; widział szeroko otwarte, zaskoczone oczy i rozchylone usta.

— Tak — odparł szorstko. — Jestem tu, żeby Panią stąd wyciągnąć.

Ariana nie mogła w to uwierzyć. Jack, *tutaj*. Przyjechał po nią. *Znowu.* — Dlaczego? — wyrwało jej się bez namysłu.

— Dla Pani ojca, Ari! I dla Elliota. — Zauważywszy biały bandaż na jej prawym nadgarstku, Jack sięgnął do niego. — Jest Pani ranna?

— Skręcony. Drugi jest mocno posiniaczony, może pęknięty; moje ręce na razie do niczego się nie nadają.

— Oby to nie miało znaczenia. Chodźmy. Czy da Pani radę użyć broni, jeśli będzie trzeba? — podniósł pistolet z łóżka i podał jej. Choć był pewien, że potrafi ją ochronić, zostawienie Ariany bezbronnej, wiedząc, że Elliot nauczył ją dbać o siebie, byłoby głupotą.

— Jak go zobaczę, strzelę do tego sukinsyna, *El Lobo* — mruknęła Ariana, chwytając pistolet. Ciężar broni ciągnął jej obolałe nadgarstki, ale nie obchodziło jej to; obiema dłońmi trzymała lufę skierowaną bezpiecznie w podłogę, idąc za Jackiem w stronę drzwi.

Nie musiał jej mówić, żeby trzymała się blisko. Nie była żołnierzem, ale wiedziała, co robić; najwyraźniej była porządnie przeszkolona, jak blisko trzymać się prowadzącego podczas ewakuacji. Przynajmniej miała na nogach rozsądne płaskie buty, a choć ciasna, jedwabista sukienka nie była najpraktyczniejszym strojem, nie miał czasu, żeby kazać jej się przebierać. Zastanawiał się, co do diabła działo się tuż przed przybyciem Rangerów, ale teraz nie było czasu na rozmowy.

— Alpha Lead, mam pakiet — zameldował krótko do łączności. — Spotkanie przy punkcie exfiltracji.

Gdzie indziej w domu strzały cichły; pozostali trzej Rangerzy szybko potwierdzili i Jack wyciągnął rękę, by podtrzymać Ari, gdy po schodach dobiegł stukot butów, a ona uniosła pistolet.

— Jest ze mną. Proszę nie strzelać.

To był Mostyn; sierżant skinął Jackowi, rzucając szybkie spojrzenie Arianie. — Medyk? — rzucił do Jacka szorstko, najwyraźniej również dostrzegłszy bandaże na jej nadgarstkach.

— Nic krytycznego.

W tej samej chwili głośny stukot nad głowami sprawił, że wszyscy spojrzeli w górę.

— Co to takiego? — zapytała Ariana.

Jack zaklął. — Śmigłowiec!

Mostyn obrócił się na pięcie bez słowa, pobiegł z powrotem do schodów i pognał na najwyższe piętro.

— Ruch! — syknął Jack, a Ariana popędziła za drugim żołnierzem, zostawiając Jacka jako zamykającego. Wbiegli na dach akurat w chwili, gdy śmigłowiec odrywał się od ziemi.

Jack nie tracił czasu na przekleństwa. Już słyszał, jak Hunter robi to za niego przez radio, przerywając co jakiś czas ogniem. — Alpha Lead, Alpha Three: potrzebna alternatywna exfiltracja — zameldował zamiast tego.

— Do wszystkich Alphas, Alpha Three, południowo-zachodni narożnik — odezwał się po kilku sekundach Diaz.

Cała trójka pognała do narożnika dachu, Mostyn zrzucił plecak i wyciągnął z niego zwiniętą linę i hak. Na południowo-zachodnim narożniku jeszcze nic nie było widać, ale Jack nie wątpił w Diaza.

— Jazda, jazda! — wrzasnął do Mostyna, który skinął, wbił hak w krawędź dachu i skoczył, zjeżdżając w dół elewacji w biegu twarzą do ziemi, od czego Arianie zrobiło się niedobrze już od samego patrzenia.

— Nie dam rady... — podniosła do Jacka dłonie. Wątpiła, czy w ogóle zdoła teraz porządnie złapać linę, a nie miała rękawiczek.

— Wiem — powiedział, przerzucając karabin na plecy, zabierając jej z dłoni pistolet i wsuwając go do bocznej kieszeni plecaka. — Proszę objąć mnie za szyję. — Chwycił linę, oparł stopy o krawędź dachu. — No dalej, Ari. Wie Pani, że nie pozwolę, żeby stała się Pani krzywda.

Dwie eksplozje huknęły jednocześnie, niedaleko, jaskrawe pomarańczowe języki ognia rozświetliły noc, wreszcie pokazując jej jego twarz. Miał ją umazaną czarno-zielonym kremem maskującym do dżungli, wciąż nosił te futurystyczne, niemal obce gogle, które zasłaniały mu oczy.

Skąd możesz mieć taką pewność? chciała na niego wrzasnąć. Daleko było do ziemi, a wciąż nie mieli widocznej drogi ucieczki.

Jack stał spokojnie, czekając. Nie mógł zjechać na linie jedną ręką, dźwigając jeszcze plecak i Arianę. Choć bardzo chciał, nie mógł po prostu chwycić jej i zanieść w bezpieczne miejsce. Musiała mu zaufać.

Nie zajęło jej to długo. Kilka sekund i jej szybki umysł doszedł do wniosku, że nie ma wyboru. Dwa szybkie kroki naprzód i już oplatała mu szyję ramionami.

— Nie wiem, jak mocno dam radę się trzymać — ostrzegła, gdy on odchylił się i zszedł w tył poza krawędź dachu.

— Opleć mnie nogami — rozkazał.

Był nabity mięśniami, a plecak i sprzęt na jego plecach bardzo to utrudniały, ale gdy tylko zaczął szybko schodzić tyłem po ścianie budynku, Ariana od razu poczuła się zaskakująco bezpiecznie. Jego krok był tak pewny, oddech głośny, lecz nie urywany przy jej uchu, kiedy czepiała się go jak małpka.

Zadziwiająco szybko byli na ziemi, a ramię Jacka objęło ją, ustabilizowało, postawiło na nogach i trzymało, dopóki nie odzyskała równowagi. Delikatnie docisnął ją plecami do ściany domu i odwrócił się, stając między nią a wszelkim możliwym zagrożeniem.

Nagle zrobiło jej się bardzo zimno, odkąd przestała przytulać się do jego ciepła; objęła obolałe ramiona, zastanawiając się, co będzie dalej. Drugi Ranger jakby przepadł, Jack szczekał rozkazy do łączności, a ona wciąż słyszała eksplozje i strzały, jakby niepokojąco blisko. Każdy instynkt wrzeszczał, żeby zakryć uszy, zacisnąć powieki i zwinąć się w kłębek.

Ariana czuła, że oddech przyspiesza, serce zaczyna walić. Skóra ją piekła. *Nie teraz, nie teraz, nie mogę mieć teraz ataku paniki!* pomyślała gorączkowo. *Udawaj, że to ćwiczenie, jedno z wielu, które kazał mi przechodzić Elliot...* myśl o Elliocie jednak tylko pogarszała sprawę. Elliot tyle lat był jej oparciem, świadomość, że odszedł i już nigdy nie będzie mogła zwrócić się do niego po radę, podkręciła panikę jeszcze bardziej.

Wbijając wzrok w szerokie plecy Jacka przed sobą, zaczęła w myślach po cichu wyliczać wszystkie kości ludzkiego ciała, zaczynając od stóp i idąc w górę. Doszła dopiero do *tibia, fibula, patella*, gdy nagle zawył silnik i odkryty jeep wystrzelił zza narożnika domu, z piskiem opon zatrzymując się dokładnie przed nimi.

Jack odwrócił się błyskawicznie, podniósł Arianę z ziemi i dosłownie wskoczył z nią na pakę jeepa, przygważdżając ją do podłogi i osłaniając swoim ciałem.

— Nie mamy Huntera! — wrzasnął do Diaza, który siedział za kierownicą. Obok Mostyn stał na fotelu pasażera, z karabinem opartym na górnej krawędzi przedniej szyby.

— Zabieramy go spod frontowych drzwi! — odkrzyknął Diaz. Jeep już znów ruszał, podskakując, gdy

Diaz przeorał zadbane rabaty, po czym jeszcze raz zahamował z poślizgiem.

Hunter zgrabnie wskoczył na tył, nastąpił Jackowi na nogę, zanim go zobaczył. — Przepraszam, sir! — wrzasnął, kucając obok i obracając się tyłem, opierając swój karabin maszynowy na tylnej burcie.

Jack nawet nie odpowiedział. Przez gogle noktowizyjne widział, że Ari leży zupełnie nieruchomo pod nim. Jej usta się poruszały, choć nic nie słyszał.

Czy ona się modli? zastanowił się. *Cóż, kilka słów do Najwyższego do ucha na pewno teraz nie zaszkodzi!*

Jeep znów rwał naprzód, silnik wył protestem, gdy Diaz deptał gaz do dechy i wyciskał z pojazdu, ile się dało. Hunter i Mostyn strzelali raz po raz, ale wymiana ognia trwała tylko kilka sekund, zanim wreszcie oddalili się od domu i pognali ciemnym dżunglowym duktem.

Hunter zastukał Jacka w plecy, dając znać, że czysto. Jack uniósł się i obrócił, by usiąść na podłodze jeepa. Próba zajęcia bocznego siedziska przy tej prędkości na wyboistych drogach byłaby proszeniem się o kłopoty, więc oparł plecy o tył kabiny kierowcy i podciągnął Ari obok siebie. Trzęsła się mocno, nieosłonięta jak on plecakiem, więc przeniósł ją na swoje uda, by usiadła w rozwarciu jego nóg, plecami do jego piersi. Tak mógł do niej łatwiej mówić, z ustami tuż przy jej uchu.

Przynajmniej tak to sobie tłumaczył, choć zobaczył, jak Hunter odwraca się i szczerzy do niego zęby. Jack skrupulatnie zignorował minę swojego zastępcy.

— Alpha Lead, do wszystkich Alphas, są jacyś ranni? — najpierw to sprawdził.

Wszyscy zameldowali brak obrażeń. Jack nie był naprawdę zaskoczony, mimo liczby *sicarios*, z którymi się zderzyli. Uzbrojeni, wyposażeni i wyszkoleni tak znakomicie, Rangerzy musieliby mieć wyjątkowego pecha, by odnieść straty przy takiej przewadze zaskoczenia. *El Lobo* i jego ludzie byli kompletnie poza ich ligą.

Ariana była więc w tej chwili jego jedynym zmartwieniem. Trudno było to ocenić przy wyboistej, szarpanej jeździe, ale był niemal pewien, że się trzęsie. *Ona jest w szoku*, pomyślał, i spróbował objąć ją sobą, ogrzać.

— Ari — powiedział jej głośno do ucha. — Ari, słyszy mnie Pani?

Skinęła gwałtownie głową, przyciśnięta do jego klatki.

— Wyciągnę Panią z tego. Pani ojciec czeka. Liczyliśmy na śmigłowiec, ale mamy plan alternatywny.

Oczywiście, że miał plan awaryjny, pomyślała Ariana. Spokój i pewność Jacka pomogły jej się ustabilizować. Drżenie zwolniło, a potem ustało całkowicie. Podświadomie przytuliła się do niego mocniej, odwróciła głowę i oparła policzek o jego pierś.

Rozdział osiemnasty

Jack mógł tylko w duchu przeklinać, że nie może po prostu zostać tu i trzymać Arianę tak już na zawsze, gdy jej miękki oddech muskał mu szyję. Przez kilka krótkich chwil hałas jeepa, szarpnięcia i wstrząsy, wszystko odpłynęło, a jego świat skurczył się do kobiety w jego ramionach, kurczowo uczepionej go jak liny ratunkowej.

Ale ich plan awaryjny nie zakładał, że długo będą się trzymać tego traktu — jedynej lądowej drogi do i z kompleksu *El Loboa*. Zbyt duże było ryzyko, że natkną się na przeciwnika albo że ludzie *El Loboa* urządzili zasadzkę.

— Zbliżamy się do punktu rozdzielenia — wrzasnął Diaz, przekrzykując ryk silnika — trzymajcie się mocno.

Jack rozstawił szerzej nogi i mocniej objął Ari, unosząc ją nieco z podłogi jeepa. Jego ciało zamortyzuje uderzenia lepiej niż twardy metal, kiedy Diaz wepchnie bieg i ostro skręci w prawo, wystrzeliwując z traktu i przedzierając się kawałek przez dżunglę, aż podszyt stanie się zbyt gęsty, by dało się jechać dalej.

— Co się dzieje? — zapytała Ari, gdy silnik jeepa zgasł, a ich nagle otoczyła gęsta, niemal namacalna cisza; leśne zwierzęta oniemiały na moment od szoku po ich hałaśliwym wtargnięciu.

— Musimy zostawić pojazd — powiedział do niej Jack, gdy tamci trzej już wyskakiwali z jeepa. — Nie możemy zostać na drodze. Zbyt duże ryzyko zasadzki. — Pomógł jej wstać, zeskoczył na ziemię i wyciągnął ręce, by zdjąć ją z jeepa, marszcząc brwi na widok niepraktycznej sukienki, którą miała na sobie. — Hunter — odwrócił głowę.

— Tak jest, proszę pana?

— Potrzebuję twojego zapasowego kompletu ubrań. Masz wymiary najbliższe Pani Monterro.

Hunter zaczął grzebać w plecaku i po chwili podał zwinięte spodnie w dżunglowy kamuflaż, parę skarpetek i koszulę.

— Odwróćcie się tyłem — rozkazał Jack, a wszyscy czterej natychmiast to zrobili, unosząc broń do ramion i zerkając w dżunglę, jakby mieli odpierać atak.

Poruszona, Ariana nie traciła jednak czasu i zrzuciła znienawidzoną sukienkę, wciągając spodnie i koszulę, ignorując ból w nadgarstkach na rzecz szybkości. Może nie była żołnierzem, ale i tak było jasne, że muszą ruszać jak najszybciej, jeśli chcą wymknąć się *El Lobo* i jego ludziom.

Jack miał rację, że Hunter był najbliżej jej rozmiaru, ale ponieważ żołnierz był od niej znacznie szerszy w barach i co najmniej o cztery cale wyższy, ubrania wisiały na niej jak na wieszaku. Zrobiła, co mogła: podwinęła nogawki i rękawy, a potem wsunęła buty.

— Potrzebuję paska — powiedziała. W przeciwnym razie spodnie na pewno by się nie trzymały.

Jack znów dobył noża, odwrócił się i podniósł porzuconą sukienkę. — Zrobimy z tego pożytek.

Widok, jak tnie ją na kawałki, sprawił Arianie niemal fizyczną satysfakcję, ku własnemu zdumieniu. Przyjęła pasek materiału, który jej podał, przewlekła go przez szlufki i zawiązała supeł z przodu. Miała pełną świadomość, że pewnie wygląda jak straszydło, ale była o niebo lepiej przygotowana na marsz przez dżunglę niż pięć minut temu. Zwłaszcza gdy Jack podał jej zapasowe gogle noktowizyjne i pomógł dopasować je do jej głowy.

— Używałaś ich wcześniej? — zapytał cicho.

— Nie. — Świat wyglądał dziwnie, zielono i jasno, ale widziała teraz znacznie lepiej. Gogle były *ciężkie*; tego się nie spodziewała. Jednak nic to w porównaniu z ciężarem, który nieśli mężczyźni, więc uniosła głowę i nie skarżyła się.

— Dokąd idziemy? — zapytała. — A tak w ogóle, gdzie my jesteśmy? To w ogóle jest Guàlize?

Jack się uśmiechnął; teraz widziała już zarys jego twarzy. — Tak, wciąż jesteśmy w Guàlize; jakieś trzydzieści mil na północny wschód od Tiaxany.

— Och.

To właściwie nie było dobre. Tiaxana należała do tych miast w Guàlize, gdzie rząd miał najmniejsze wpływy, a trzydzieści mil na północny wschód od Tiaxany oznaczało niebezpiecznie blisko granicy z Wenezuelą. Ariana odtworzyła w myślach geografię i skrzywiła się. Nie mogli ryzykować przekroczenia granicy. To był bardzo niebezpieczny, bezprawny teren po obu jej stronach, mimo usilnych starań rządów obu krajów.

— Ale masz jakiś plan?

— Oczywiście. Rozdzielimy się, żeby zmylić ewentualnych ścigających. Każdy z nas ma inny, zapasowy punkt ewakuacji; uzgodniliśmy je wcześniej z naszym dowódcą w Stanach, na wypadek, gdyby nie wypalił podstawowy plan ucieczki z helikopterem. On przekaże te współrzędne twojemu ojcu, żeby zorganizował nasz odbiór, gdy przyjdzie pora.

— Żeby uniknąć ewentualnego przecieku informacji i żeby ludzie *El Loboa* nie czekali na was na miejscu — uświadomiła sobie Ariana.

— Zgadza się. I żeby uniknąć kompromitacji, jeśli któryś z nas wpadnie w ręce wroga, nikt nie zna miejsc przeznaczenia pozostałych. — Zwrócił się cicho do pozostałych trzech Rangersów: — Powodzenia.

— Wzajemnie, proszę pana — odpowiedzieli, kiwając głowami, po czym rozpłynęli się w mroku.

— Dziękuję! — zawołała za nimi Ariana, uświadamiając sobie, że nawet nie poznała ich imion, poza Hunterem. To on odwrócił się jeszcze, zasalutował jej szybko i zniknął za resztą.

— No więc — spojrzała na Jacka — chyba idę z tobą.

— Tak. Musimy oddalić się od pojazdu, ale niedługo się zatrzymamy i obejrzę ci nadgarstki.

— Wiesz, że jestem lekarzem — powiedziała, nagle trochę na niego poirytowana.

— Tak, i zakładam, że to ty zabandażowałaś sobie rękę, bo opatrunek nie jest dość ciasny. Lekarka czy nie, bandażowanie własnych nadgarstków samodzielnie jest niemożliwe, żeby zrobić to porządnie. — Ogromna dłoń delikatnie objęła jej łokieć i już szli, oddalając się od jeepa.

Jack położył lewą dłoń na Arianie, a w prawej trzymał maczetę, którą wyjął z plecaka, tnąc tylko tam, gdzie musiał, żeby zminimalizować ślady przejścia. Po minucie, dwóch, Ariana lekko się odsunęła, postanawiając, że nie będzie ciężarem i nie będzie ich spowalniać bardziej, niż nieuchronnie już to robiła.

— Będzie łatwiej, jeśli pójdę za tobą.

Miała rację, ale Jackowi naprawdę nie podobało się, że nie będzie jej widział, nawet jeśli miała iść tuż za nim. — Trzymaj się blisko — powiedział po krótkim wahaniu. — Na wyciągnięcie ręki. Jak będzie kłopot, od razu wołaj.

Ariana skinęła głową i pilnowała, by iść tuż za nim, starając się stawiać stopy tam, gdzie on. Szybko odkryła, że gogle noktowizyjne zaburzają jej ocenę odległości; musiała bardzo uważać, gdzie dokładnie stawia nogi. Napięcie zaczęło dawać o sobie znać i wkrótce poczuła, jak za oczami zaczyna narastać ból głowy. Nie miała zamiaru się skarżyć, więc uparcie dreptała za Jackiem. Dopiero kiedy smagająca gałązka odchyliła się i trzasnęła ją w obolały lewy nadgarstek, wydała z siebie odgłos protestu.

— Nic ci nie jest? — Jack odwrócił się natychmiast i zobaczył, jak tuli rękę.

— W porządku — powiedziała, ale zabrzmiało to o wiele bliżej szlochu, niż by chciała, a on nie przegapił tej nuty bólu.

— I tak pora na przerwę.

— Mogę iść dalej...

— Ari, pora na przerwę. W tej chwili jestem twoim głównym oficerem ochrony. Jestem pewien, że Elliot cię tego nauczył.

Nigdy, przenigdy nie dyskutuj ze swoim głównym oficerem ochrony, wkuwał jej do głowy Elliot. *To nie tylko twoje życie jest wtedy zagrożone.*

— Dobrze — uległa cicho.

Jack skinął głową i rozejrzał się za dobrym miejscem. Nie miał wielu opcji, ale przynajmniej stali na w miarę suchym gruncie, pod gęstą osłoną. Kilka ruchów maczetą i ułożył posłanie z cienkich, sprężynujących gałązek. — Tutaj, usiądź tutaj.

Ariana z wdzięcznością osunęła się na nie, podciągnęła kolana i oparła na nich brodę. Jack przykucnął obok, zsuwając plecak z ramion.

— Woda z elektrolitami — rzucił krótko, przykładając manierkę do jej ust. — Wypij wszystko. Kiedy ostatnio jadłaś albo piłaś?

— Wypiłam butelkę wody i zjadłam trochę *quesadillas* tuż przed waszym przybyciem — zapewniła go. — Jest ze mną w porządku.

— I tak wypij wszystko, a tu masz baton proteinowy. Będzie ci potrzebna siła. — Wcisnął jej w dłonie zapakowany baton.

— Jak daleko musimy iść? — zapytała, ostrożnie odpakowując baton i biorąc kęs, gdy on zaczął grzebać w plecaku.

— Około sześciu mil.

Skrzywiła się, wiedząc to, co on: że sześć mil pieszo przez dżunglę będzie kosztować wiele długich, trudnych godzin. Miał stuprocentową rację, że będzie jej potrzebna energia. Wzięła kęs batona białkowego, przeżuwała powoli, popijając wodą z elektrolitami.

Jack znalazł apteczkę i usiadł przy Arianie, otwierając ją na kolanach i wyjmując bandaż. Zsunął rękawiczki i poprosił: — Daj mi lewą rękę, proszę?

Posłuchała, przełknęła kęs batona i powiedziała: — Próbowałam dźgnąć *El Loboa*. Uderzył mnie w nadgarstek bronią; myślę, że mogło dojść do pęknięcia. To ból bardzo miejscowy, ale kłujący.

Jack zaklął pod nosem i zaczął delikatnie badać palcami. Syknęła, gdy trafił w bolesny punkt.

— Muszę to dokładnie obmacać — powiedział przepraszająco.

— Wiem. Rób. — Zacisnęła zęby.

— Nie ma jawnego złamania ani wyczuwalnego zgrubienia na kości — oznajmił po kilku męczących sekundach. — Jeśli jest pęknięcie, to włoskowate; do rozpoznania będzie potrzebne RTG.

— Masz w tym swoim olbrzymim plecaku rentgen?

To go rozbawiło. — Obawiam się, że nie. Najlepsze, co możemy zrobić, to unieruchomić.

— Z tym że mogę jej potrzebować, więc nie, dziękuję. Tylko porządnie ją owiń.

Zawahał się. — Nie mam żadnych leków przeciwbólowych poza morfiną...

— Absolutnie nie. Po prostu zabandażuj, Jack.

Będzie cierpieć, a on nie mógł nic na to poradzić. Zaciskając zęby z frustracji, Jack zabrał się za ciasne bandażowanie nadgarstka, od dłoni aż po łokieć, a potem z powrotem. Ari patrzyła w milczeniu, przeżuwając baton białkowy, więc mógł założyć, że robi to ku jej zadowoleniu.

— Drugi nadgarstek? — zapytał, gdy skończył.

— Ten jest stłuczony, może lekko skręcony. Wykręcił mi rękę do góry za plecy, żeby zmusić mnie, żebym stała nieruchomo do zdjęcia.

Gorący kolec wściekłości przeszył wnętrzności Jacka i wykrzywił mu wargi w warknięciu. Zmusił się, by mówić spokojnie, gdy przesunął się na drugą stronę Ariany, ujął jej prawą dłoń i zaczął odwijać bandaż.

— Boli łokieć albo bark?

— Nie. Nie podniósł jej za wysoko, to był po prostu miażdżący uścisk na nadgarstku. J-ja czułam, jak kości trą o siebie. — Ariana nagle zaczęła się trząść. — Był taki silny. Nie mogłam uciec. — Głos jej zadrżał.

Nie mógł przejść obok tego obojętnie. Ostrożnie odłożył jej dłoń na kolana, żeby jej nie szarpnąć, objął ją ramieniem i przyciągnął delikatnie do siebie, przyciskając jej twarz do ciepłego zagłębienia swojej szyi.

— Jesteś teraz bezpieczna, Ari, obiecuję. Nikt cię już nie skrzywdzi, a jeśli jeszcze kiedyś zobaczę tego drania, zabiję go.

Brzmiał śmiertelnie poważnie i wściekle opiekuńczo. Drżąc, Ariana pozwoliła sobie na luksus bycia trzymaną w tym kojącym uścisku przez minutę, dwie, po czym niechętnie się odsunęła.

— Dokończ bandażowanie, proszę, Jack — znów uniosła do niego ramię. — Musimy iść dalej.

Była dzielna jak diabli; serce znów mu pęczniało z miłości do niej.

— Wyciągnę cię z tego — powiedział spokojnym, miarowo kojącym tonem, zaczynając mocno owijać jej nadgarstek. — Odprowadzę cię całą i zdrową do ojca. Bez względu na wszystko.

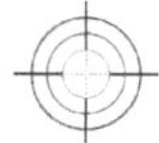

Nocny marsz przez dżunglę był wyczerpujący i bardzo przerażający, nawet w goglach noktowizyjnych. Wkrótce Ariana miała pulsujący ból głowy i bolał ją każdy mięsień, nie tylko poranione ręce, ale uparcie trzymała się pięt Jacka, zdeterminowana, by nie być ciężarem.

Niestety, buty, które miała na sobie — lepsze co prawda niż upiorne szpilki, które kazał jej nosić Czarny Wilk — nie nadawały się do marszu przez dżunglę tak jak ciężkie wojskowe buty Jacka. Nawet starając się stawiać kroki w jego ślady, w końcu nic jej to nie dało, bo zahaczyła czubkiem buta o gruby lian i potknęła się, lecąc głową naprzód na ziemię i krzycząc z bólu, gdy odruchowo wyciągnęła ręce, by zamortyzować upadek.

— Ari! — Jack był przy niej w mgnieniu oka, podniósł ją na nogi. — Spokojnie. Spokojnie. Zrobiłaś sobie coś w ręce?

Pulsujący, nieustanny ból tętnił w obu ramionach, a głowa pękała. Tak bardzo starała się powstrzymać szloch, że nie była w stanie wydobyć z siebie słowa.

— Dobra. Czas odpocząć. — Jack poznał, że dotarła do kresu sił, i w duchu zaklął na tę zbyt twardą niezależność, która powstrzymała ją przed tym, by powiedzieć mu, że ciśnie za bardzo. Mieli teraz kiepskie miejsce: gęste błoto pod stopami, bo szli przez podmokłą, płytką dolinkę między niskimi wzgórzami. — Dasz radę postać przez chwilę?

Udało się; oparła się o niego, podczas gdy on podniósł upuszczoną maczetę i wsunął ją do pochwy. — Wezmę cię na ręce. Oby nie było daleko, ale mogę cię poprosić, żebyś ze dwa razy stanęła na nogi.

Ledwie trzymając się w kupie, Ari skinęła głową. — Mogę zdjąć gogle, proszę? — wydusiła słabo. — Są cięż kie...

— Już je mam. — Ostrożnie je zdjęła, a on w duchu zmył sobie głowę, że zapomniał, jak trudne potrafią być gogle

dla kogoś, kto do nich nie przywykł, i wsunął je do plecaka.
— Świt i tak niedaleko — powiedział uspokajająco, biorąc Ari na ręce. — Znajdę dobre miejsce, zaszyjemy się tam i odpoczniemy parę godzin, zanim znów będziemy musieli ruszyć.

Jedyne, co mogła, to pozostawać jak najspokojniejsza, żeby mu ułatwić sprawę, i dwa razy stanąć, kiedy musiał poszerzyć przejście. Pulsujący ból w ramionach nie pozwalał jej nawet objąć go, by mu pomóc. Jack nie sprawiał jednak wrażenia, by było to dla niego problemem; trzymał ją pewnie i parł do przodu równym krokiem.

W końcu powiedział: — To będzie musiało wystarczyć. Przynajmniej sucho.

Ari była tak zmęczona, że oparła się tylko o drzewo i patrzyła, jak on znów ścina gałęzie, szybko przeplatając je w cienką matę. Zajęło jej chwilę, by pojąć, że *widzi* go: przez drzewa sączyło się blade, szare światło zapowiadające świt i oświetlało jego potężną sylwetkę przy pracy.

— Już jasno — powiedziała otępiale.

Zdjął gogle, spojrzał w górę. — Zaraz będzie. W porządku. Złapiemy parę godzin snu, zanim ruszymy dalej.

Patrząc, jak się porusza, sprawnie wiążąc trzy młode drzewka i okrywając pochyłe pnie liśćmi, by zrobić schronienie, Ariana miała wrażenie, że czas się cofnął. Nigdy nie widziała go takiego; w polowym mundurze widziała go tylko raz — gdy ratował ją z rąk porywaczy, którzy zabili jej matkę. Potem zawsze nosił galowy mundur albo garnitur i krawat i choć w tym wyglądał świetnie, z jego wzrostem i szerokimi barkami, teraz był całkowicie na swoim miejscu: twarz wysmarowana maskującą farbą, budował w dżungli schron dla niej.

Jedno było pewne: wygodnie jej nie będzie — tyle mógł myśleć Jack. Wyglądała na wyczerpaną, posiniaczoną... niemal każda pozycja będzie dla niej bolesna, poza leżeniem płasko na plecach, a na to nie było szans w tej niewielkiej przestrzeni, którą zdołał przygotować. Rozejrzał się i wzrok zatrzymał mu się na plecaku. Mógł ją na chwilę oprzeć o niego.

— Chodź — wyciągnął do niej dłoń, a ona podeszła powoli, stawiając przesadnie ostrożne kroki, jakby bała się, że zaraz znów się przewróci. Ostrożnie posadził ją, opartą o plecak. — Jeszcze nie zasypiaj. Najpierw musisz coś zjeść.

Westchnęła, ale skinęła głową, a on sięgnął po odłożone racje. — Nie będzie to zbyt smaczne. Nie mogę ryzykować ogniska, żeby to podgrzać.

— Nie obchodzi mnie to.

Powieki już jej opadały, więc pospieszył się, rozdzierając MRE. — Zjedz to, a potem będzie mały kawałek czekolady — skusił, wsuwając jej w dłonie woreczek i wskazując, że ma ssać z plastikowego dzióbka.

Ariana uśmiechnęła się blado. — Wiesz, że zabiłabym za czekoladę — skosztowała MRE i skrzywiła się.

— Pamiętam — odparł cicho Jack.

Piwne oczy uniosły się ku niemu.

— Jedz — odwrócił się w końcu, nie mogąc znieść jej spojrzenia, i sięgnął po własną rację.

Posłuchała; zmęczony umysł nie ogarniał, czemu on tyle o niej pamięta. Spędzili razem tydzień sześć lat temu, tydzień, w którym kurczowo się go trzymała ze strachu, przerażona młoda dziewczyna odciskająca się w pamięci mężczyzny, który wyniósł ją z koszmaru. Owszem, spędzili jedną cudowną noc w swoich ramionach, ale potem on odszedł i już go nie widziała.

— Proszę — powiedział cicho Jack, a gdy podniosła wzrok, zorientowała się, że zdołała opróżnić MRE, a on trzymał wyciągnięte ku niej dwa małe, zawinięte kwadraciki czekolady.

On dał mi swój kawałek, przemknęło jej mgliście po głowie, ale co tam, to czekolada i z pewnością nie była zbyt dumna, by ją przyjąć.

— Dziękuję — wymamrotała, sięgając po nie, ale ręce paliły żywym bólem i nie była w stanie oderwać papierka. Jack bez słowa wziął je z powrotem, rozwinął pierwszy i przytknął do jej ust.

To był błąd, zrozumiał natychmiast, *powinienem był odłożyć to z powrotem w jej dłoń...* wielkie oczy wbiły się w niego, a jej miękkie wargi musnęły mu opuszki palców, gdy brała smakołyk, i Jack nagle stwardniał dla niej do bólu, mimo własnego zmęczenia.

Wziął głęboki oddech, rozwinął drugi kawałek i znów podał go do jej ust, doskonale wiedząc, że igra z ogniem, ale nie potrafiąc się powstrzymać.

Tym razem wyszeptała jego imię tuż przed tym, jak wzięła czekoladę z jego palców, a wolna dłoń Jacka uniosła się i delikatnie dotknęła jej splątanych włosów. Ariana przylgnęła do tego dotyku, zamykając oczy; długie, czarne jak sadza rzęsy opadły na zabrudzone policzki. Nawet z brudem i trochę jego tłustej maskującej farby rozmazanej na twarzy tam, gdzie wcześniej przytuliła ją do jego szyi, Jack wciąż uważał, że to najpiękniejsza kobieta, jaką kiedykolwiek widział.

— Musimy odpocząć — powiedział wreszcie, zachrypniętym głosem, przerywając elektryczną ciszę między nimi.

Ariana skinęła głową, ale nie miała siły nawet otworzyć oczu. Jack wciąż gładził ją delikatnie po włosach i to było takie dobre, czuła się przy nim taka *bezpieczna*. Usłyszała, jak westchnął, a potem przesunął się wokół niej, odkładając karabin i maczetę w zasięgu ręki, usiadł tuż obok i objął ją mocno, unosząc na kolana.

— Oprzyj się na mnie — rzucił szorstko Jack. — Plecak jest za twardy i wyboisty.

Sam Jack był twardy od mięśni i miał na sobie masywny pancerz, co nie składało się na najmiększe posłanie, ale był błogo ciepły; ciepło jego ciała przy jej plecach koiło, gdy jego ramiona delikatnie ją oplatały. Unieśli jej obolałe nadgarstki i ułożył je ostrożnie na jej brzuchu, po czym położył na nich swoje duże, ciepłe dłonie.

Jej głowa niemal natychmiast osunęła się na jego pierś, całe ciało zwiotczało, gdy świadomość odpłynęła. Jack tymczasem wpatrywał się w powoli jaśniejącą dżunglę, tak daleki od snu, jak to tylko możliwe.

Nic się nie zmieniło. Sześć lat i nic się nie zmieniło.

Wystarczył jeden rzut oka na Arianę i przepadł. Gdy miała dziewiętnaście lat, wciąż była jeszcze dziewczyną, świeżą i śliczną, rozkwitającą w kobietę. W wieku dwudziestu pięciu lat była już kobietą w pełnym rozkwicie urody, oszałamiająco piękną, by każdy mężczyzna się obejrzał, ale Jacka nigdy nie przyciągała tylko jej uroda. Odwaga, determinacja i siła wewnętrzna były w niej obecne nawet wtedy, gdy próbowała się trzymać w garści po tragedii morderstwa matki, ale dziś zobaczył, jak naprawdę jest niezłomna. Jack znał żołnierzy, którzy nie poradziliby sobie z marszem, jaki Ariana odbyła tej nocy, nie z kontuzjami, w nieodpowiednich butach i niedopasowanych ubraniach.

Pół żartem pół serio myślał, że Ariana może go nawet nie pamiętać, ale jej wstrząśnięty szept jego imienia rozwiał ten pomysł. To, jak wtuliła się w niego ufnie w jeepie, jak przed chwilą przylgnęła do jego dotyku, sprawiło, że tym razem nie był w stanie po prostu odejść.

O ile, oczywiście, zdoła odprowadzić ją żywą do Guàlize City.

ROZDZIAŁ DZIEWIĘTNASTY

ARIANA MRUGNĘŁA, BUDZĄC SIĘ na dźwięk niskiego głosu Jacka wołającego jej imię. Powieki miała sklejone snem; otwarcie oczu kosztowało ją mnóstwo wysiłku. Powoli dżungla wokół niej zaczęła się wyostrzać, a razem z tym ból ramion wrócił ze zdwojoną siłą.

— O Boże, to nie był tylko koszmar nad koszmarami — zachrypiała. Coś musnęło lekko skroń — czy Jack właśnie złożył tam pocałunek?

— Przykro mi — powiedział cicho. — Chciałbym móc ci powiedzieć, że to był sen.

— To, że tu jesteś, to jedyny jasny punkt w tym wszystkim — przyznała szczerze, bo ze zmęczenia i bólu zniknęły jej wszystkie filtry. Jack zesztywniał odrobinę, po czym westchnął.

— Jestem, Ari. Zawsze będę, jeśli mnie potrzebujesz. — Ostrożnie się poruszył, podnosząc ją ze swoich kolan. — Zaryzykuję małe ognisko, zrobię coś ciepłego do picia.

Osunęła się bezwładnie na jego plecak, patrząc, jak sprawnie wykopuje mały dołek wyłożony kamieniami, potem rozpala maleńkie ognisko z suchych patyków i odpala je krzesiwem z zasobnika na pasie.

— Kawa jest okropna — powiedział Jack, wyraźnie świadomy, że go obserwuje — ale kofeina kopie jak muł.

— Brzmi dobrze — odparła Ariana szczerze. Nie zamierzała narzekać, jak fatalnie się czuje; podejrzewała, że i tak to wie.

— Mam tylko jeden kubek...

— Naprawdę jest mi to totalnie obojętne. Dawaj. — Kawa nawet pachniała źle i Jack miał rację: smakowała okropnie. Skrzywiła się, sącząc ją. — Nie mogłeś chociaż kupić przyzwoitej kawy rozpuszczalnej?

— To właściwie *jest* przyzwoita rozpuszczalna. To te środki uzdatniające, które musiałem wrzucić do wody, robią taki smak. — Jack krzątał się przy jedzeniu, gdy ona piła. — Przynajmniej teraz możemy zjeść coś na ciepło.

— Nie boisz się, że dym ktoś zauważy? — Ari spojrzała w górę, gdzie cienka smużka dymu z ogniska wznosiła się ku koronom drzew wysoko nad nimi.

— Niespecjalnie, nie. Dzień jest upalny, dżungla oddaje mnóstwo pary. W nocy ryzyko wypatrzenia byłoby dużo większe.

Skinęła zrozumiale głową, przyjmując woreczek z jedzeniem, który jej podał. — A to jest...?

— Szczerze? Nie przejmuj się smakiem. Wszystkie są niedobre, ale na ciepło są ciut lepsze niż na zimno. — Jack obdarzył ją niespodziewanie szerokim uśmiechem, białe zęby rozbłysły w jego umorusanej twarzy. — Mam jeszcze czekoladę na deser — pomachał w jej stronę małymi paczuszkami.

— Łapówki zaprowadzą cię wszędzie, jeśli przynętą jest czekolada — Ariana musiała się roześmiać na widok jego rozradowanego uśmiechu. — Uch, nawet do tego, żeby mnie przekonać do jedzenia tego — niemal zakrztusiła się pierwszym kęsem. — O mój Boże. Czy ja byłam wczoraj tak wykończona, że nie zauważyłam, jakie to obrzydliwe?

— Pewnie tak. — Uśmiech Jacka był krzywy. — Wtedy było też zimne.

— To już w ogóle gorzej, no. — Zmusiła się jednak, by wszystko przełknąć, popijając gorzką kawą, a gdy tylko podał jej czekoladę, niemal wyrwała mu ją z palców. Roześmiał się cicho na jej łapczywość, po czym przysypał ogień ziemią i pozbierał opakowania po jedzeniu, starannie chowając je do plecaka.

— Skoczę po więcej wody. Minęliśmy jakieś sto jardów stąd mały ciek wodny. — Wskazał kierunek. — Zostaniesz tu?

— Oczywiście. — Nie była na tyle głupia, by szwendać się sama po dżungli. Choć, gdy zniknął jej z oczu, wstała i przeszła za drzewo, żeby się wysikać.

Kiedy Jack wrócił, zastał Arianę siedzącą na jego plecaku, jak palcami rozczesuje skołtunione włosy, wyciągając z nich małe listki i patyczki z cierpkim uśmiechem, gdy powoli przebijała się przez ten kołtun. Gdy go zobaczyła, zapytała:

— Nie masz może czegoś, czym mogłabym związać włosy? Chyba pourywałam sobie całe garście, zaczepiając je o gałęzie w nocy.

— Jasne — sięgnął do bocznej kieszeni plecaka, wyciągnął paracord i odciął jej kawałek nożem.

— Dzięki! — Zgarnęła włosy na ramię i zebrała je w pęk, krzywiąc się, gdy obolałe nadgarstki zaprotestowały. Zacisnęła zęby, ignorując ból, szybko zaplotła warkocz, po czym zawiązała na końcu kawałek linki i zrobiła supeł.

Palce Jacka musnęły lekko jej policzek i Ariana spojrzała na niego pytająco. — Co jest?

— Tu, gdzie ci uciął — lekko trącił krótsze pasma nad uchem. — Nie łapie się do warkocza.

W jego wyrazie twarzy czaiło się coś morderczego, co sprawiło, że powiedziała: — To tylko włosy, Jack. Odrastają.

— I tak go dopadnę i zabiję za to, że śmiał cię tknąć choćby palcem. — Głos miał całkiem spokojny i równy, wyraz twarzy nie drgnął. Słowa — czyste stwierdzenie faktu. — Ale najpierw wynosimy się stąd. Twój ojciec czeka.

— Dobra. — Podniosła się, tłumiąc jęk, który cisnął się na usta, gdy obolałe mięśnie zaprotestowały, i odważnie uśmiechnęła się do Jacka. — To dokąd?

— Nad jezioro. Maracaibo — dodał, gdy zmarszczyła brwi w zaskoczeniu. — Jesteśmy niedaleko południowego krańca. Zostaniemy po właściwej stronie granicy, ale są regularne patrole straży przybrzeżnej. Nawet jeśli nie zdążymy na umówiony odbiór, i tak powinniśmy dać radę.

Chciała podzielać jego pewność, ale gdy zarzucił plecak i ruszył znów przez dżunglę, Ariana wyprostowała plecy i poszła za jego dużymi śladami. Jack ją stąd wyciągnie — musiała w to wierzyć. Tak czy inaczej.

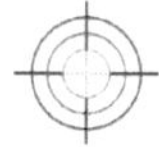

Przeprawiali się akurat przez kolejny płytki strumień — teren obniżał się i robił coraz bardziej bagnisty, im bliżej byli jeziora, co jeszcze bardziej utrudniało marsz — gdy Jack nagle uniósł głowę, wyostrzając czujność.

— Co jest? — zapytała Ariana, po czym sama usłyszała hałas. — Czy to...

— Helikopter. Chodź tu. — Przyciągnął ją do pnia dużego drzewa. — Kucnij, obejmij kolana. Zwiń się w kłębek. — Sam to zademonstrował tuż obok i Ariana skinęła głową, posłusznie wykonując polecenie.

— Czemu? — spytała, gdy dźwięk łopat wirnika narastał; byli coraz bliżej.

— Jeśli mają podczerwień — a nie ma sensu nas szukać w dżungli bez niej — operator jest szkolony, żeby wyłapywać sylwetki ludzkie. Tak skuleni nie wyglądamy jak ludzie, raczej jak dzikie świnie.

Skinęła, rozumiejąc. — Jeśli używają podczerwieni, żeby nas wypatrzyć, to znaczy, że *El Lobo* ma w kieszeni lokalną policję.

Jack posłał jej kpiące spojrzenie, po czym znowu zaczął zerkać w górę przez korony drzew. — Naprawdę spodziewałaś się, że nie?

— Miałam nadzieję — powiedziała z lekkim smutkiem.

— Twój ojciec i jego przyjaciel prezydent zrobili już bardzo dużo, Ariana — powiedział łagodnie Jack, widząc jej posępny wyraz twarzy. — Ale nie da się wszystkiego zrobić od razu. Sprzątają dopiero od jakiś dziesięciu lat; wcześniej walczyli z systemem od dołu, to było zbyt trudne. Dziesięć lat to stanowczo za mało, żeby wykorzenić każdego skorumpowanego urzędnika — a nawet porządni ludzie będą współpracować, jeśli zagrozi się ich bliskim.

— To prawda — przyznała.

Dźwięk wirników minął ich, choć Jack nadal słyszał go w oddali. Był niemal pewien, że łowcy przeszukują teren w siatce, co oznaczało, że w każdej chwili on i Ariana mogli wejść w kolejny kwadrat ich siatki poszukiwawczej.

— Chodź. Musimy się ruszać. W upał dużo trudniej odróżnić szczegóły — wyjaśnił, gdy z Arianą z mozolem przedzierali się dalej przez gęste poszycie. — W nocy ludzka sylwetka odcina się znacznie wyraźniej, łatwo nas wypatrzyć, nawet jeśli się przyczajamy, słysząc, że nadlatują.

— Czyli musimy dotrzeć do jeziora przed zmrokiem? — zapytała Ariana.

— Odbiór mamy zaplanowany na mniej więcej godzinę przed zachodem słońca, czasu lokalnego. Potem przelecą jeszcze raz jakieś trzy godziny później. Po tym zostajemy sami.

To było przerażające, nawet jeśli całkowicie ufała Jackowi; sam pomysł, że będą musieli próbować zatrzymać łódź patrolową bez pewności, czy ludzie na pokładzie są lojalni wobec rządu, czy przekupieni za *El Lobo's* brudne pieniądze. Ariana przełknęła ślinę i skinęła głową.

— Jak daleko nam jeszcze zostało?

— Trochę ponad dwie mile.

Skrzywiła się. Dwie mile przez bagienną, grzęzawą dżunglę mogły równie dobrze być dwudziestoma po płaskim, otwartym terenie. Czekał ich długi, ciężki dzień, a ją bolał już każdy mięsień. — No to trzeba się ruszać — powiedziała dzielnie.

— Dobra dziewczyno — powiedział Jack i w jego spojrzeniu, rzuconym przez ramię, nie było cienia protekcjonalności, tylko podziw dla jej odwagi. Ariana odpowiedziała mu zdecydowanym skinieniem.

Usłyszeli helikopter znowu, nieco ponad godzinę później; tym razem Jack kazał Ari przykucnąć tam, gdzie była, a sam odsunął się kawałek dalej, żeby nie wyglądali, jakby zawsze byli bardzo blisko siebie.

To było znacznie straszniejsze: kucać samotnie w dżungli i słuchać, jak wirniki są coraz bliżej i bliżej, aż korony drzew nad głową zadrżały od podmuchu. Ari wtuliła głowę między kolana i próbowała oddychać równo.

— Spokojnie. Odlecą — powiedziała do siebie. Czuła, jak serce znów zaczyna jej walić w piersi. *Nie. Żadnych ataków paniki teraz.*

— Paliczki. Kości śródstopia. Kości klinowate, kość łódkowata, kość sześcienna, kość skokowa, kość piętowa, strzałka, piszczel... — znajome nazwy ją uspokajały, wyciszały. — Rzepka, kość udowa...

— Ari — delikatna dłoń dotknęła jej pleców. — Ari, jest bezpiecznie. Odlecieli.

Serce Jacka pękało na widok Ariany, gdy powoli podnosiła głowę. Słyszał, że coś mamrocze, ale nie rozumiał słów, dopóki nie przykucnął tuż obok. Ten równy pacierz nazw ewidentnie był metodą radzenia sobie z nadciągającym atakiem paniki; miarowy rytm jej głosu mówił mu, że wygrywała, ale nie mieli czasu, by pozwolić jej dokończyć mały rytuał.

— Odlecieli? — zapytała, zadzierając do niego wzrok, gdy klęczał przy niej w ziemi.

— Tak. Ale musimy się ruszać. Zintensyfikowali poszukiwania. Musimy szybko dotrzeć do jeziora, żebym mógł zlustrować teren i upewnić się, że nasz punkt ewakuacji nie jest spalony, zanim przybędzie odbiór.

— Dobrze. — Wyprostowała się, wzięła głęboki oddech i znów ruszyła za nim w dżunglę. Po kilku minutach jednak usłyszał jej cichy głos, odwrócił się, by sprawdzić, czy mówi do niego.

Ariana zamarła w pół słowa *kości śródręcza*. — Przepraszam. Ja tylko...

— W porządku — powiedział Jack. — Myślałem, że mówisz do mnie. Kontynuuj.

Wiedział, co robi, to było oczywiste. — Zaczęłam to robić na premedycynie — wyrzuciła z siebie pospiesznie, gdy znów ruszyli. — Po... niedługo po ostatnim razie, kiedy cię widziałam. Miewałam ataki paniki, regularnie. Chodziłam do psychologa; wyglądało na to, że chciał, żebym się modliła, ale nie potrafiłam; nie po Mamie. Zbyt wiele czasu spędziłam na modlitwach, kiedy byliśmy zakładnikami, a Bóg mi nie odpowiedział.

Jack skrzywił się, ale nic nie powiedział. Ariana chciała mu to powiedzieć, więc słuchał, gdy mówiła dalej.

— Więc zaczęłam używać kości ludzkiego ciała jako mantry koncentracyjnej. I tak musiałam się ich nauczyć do egzaminów; nikt nie zwracał uwagi, że chodziłam i mamrotałam je pod nosem. Po jakimś czasie ataki odeszły.

— Nigdy tak naprawdę nie odchodzą — rzucił krótko Jack. — Po prostu uczysz się z nimi żyć.

— Ty? — Ariana zabrzmiała na zaskoczoną.

— Tak — rzucił na nią okiem i zobaczył zainteresowanie w jej spojrzeniu. Sięgnął do cienkiej białej blizny, która biegła od dolnej wargi, przez dwudniowy zarost, aż na szyję. — Nigdy ci nie mówiłem, skąd ją mam, co?

Pokręciła głową, zaintrygowana.

— Bomba przydrożna, w Afganistanie. Pojazd, którym jechałem, przewrócił się. Pułkownik — kapitan Cullane, wtedy jeszcze kapitan — jechał w transporcie z tyłu, z Elliotem. Obydwaj wyskoczyli ze swojego auta, żeby nas wyciągnąć. Ryzykowali życie, bo wszyscy wiedzieli, że przy bombach przydrożnych to pułapka. Zawsze byli gdzieś snajperzy, gotowi zdjąć każdego, kto się ruszy.

— O nie — wstrząśnięta, przyłożyła dłoń do ust. — Strzelali do was?

— Tak. Byłem ledwo przytomny, wykrwawiałem się, a i tak byłem jedynym, który przeżył w moim pojeździe. Elliot i kapitan Cullane wyciągnęli mnie i zanieśli do swojego transportu. Snajper trafił kapitana, gdy mnie ładowali. Kula przeszła na wylot przez jego nogę. Elliot wskoczył za kierownicę i wywiózł nas stamtąd na złamanie karku. — Jack uśmiechnął się słabo, wspominając, jak obudził się w polowym szpitalu i zobaczył Elliota z nogami zarzuconymi na koniec jego łóżka, z książką w rękach.

— Tak bardzo będzie mi go brakowało — powiedziała cicho Ariana.

— Mnie też — odparł Jack, zamykając oczy na moment, gdy wrócił ból wspomnienia.

— Mara jest w porządku?

— Nie.

— Oczywiście, że nie, co za idiotyczne pytanie — zganiła się Ariana. — Jak ja będę mogła spojrzeć jej w oczy?

— To nie twoja wina, Ari. — Przedzierając się przez splątane, grube jak węże korzenie, Jack odwrócił się, żeby jej pomóc, chwytając ją za łokieć zamiast za dłoń, zawsze pamiętając o jej obolałych nadgarstkach. — Czarny Wilk zapłacił za zabójstwo Elliota, ot tak — kupił jego śmierć za twardą gotówkę. Nie możesz brać tego na siebie.

— Zapłacił dlatego, że pilnował *mnie*!

— A gdyby nie pilnował, Ell może i tak by tak długo nie pożył. Oficer, który przejął jego kompanię, zginął w Afganistanie dwa lata temu w zamachu samobójczym. — Jack wzruszył ramionami.

— To jest... — Ariana nie potrafiła pojąć takiego życia. — *Dlaczego?* Czemu to robicie? Miałeś szansę odejść sześć lat temu, wiem o tym, ty i Elliot mogliście rzucić to wszystko...

— Mój ojciec był Rangersem — powiedział Jack. — Podoficerem, sierżantem. Pójście w jego ślady było jedyną rzeczą, o której marzyłem jako dzieciak, ale nie pozwolił mi iść do wojska w wieku osiemnastu lat, zmusił mnie najpierw do studiów.

Zawsze wiedziała, że musiał mieć dyplom, inaczej nie zostałby oficerem, ale nigdy nie przyszło jej do głowy zapytać, co studiował. Zrobiła to teraz, z ciekawością.

— Właściwie to robiłem kryminologię — odparł Jack z cichym chichotem. — Myślałem, że jeśli Rangersi mnie nie będą chcieli, to spróbuję do żandarmerii wojskowej.

Ariana uśmiechnęła się. — Byłby z ciebie świetny policjant, wojskowy czy nie. Przestępcy baliby się ciebie choćby pisnąć — zażartowała.

— Oby!

Dźwięk wracającego helikoptera znów kazał Jackowi zakląć i przycisnąć Ari pod wielkim drzewem. Nie miał czasu, by się oddalić, więc przykucnął tuż przy niej, przygwożdżając ją do pnia, próbując, by wyglądali jak jedna, duża, nieokreślona ciepła plama.

Ari poczuła, że przyspiesza jej oddech, gdy Jack przylgnął do niej, objął ją długim ramieniem i wsunął jej głowę pod swój podbródek. Był ciepły, spocony; pewnie mniej niż ona, co było zaskakujące, biorąc pod uwagę, że to on targał ogromny plecak, ale nie pachniał źle. Wręcz przeciwnie. Pachniał dżunglą i zwierzęcym piżmem, od którego zakręciło jej się w głowie, i przypomniała sobie rozpaloną noc sprzed sześciu lat, kiedy odebrał jej dziewictwo i jednocześnie zepsuł ją dla każdego innego mężczyzny.

— Jack — szepnęła, gdy łopaty wirnika ucichły w oddali.

Poczuł, jak jej usta poruszają się na jego szyi, i bardzo surowo nakazał sobie, że absolutnie nie jest to pora, żeby na nią spojrzeć. Ale jego silna wola zawsze zawodziła, gdy Ariana była blisko — wiedział o tym od lat. Więc spojrzał w dół na jej brudną, zmęczoną twarz, wpatrzoną w niego, i znów zagubił się w jej oczach.

— Ari — powiedział ochryple, a ich usta dzielił tak krótki, krótki dystans. Ramię wciąż miał wokół niej; przyciągnął ją jeszcze bliżej, przesuwając się, by klęknąć u jej boku. Ramiona Ariany wsunęły się mu wokół szyi, gdy odwzajemniła pocałunek, a cały stres ostatnich dni topniał, aż oboje zapomnieli, gdzie są, zapomnieli o zmęczonych, obolałych ciałach i bardzo realnym zagrożeniu, w którym nadal tkwili.

Dopiero gdy obolałe nadgarstki Ariany zaprotestowały, przytrzymując Jacka kurczowo za kołnierz koszuli, a ból przeszył jej ramiona, skrzywiła się i odsunęła. Oba ramiona Jacka oplatały ją już mocno, przyciągając do siebie, a gdy uniosła głowę, zobaczyła, że ma zamknięte oczy, a na twarzy maluje się czysta potrzeba.

Jack powoli otworzył oczy, półprzytomnie bojąc się tego, co zobaczy, gdy spojrzy na Arianę. Ona badała go w milczeniu, z niewyraźnym wyrazem twarzy.

— Prze- — zaczął, ale jej palec lekko dotknął jego ust, uciszając go.

— Nawet się nie waż przepraszać. Pogadamy o tym, jak już się wydostaniemy z tej pieprzonej dżungli. A teraz chodź. Światło się zmienia; do zachodu nie może być daleko.

Sprowadzony do porządku tym, że to Ariana musiała mu przypomnieć o obowiązku, Jack podniósł się, pomógł jej wstać, wsuwając silną dłoń pod jej łokieć. — Masz rację. — Sprawdził zegarek z GPS-em, wyciągnął mapę i naniósł na nią współrzędne. — Już niedaleko.

— Oby — zgodziła się z rezygnacją Ari, człapiąc za nim. Od dwóch godzin teren był potwornie bagnisty; buty i ubrania miała kompletnie przemoczone i umazane błotem. Jedyną dobrą wiadomością było to, że woda chyba nie była jeszcze dość głęboka dla kajmanów, lokalnych krokodyli. Jeszcze nie, w każdym razie.

— Tędy — Jack skręcił, żeby iść nieco bardziej na wschód. — Tu powinno być trochę sucho i wyjdziemy na kawałek plaży. Już niedaleko, Ari. No dalej. Dasz radę — zachęcał ją, widząc, jak szarpie się, by wyciągnąć stopę z błota.

— O cholera! — Stopa wyszła z gęstym siorbnięciem, ale but nie. Ariana prawie runęła, kompletnie tracąc równowagę; Jack dopadł w samą porę, łapiąc ją i podtrzymując.

— Ja wyciągnę buta. Usiądź tam — posadził ją bezceremonialnie na dużym powalonym pniu, a Ari nie miała zamiaru protestować. Patrzyła, jak wraca do miejsca, gdzie się potknęła, podwinął rękawy i zanurzył obie dłonie w błocie.

Po pięciu minutach powiedziała: — Jack, marnujemy czas. Jack!

Zaklął długo i soczyście, prostując się z czarnym błotem cieknącym z palców. — Potrzebujesz buta, Ari!

— Bardziej potrzebujemy dojść do plaży. To nie może być daleko, Jack, chodź. Dam radę. — Wstała.

— Ari, twoje stopy...

— I tak są zmasakrowane. — Posłała mu mały uśmiech. Kosztowało ją to wszystko, by przez cały dzień nie utykać, odkąd na piętach i palcach zaczęły jej się robić pęcherze wielkości monet. Nie chciała nawet myśleć, co zastanie, gdy wreszcie ściągnie przemoczone, zabłocone skarpety. — Musimy iść, Jack.

Zaklął znowu, po czym wytarł najgorszy brud w nogawki, dobył maczety i ruszył przed siebie z morderczym wyrazem twarzy. Ari nie mogła powstrzymać małego uśmiechu, gdy wściekłość i frustrację wyładowywał na nieszczęsnych lianach, rąbiąc i tnąc je z drogi.

— Patrz tylko, gdzie stawiasz stopy — mruknął, gdy oczyścił przejście. — Ostatnie, czego nam trzeba, to żebyś stanęła na ostrym kołku czy czymś takim.

— Albo żeby ugryzł mnie mokasyn wodny — podsunęła Ariana z przesadną pomocą. Posłał jej piorunujące spojrzenie.

— Nie rób tak, Ari, to nie jest śmieszne!

— Lekarze mają najbardziej nieprzystający humor, pracuję nad swoim — rzuciła do jego oddalających się pleców, po czym westchnęła i poszła w jego ślad.

ROZDZIAŁ DWUDZIESTY

PRZESZLI TYLKO KAWAŁEK DALEJ, gdy Jack wydał okrzyk triumfu. — Widzę, jest przerwa w drzewach! To musi być jezioro!

Wykończona Ari i tak zdołała się do niego uśmiechnąć, kiedy odwrócił się do niej, rozpromieniony. — Udało ci się, Jack. Doprowadziłeś nas tutaj.

— Przyszłaś tu o własnych siłach, nie przypisuj mi za to zasług. Chodź, kochanie. Już niedaleko. — Teraz utykała, ewidentnie każdy krok boso stawianą stopą sprawiał jej ból — właściwie to bardziej było kuśtykanie. Jack podejrzewał, że ma piekielne pęcherze, i aż ściskało go, że nie może jej nieść; ale to było dosłownie niemożliwe — musiał przecież torować im przejście maczetą i w każdej chwili mieć łatwy dostęp do broni, kiedy tylko wyjdą na otwarte.

— Jesteśmy przy właściwych współrzędnych? — zapytała Ari, doganiając go. Jack sprawdził zegarek.

— Prawie. Mniej niż pół mili stąd, ale z mapy wynika, że tu jest całkiem spory odcinek plaży...

— Niekoniecznie — uprzedziła z lekką dezaprobatą. — Plaże Maracaibo są raczej po wschodniej stronie, od strony Wenezueli, i w okolicach ujścia jeziora. Tutaj, jeśli w ogóle, będzie kamieniście.

— I tak będzie łatwiej niż w dżungli, bo będę mógł cię nieść, jeśli nie będę musiał używać maczety. — Przeciął kolejną grubą zasłonę pnączy i teraz Ari też zobaczyła przerwę w drzewach, wyraźną, a przed nimi biło jasne, pomarańczowe światło.

— Podejrzanie to wygląda na zachód słońca. Lepiej idź przodem, spróbuj przywołać łódź, zanim odpłyną bez nas — ostrzegła.

— Absolutnie nie.

Ariana zamrugała.

— Jeśli sądzisz, że wypuszczę cię z oczu na dłużej niż pięć sekund, to się grubo mylisz — głos Jacka był spokojny i równy. — Nie, Ari. Mówiłem ci, odbiór był wyznaczony na godzinę *przed* zachodem słońca; pewnie już go przegapiliśmy. Zrobią kolejny kurs jakieś dwie godziny po zapadnięciu ciemności. Poczekamy.

Westchnęła ciężko, ale przytaknęła, człapiąc dalej.

Słońce stało już na samym horyzoncie, kiedy wreszcie wyłonili się z krawędzi dżungli na — jak przewidywała Ariana — kamienisty brzeg. Kamienie były gładkie, wypolerowane wodą, niektóre obficie pokryte śliskimi, zielonymi glonami — i w całej okolicy śmierdziało okropnie, gnijącą roślinnością i rybą.

— Stąd na zachód — powiedział Jack, wsuwając maczetę do pochwy. — Chodź, poniosę cię...

— Nie, dam radę — upierała się Ariana. — To rzęsa wodna; pokrywa duże połacie jeziora. Kiedy przy odpływie wyrzuca ją na brzeg, robi się ślisko. Jeśli się poślizgniesz, niosąc mnie, oboje wylądujemy na ziemi.

Nie miał na to jak odpowiedzieć; skrzywił się. — Dobra. Ale trzymaj się blisko, żebym mógł cię złapać, jeśli się przewrócisz.

Nie zamierzała oddalać się od niego na więcej niż krok. W tej chwili nawet ten jeden krok wydawał się ponad jej siły, ale powiedziała sobie, że da radę. Jedna noga przed drugą, krok po kroku.

Silna dłoń Jacka objęła jej biceps, gdy ruszyła. — Właściwie to może po prostu będę cię trzymał.

— Nie mam nic przeciwko — Ariana spojrzała na niego znużonym uśmiechem. Jedyny but, który wciąż miała na nodze, nie zapewniał takiej przyczepności jak jego ciężkie buty bojowe, a przy jej lekkiej wadze łatwiej było o poślizg. Zwłaszcza kiedy nie patrzyła pod nogi; niemal natychmiast rozjechały jej się stopy i tylko pewny uścisk Jacka na ramieniu uchronił ją przed twardym lądowaniem na pupie.

— O rany, jest jeszcze bardziej ślisko, niż się spodziewałam!

— Spokojnie. Mówiłem, że mamy co najmniej parę godzin czekania, ale spróbujmy zajść jak najbliżej, zanim całkiem zgaśnie światło. W ciemności będzie to jeszcze bardziej zdradliwe.

Nie mogła się z tym spierać i choć musieli iść powoli, ostrożnie stawiając kroki, szło im przynajmniej trochę szybciej niż w dżungli.

— Tutaj gdzieś — powiedział w końcu Jack, a ona była za to bardzo wdzięczna, bo ledwo widziała kamienie pod stopami. Zerknął nad wodę, wypatrując łodzi, ale nie dostrzegł nic poza światłami wenezuelskiego miasta

Ciudad Ojeda, ponad trzydzieści mil dalej, na północno-wschodnim brzegu jeziora.

— Czekamy tutaj? — zapytała cicho Ariana.

— Nie — zdecydował Jack. — Zejdziemy na razie z linii brzegu. Wrócimy jakieś kwadrans przed planowanym odbiorem. — Poprowadził ją z powrotem ku krawędzi dżungli. — Chcę obejrzeć twoje stopy.

Ari skrzywiła się na samą myśl, ale nie miała wielkiego wyboru, nie przy jego stanowczym uścisku. Usiadły na dużym, powalonym pniu kilka stóp w głąb zasłaniającej dżungli, a Jack podał jej baton proteinowy, po czym wyciągnął z jednego ze swoich jakby nieskończonych kieszeni latarkę w formie długopisu.

— Pokaż.

— Muszę? — zapytała, ale westchnęła i przekrzywiła się, by postawić stopę w jego nieubłaganie wyciągniętej dłoni.

Jack był bardzo delikatny, kiedy zsuwał jej skarpetę, a i tak usłyszał syk Arianinych zaciśniętych zębów i wiedział, że widok nie będzie ładny.

— Och, Ari — powiedział miękko, kiedy w końcu zdjął materiał i oświetlił penlightem małą, drobnokościstą stopę.

— Nie jest tak źle — skłamała twardo.

— Jest tak źle i będziesz potrzebować leczenia szpitalnego, kiedy się stąd wydostaniemy. — Niewiele mógł teraz zrobić poza delikatnym oczyszczeniem sączących się pęcherzy chusteczką nasączoną alkoholem i ponownym zabandażowaniem stopy najlepiej, jak potrafił. Przynajmniej miał w plecaku parę czystych, suchych skarpet i mógł je jej podać. — Teraz druga.

To była ta stopa z butem; sznurowadła były zlepioną, zabłoconą grudą i Jack potrzebował dobrych kilku minut, by je rozplątać.

Ariana zacisnęła zęby, gdy Jack zaczął ściągać but, tłumiąc krzyk bólu, który cisnął się na usta. Podejrzewała, że ten but trzymał się tylko dlatego, że był ciut ciaśniejszy niż ten zgubiony, i w efekcie pęcherze były tu jeszcze gorsze.

Jack syknął z przerażeniem, kiedy w końcu zdjął skarpetę. — Dlaczego nic wcześniej nie powiedziałaś, Ari? Mogliśmy się zatrzymać, żeby to opatrzyć...

— I może spóźnić się na *drugi* odbiór? Nie, dzięki — odparła stanowczo. — Szybciej byśmy przez to nie szli.

— Ale musiało cię potwornie boleć! — Aż go ściskało na myśl, że Ariana brnęła przez dżunglę w absolutnej agonii, nawet nie pisnąwszy słowem. — Nie jesteś żołnierzem, Ari, nie powinnaś tego znosić...

— Ciii — wyciągnęła rękę i delikatnie musnęła opuszkami jego nieogolony policzek. — Wszystko w porządku, Jack. Łódź zaraz tu będzie i wszystko będzie dobrze.

W nikłym świetle odbitym od latarki dostrzegła na jego twarzy wahanie. — Co jest? — zapytała przenikliwie. — O czym myślisz?

— Mam dwie ampułkostrzykawki z morfiną...

— Nie. — Odpowiedź była kategoryczna. — Nie, Jack. Nie teraz. Jak będziemy bezpieczni na łodzi, to się nad tym zastanowię, ale nie teraz. Nie będę ci ciężarem.

— Nigdy nie będziesz ciężarem. — Jego duże palce delikatnie splotły się z jej i lekko ścisnęły. — Nigdy.

Uśmiechnęła się do niego i przez chwilę patrzyli sobie w oczy w gasnącym świetle, zanim Jack widocznie się otrząsnął.

— Ostatni bandaż — wyjął go z apteczki. — Żadnych więcej urazów, dobrze?

— Postaram się — obiecała, patrząc, jak delikatnie czyści, a potem owija jej stopę. — Podaj mi tylko skarpety. Tego buta już nie wkładam.

— Zaniosę cię do łodzi, kiedy przypłynie — obiecał Jack, a ona nie oponowała.

Kiedy Jack opatrzył jej stopy najlepiej, jak potrafił, i ostrożnie wsunął na bandaże własne, zapasowe skarpety, podał Arianie manierkę z wodą. — Lepiej dopij.

Pili przez cały dzień, Jack regularnie uzupełniał butelkę, ilekroć znalazł w miarę czystą wodę, i dodawał tabletki do uzdatniania. Ariana przywykła już do lekko chemicznego posmaku i piła bez marudzenia, gdy Jack zbierał opakowania po bandażach i chusteczkach.

— Jak długo jeszcze? — zapytała, gdy znów usiadł obok niej na pniu i kliknął latarkę, żeby oszczędzać baterię.

— Około godziny do momentu, kiedy musimy się ruszyć — sprawdził zegarek. — Oprzyj się na mnie, Ari. Odpocznij trochę, jeśli możesz. Ja będę czuwał.

Jeśli sądził, że odmówi, to bardzo się mylił. Ariana natychmiast wtuliła się w niego, chwyciła go za nadgarstek i przeciągnęła jego ramię wokół siebie, opierając głowę o jego szeroką pierś. Zaskoczony, Jack na moment zesztywniał, po czym cicho się zaśmiał i przytulił ją mocniej.

— Bierzesz mnie za słowo, co?

— To nie twoja ręka od broni — zauważyła, zamykając oczy.

Uśmiechając się, Jack pochylił się i musnął jej czoło lekkim pocałunkiem. — Zadziwia mnie, że przez to wszystko nie straciłaś poczucia humoru, Ari.

— Mówiłam ci, lekarze słyną z dziwnego, czarnego poczucia humoru — odparła, nie otwierając oczu. — Tylko ćwiczę.

Zapadło milczenie, miękkie, wygodne, gdy wsłuchiwali się w odgłosy dżungli dookoła. Jack odruchowo pacnął coś, co ugryzło go w szyję; chociaż regularnie smarował ich oboje wojskowej klasy repelentem z zestawu, niektóre robale miały to po prostu w nosie. Ariana nie drgnęła, gdy się poruszył, i przez moment pomyślał, że zasnęła.

Aż zapytała — Dlaczego odszedłeś, Jack?

Zastygł jak jeleń w świetle reflektorów. — Wiesz, dlaczego — odparł cicho, po napiętej, drżącej chwili, w której miał wrażenie, że cały świat wstrzymał oddech. — Byłaś osobą, którą miałem chronić — i miałaś *dziewiętnaście* lat, i rozpaczałaś; byłaś emocjonalnie rozbita, a ja to wykorzystałem. Gdybym został, twój ojciec by się dowiedział i wywaliłby mnie na zbity pysk.

— Może — dopuściła Ariana.

— Na pewno. Twój ojciec to bardzo bystry człowiek. *Co było najdelikatniejszym określeniem roku*, pomyślał Jack z przekąsem. — I miałby rację, zwalniając mnie. Nigdy nie powinienem był cię tknąć. To było skrajnie nie w porządku i największy błąd mojego życia.

Ariana całkiem zesztywniała w jego objęciach i w tej samej chwili uświadomił sobie, co powiedział. W duchu kopnął się w tyłek i zrozumiał, że pozostała mu już tylko pełna szczerość.

— To powiedziawszy, nigdy nie zdołałem wyrzucić z głowy tamtej nocy — powiedział, niskim, miękkim głosem. — Nigdy też nie zdołałem wyrzucić z głowy *ciebie*, i *wiedziałem*, że tak się stanie, Ari. Gdybym został, naraziłbym twoje bezpieczeństwo, bo nie potrafiłbym wykonywać swojej pracy jak należy. A nie mógłbym żyć ze sobą, gdyby coś ci się stało.

Nie odezwała się, pewnie wciąż kipiąc w środku gniewem po jego niezręcznych słowach, więc Jack zmusił się, by mówić dalej. — Kiedy Mara zadzwoniła i usłyszałem, że Elliot prawdopodobnie nie żyje, nie byłem w stanie znieść myśli, że mogłaś zginąć też ty. To było dla mnie za dużo. Musiałem się ruszać, wsiąść w samolot i lecieć tutaj, ale przez całą drogę miałem w głowie krzyczący głosik, że na tamtym zboczu zobaczę swój najgorszy koszmar.

Głowa Ariany drgnęła; poczuł, że patrzy na niego w ciemności. — Oczywiście myśleliście, że nie żyję — powiedziała cicho.

— Kiedy dotarłem, twój ojciec i śledczy ustalili już, że ty i Fuentes zniknęliście, a śledczy znaleźli pustą fiolkę po ketaminie. Szybko doszli do właściwego wniosku. Trudne było ustalenie, *gdzie* cię wywieziono i przez kogo.

— Tomàs pracował dla *El Lobo*. Nie wiem, czy od początku, ale mówił, że dla *pieniędzy*. On mnie *nienawidził*, Jack — Ari zadrżała, a Jack mocniej objął ją ramieniem. — Naprawdę mnie nienawidził. I jakby go w ogóle nie obchodziło, że zabił Elliota i Emmę, i Jonie, i Felipe, i pilotów. Był *sociopatą*, nigdy nie spotkałam nikogo takiego, jego po prostu to nie *obchodziło*.

Głos jej się załamał i Jack zorientował się, że płacze. — Hej, hej — powiedział cicho, sięgając wolną dłonią, by delikatnie zetrzeć kciukiem łzy z jej policzka. — Nie rozklejaj mi się teraz, Ari. Jesteśmy tak blisko wyrwania się z tego.

— Tak się cieszę, że po mnie przyszedłeś — wyszlochała w jego ramię. — Myślałam, że przyszedłeś mnie zabić, kiedy wpadłeś z bronią, a potem, kiedy zorientowałam się, że to ty, poczułam taką ogromną ulgę, *wiedziałam*, że mnie uratujesz...

— Nie pozwolę, żeby cokolwiek ci się stało, aniołku. Obiecuję — przysiągł Jack, wiedząc, że tym razem jest uwikłany po uszy. Tym razem nie będzie mógł po prostu odejść i udawać, że nic się nie wydarzyło.

Delikatnie uniósł twarz Ariany do swojej i pocałował ją, długo i powoli, czując na jej ustach słony smak łez. Jej urywany oddech uspokoił się w trakcie pocałunku, drobne palce zacisnęły się w ciężkim materiale jego munduru, gdy się go uchwyciła.

— Kocham cię — wyszeptał w końcu Jack, opierając czoło o jej czoło. — Kochałem cię sześć lat temu i nigdy nie przestałem, Ari.

— Nie waż się mnie tym razem zostawić — wyszeptała, a on skinął czołem o jej skroń.

— Nie zostawię.

Ariana pierwsza zainicjowała kolejny pocałunek, przywarła do jego ust, rozchylając wargi, by przyjąć pieszczotę jego języka. Zaskoczyła go, gdy się przesunęła, obróciła i przerzuciła kolano przez jego uda, siadając okrakiem na jego nogach twarzą do niego. Zawruczał nisko w piersi, kiedy poruszyła biodrami zalotnie, napierając kroczem na bolesną twardość ukrytą w spodniach od munduru.

— Przestań, Ari — wycharczał w końcu Jack, odchylając głowę. — To nie czas ani miejsce.

— Poczekaj tylko, aż dorwę cię sam na sam z łóżkiem, Jacku McAuley — tyle mam do powiedzenia — odparła Ariana, a on się uśmiechnął.

— Tak jest, proszę pani. Już się nie mogę doczekać. Mam tylko nadzieję, że pozwolisz mi najpierw zmyć z siebie trochę potu i smrodu dżungli.

— Pomyślę — odparła wyniośle, wywołując jego uśmiech mimo wciąż bardzo realnych obaw.

Nagle zapiszczał jego zegarek i oboje drgnęli, a Jack westchnął. — Czas się ruszać. Chodź.

Ariana odmówiła, by ją niósł, a Jack nie naciskał. Zamiast tego trzymał ją za ramię, żeby ją podpierać, gdy wsunęli z powrotem gogle noktowizyjne, ostrożnie przeszli na skraj kamienistej plaży i stanęli tam, by czekać.

— To silnik łodzi? — zapytała Ariana po kilku minutach.

Jack nadstawił uszu. — Nie sądzę. Coś nie brzmi... — dźwięk i tak zbliżał się zbyt szybko. — Kurwa! — Zrzucił plecak na kamienie, przewiesił karabin na pierś i szybko sprawdził magazynek. — Ari, to helikopter, *biegnij*!

— Może są tu po nas...

Trzask kamieni na plaży sprawił, że podskoczyła.

— *Są* tu po nas, *strzelają* do nas! *Biegnij*, Ari! — ryknął Jack. — Do drzew!

— Co ty zamierzasz? — chwyciła go rozpaczliwie za rękaw, gdy zrobił krok naprzód.

— Spróbuję ich zestrzelić — wrzasnął ponad potwornym łoskotem serii z karabinu maszynowego, która dzwoniła o kamienie coraz bliżej. — Teraz *RUSZAJ!*

Próbowała go zatrzymać, ale wyszarpnął się z jej słabego uścisku i wybiegł na plażę, biegnąc pod kątem do nadlatującego ognia, po czym padł na jedno kolano i uniósł karabin, stabilizując postawę.

— Jack! — wrzasnęła bezradnie. — *NIE! JACK!*

Rozdział dwudziesty pierwszy

Pociski dźwięczały coraz bliżej Ariany, sypiąc iskrami o kamienie, a ona otrząsnęła się z chwilowego paraliżu. Bez Jacka nie zaszłaby daleko przez drzewa i nie chciała tracić z oczu ani plaży, ani jego, więc zaczęła biec wzdłuż skraju dżungli, najlepiej jak potrafiła na obolałych stopach, cały czas zerkając przez ramię. Widziała już helikopter; biały reflektor na jego spodzie rozjaśniał mrok niemal do biały dzień, oślepiając ją tak, że musiała zerwać z oczu gogle noktowizyjne, a z karabinu maszynowego, wystającego przez otwarte boczne drzwi, pluły pociski smugowe, wypalając w nocy białe, ogniste smugi.

Nie słyszała nawet jego odpowiedzi ogniem z karabinu, ledwie dostrzegała Jacka klęczącego na kamieniach, z bronią przy ramieniu. Nie miał przecież żadnych szans, by zestrzelić śmigłowiec; robił to tylko po to, by odciągnąć uwagę, żeby mogła uciec i ukryć się do czasu, aż przypłynie łódź. *Jeśli* łódź w ogóle przypłynie, skoro śmigłowiec wisiał nad plażą w ten sposób.

Oczy Ariany znów zaszły łzami, ale brnęła dalej, walcząc, by iść naprzód, z oddechem szarpiącym jej płuca. Nie mogła pozwolić, żeby poświęcenie Jacka poszło na marne; oddawał swoje życie, by mogła uciec.

Klęcząc na zimnych, mokrych kamieniach, Jack wziął głęboki oddech i spróbował się opanować, lecz strach o Ari podszedł mu do gardła, dławiąc go. Jeśli *El Lobo* dorwie ją po raz drugi, nie okaże litości. Sprawi, że będzie cierpiała z każdym oddechem aż do ostatniego.

Powoli wypuszczając powietrze, Jack nacisnął spust. Helikopter odwracał się od niego — stracili go z oczu, kiedy odbił w bok, a prawdę mówiąc i tak mieli go gdzieś. Był tylko przeszkodą, którą zamierzali zmieść z drogi, żeby *El Lobo* mógł zabrać Arianę z powrotem.

Skup się. Oddał kolejny strzał. Trafiał w śmigłowiec; na takim dystansie trudno było chybić, był strzelcem najwyższej klasy, ale musiał trafić w coś kluczowego. To nie był wojskowy śmigłowiec, więc wrażliwe miejsca nie były opancerzone; gdyby tylko trafił w silnik albo miał czyste pole do pilota, mógłby go strącić, ale cholerny śmigłowiec właśnie był do niego odwrócony. Zacisnął zęby, po czym zmusił się, by rozluźnić szczękę, i oddał następny strzał.

— No dalej — mruknął pod nosem. — No *dalej*! Nie chciał przełączyć na ogień ciągły, zbyt szybko skończyłyby mu się naboje. Kolejny strzał.

Helikopter *szarpnął* w powietrzu, a Jack obnażył zęby w zawziętym, triumfalnym uśmiechu. Trafił w wirnik ogonowy. Wciąż się obracał, ale wyraźnie zwalniał, a maszyna zaczynała wchodzić w autorotację. Za sterami siedział dobry pilot; zamierzał posadzić ją bezpiecznie.

Chyba że Jack dopilnuje, żeby do tego nie doszło.

Karabin maszynowy wciąż pruł w stronę plaży, pociski iskrzyły o kamienie zaledwie kilka kroków od niego, niebezpiecznie blisko. Jack namierzył cel i czekał na swój moment, ignorując hałas oraz odłamki kamieni i metalu pryskające wokół, czekał, aż śmigłowiec znów obróci się ku niemu, aż zobaczy sylwetkę głowy pilota, który walczył o panowanie nad gasnącą maszyną.

Wdech. Wydech.

Ogień.

Ari wrzasnęła imię Jacka, gdy śmigłowiec jakby znów obrócił się ku niemu, a karabin maszynowy pluł w jego stronę złośliwym deszczem śmiercionośnego metalu. On tego nie przeżyje, *nikt* by tego nie przeżył!

W jednej chwili helikopter leciał prosto na niego, w następnej nagle wirował w powietrzu, szedł w górę i przetaczał się, po czym opadał w śmiertelnej spirali prosto na *nią*. Ledwie zdążyła skulić się i zasłonić twarz, zanim uderzył dziobem w plażę z przeraźliwym, chrzęszczącym rykiem maltretowanego metalu o skałę, a kawałki wirników pękały i leciały we wszystkie strony.

Potężne BUM rozdarło noc, a fala uderzeniowa powaliła Ari na plecy. Skuliła się na kamieniach, ramionami osłaniając głowę, przez wydające się nie mieć końca minuty, podczas gdy wokół spadał deszcz rozżarzonych odłamków metalu. Gorące łzy straty i przerażenia piekły ją w policzki, aż wreszcie dotarł do niej czyjś krzyk jej imienia i uniosła głowę, mrugając z niedowierzaniem.

— *Jack?*

— Ari! — był już bliżej; widziała, jak biegnie w jej stronę, pośród wciąż płonących kawałków wraku helikoptera porozrzucanych na plaży.

— Jack, jestem tutaj! — jakoś podniosła się na nogi, zatoczyła w jego stronę, a chwilę później znalazła się w jego ramionach; przyciskał twarz do jej szyi, unosząc ją wysoko w górę.

— O Boże, Ari, żyjesz, żyjesz...

— Ty też — wychrypiała, tuląc się do niego, przesuwając dłońmi po jego krótkich włosach, ledwie wierząc, że jakoś przeżył, że strącił helikopter, że ocalił ich oboje.

Ruch na plaży za jego plecami sprawił, że rozszerzyły jej się oczy. — Jack! — krzyknęła, a nuta paniki w jej głosie sprawiła, że upuścił ją i sięgnął po pistolet w kaburze na udzie.

El Lobo Negro miał zmiażdżoną nogę i kilka połamanych żeber, ale nic nie miało go powstrzymać przed zabiciem suki Monterro i amerykańskiego kundla, który ją porwał i zdemolował jego posiadłość. Ręka mu drżała, gdy wymierzył w nich pozłacanym pistoletem. Suka go dostrzegła i wrzasnęła; jej wierny pies upuścił ją, odwracając się, a jego broń szła w górę...

Dwie lufy zaszczekały równocześnie. Jack usłyszał krzyk Ariany, ale nie mógł teraz o niej myśleć; musiał skupić się na mężczyźnie z bronią, który, gdyby tylko mógł, zabiłby ich oboje. Naciskał spust pistoletu, aż iglica kliknęła na pusto, a tamten znieruchomiał.

Dopiero wtedy Jack odwrócił się z powrotem. — Ari?

Leżała, nieruchoma jak śmierć, na zimnych, mokrych kamieniach, a na przodzie jej koszulki rozkwitała jaskrawoczerwona plama krwi.

— ARI! — przerażony, wściekły ryk Jacka rozdarł noc.

ROZDZIAŁ DWUDZIESTY DRUGI

ARIANA BUDZIŁA SIĘ POWOLI, mrugając zmęczonymi, ciężkimi powiekami, aż zobaczyła przy łóżku błogosławienie znajomą twarz.

— Papi? — wyszeptała.

Raul Monterro upuścił czytaną gazetę i zerwał się na równe nogi, pochylił się nad nią, jednocześnie naciskając przy łóżku przycisk przywołania.

— Ariana! Obudziłaś się! *Madre de Dios*, myślałem — myślałem, że cię straciliśmy!

Leżała w szpitalnym łóżku, to zarejestrowała mgliście, kiedy otworzyły się drzwi i do środka wpadł rój lekarzy. Oczy wciąż jej się zamykały; walczyła z ogarniającą wszystko ociężałością na tyle długo, by wyszeptać jedno, najważniejsze pytanie.

— Gdzie jest Jack?

Ponura mina Raula była odpowiedzią aż nadto wymowną. Zamknęła oczy i pozwoliła, by znów pochłonęła ją ciemność.

Dręczyły ją gorączkowe, mętne sny; śniło jej się, że Jack jest obok, rozmawia z jej ojcem, a potem siedzi, trzyma ją za rękę i mówi, że przeprasza. *Za co?* chciała go zapytać. *Przecież mnie uratowałeś.*

Za to, że cię zostawiłem, powiedział jej jego duch.

Płakała, nawet we śnie.

Dawali jej morfinę, ocenił jej medycznie przeszkolony umysł, gdy obudziła się następnym razem. Tym razem nie spieszyła się z otwarciem oczu; leżała bez ruchu i najpierw nasłuchiwała. Pikanie monitora kardiologicznego było całkiem spodziewane. Dwa niskie głosy mówiące w tle — niewiele mniej.

— Nie lubię morfiny — powiedziała, nie otwierając oczu. — Sprawia, że widzę rzeczy, których tam nie ma.

Jeden z głosów, miękki i kobiecy, podszedł bliżej. — Rozumiem, Pani Monterro, ale pomaga też nie czuć rzeczy, które *są*. Na przykład rany postrzałowej, która o mało Pani nie zabiła.

— Och. Zostałam postrzelona? — Nagle parę spraw stało się jaśniejszych. Ostrożnie otworzyła oczy i spojrzała w uśmiechniętą twarz lekarki, niewiele starszej od niej samej.

— Obawiam się, że tak. Przepraszam, powinnam była zwrócić się do Pani: pani doktor Monterro. Jestem doktor Cardones.

— Jestem jeszcze dość świeżo upieczoną lekarką — Ari spróbowała się uśmiechnąć. — Jeszcze nie bardzo mogę sama leczyć pacjentów.

— Wiem, ale mimo to, z jednej profesjonalistki do drugiej, powiem Pani wprost. Miała Pani niewiarygodne szczęście, że Pani żyje. Kula przebiła i zapadła Pani prawe płuco, a potem wyszła plecami.

Szczęka Ari opadła. — Jak to możliwe, że *żyję*? — wyszeptała z niedowierzaniem.

— Na szczęście łódź, która miała Panią zabrać, przypłynęła niecałą minutę po tym, jak padł strzał; zobaczyli katastrofę śmigłowca i od razu weszli. To był kuter Straży Przybrzeżnej z dwiema w pełni wyszkolonymi ratowniczkami na pokładzie. Jakoś utrzymały Panią przy życiu, aż nadleciały wojskowe śmigłowce, by Panią ewakuować.

Jackowi jednak przybyli za późno. Ariana starała się o nim nie myśleć. Łzy zapiekły ją w oczy, sprawiając, że paliły i bolały. — Złapali *El Lobo Negro*? — zapytała, próbując się czymś zająć.

— Już nie żył, kiedy tam dotarli — zapewniła ją doktor Cardones. — Kapitan McAuley — potknęła się na obcym nazwisku — wpakował trzynaście kul w jego głowę i pierś.

Tym razem Ari nie zdołała powstrzymać łez. — On mnie uratował — wychrypiała.

— Cicho, cicho — doktor Cardones sięgnęła do stojaka z kroplówką przy łóżku i coś wyregulowała. — Proszę się nie denerwować, Pani Ariano. Pani płuco będzie się goić jeszcze przez jakiś czas. Proszę oddychać spokojnie.

Rozmazana czerń znów napłynęła Ari przed oczy. — Naprawdę nie lubię morfiny — wyslurała, zanim ciemność całkiem ją pochłonęła. — Ciągle widzę Jacka.

— Co powiedziała? — zapytał Raul, wchodząc akurat na czas, by usłyszeć ostatnie mamrotane słowa, zanim Ariana ponownie zapadła w sen.

— Morfina jej nie odpowiada; mówi, że sprawia, iż widzi rzeczy, których tam nie ma — doktor Cardones zrobiła notatkę w karcie Ariany. — Niestety, w tej chwili nie mamy wielkiego wyboru. Musi leżeć spokojnie.

— Była tym razem przytomna trochę dłużej? — Raul zajął swoje zwykłe miejsce przy łóżku. — Szkoda, że to przegapiłem.

— Obiecałam Panu, że przy niej zostanę. Pan też musi jeść i spać jak każdy z nas — zganiła go łagodnie lekarka. — Ariana była przytomna przez kilka minut i wydawała się całkiem jasna. Powiedziałam jej, co się stało, a ona zapytała o *El Lobo Negro*; powiedziałam jej, że zabił go kapitan McAuley.

— Czy o niego pytała? — spytał Raul.

— Nie, rozkleiła się, kiedy o nim wspomniałam, i zaczęła płakać. Nie możemy ryzykować takiego obciążenia płuc, więc musiałam ją znowu uśpić.

— Dobrze — Raul sięgnął po dłoń Ariany i musnął palcami jej palce. — Jack wkrótce wróci, maleńka — powiedział cicho, zastanawiając się, czy może słyszy go we śnie. — Miał do dotrzymania obietnicę.

Złożona flaga była w dłoniach Jacka ciężka jak ołów, gdy klęknął, by wręczyć ją Marze Savige. Elliot Savige nie zginął jako Ranger, ale jego dawnym kolegom nie robiło to różnicy. Stawili się tłumnie, by, jak ujął to porucznik Hunter, zgotować przyjacielowi „porządne pożegnanie”. Niemal każdy służący obecnie w USA Ranger wypełnił cmentarz w Arlington, by pożegnać dawnego brata broni, obserwując ceremonię w milczeniu i zadumie, w galowych mundurach.

— Dziękuję — twarz Mary była blada pod starannie nałożonym makijażem, gdy spojrzała na Jacka, ale jej oczy były suche. W tym ostatnim tygodniu wylała już łez tyle, że starczyłoby na rzekę, Jack to wiedział. Selina Cullane siedziała tuż obok niej, milczący symbol wsparcia ze strony Rangersów, tak samo jak ściśle złożona flaga, którą Jack, w pełnym galowym rynsztunku, właśnie włożył w dłonie Mary. — Dziękuję, że przywiózł go Pan do domu, Jack.

— To był dla mnie zaszczyt — odparł cicho, po czym podniósł się, cofnął i oddał jej formalny salut. Skinęła głową z podziękowaniem, przyciskając flagę do piersi.

Podpułkownik Cullane, stojący u boku żony, skinął Jackowi głową, kiedy ten odwrócił się, by poprowadzić pozostałych niosących trumnę.

— Prezentuj broń! — warknął Hunter w niewielkiej odległości, a pięciu obecnie służących Rangerów, w tym sierżanci Diaz i Mostyn, uniosło karabiny do ramion, by oddać pierwszą z trzech salw honorowych.

— To było dobre pożegnanie — powiedział Brody Cullane do Jacka, gdy później stali w kasynie oficerskim, wznosząc toast za pamięć Elliota. — Ell by to docenił.

— Jeszcze bardziej doceniłby to, że opiekujemy się Marą — odparł Jack. — Dzięki, że pani Cullane u niej została. Wiem, że tego wsparcia potrzebowała.

— Będzie je miała tak długo, jak będzie trzeba, choćby i do końca życia — Brody lekko poklepał Jacka po ramieniu.

— No więc — dodał po chwili milczenia — zgaduję, że nie podpiszesz tych papierów o ponownym zaciągu, które leżą na moim biurku, co?

— Obawiam się, że nie, panie pułkowniku.

— Tak myślałem. Masz jeszcze sześć miesięcy.

— Tak jest, panie pułkowniku.

— Nie mogę cię teraz po prostu puścić, wiesz o tym.

Jack wiedział, że to padnie. Skinął twardo głową. — Rozumiem, panie pułkowniku.

— Jednakże otrzymaliśmy prośbę od rządu Guàlize o doświadczonego oficera do pomocy przy szkoleniu nowej jednostki kontrterrorystycznej, którą właśnie tworzą. Zamierzają ostatecznie rozprawić się z kartelami narkotykowymi. Przypadkiem wymagany zestaw umiejętności niemal idealnie pokrywa się z twoim — ton Brody'ego był suchy.

Jack nie zdołał powstrzymać uśmiechu. — Tak jest, panie pułkowniku? Brzmi jak interesująca propozycja.

— Owszem. Z tego, co rozumiem, minister sprawiedliwości Monterro osobiście poprosił, byś zapoznał się z ofertą, zanim pokażemy ją komukolwiek innemu. Wynagrodzenie też jest całkiem hojne.

Dzięki ci, Raul. — Wygląda na coś, czemu powinienem się przyjrzeć jak najszybciej, panie pułkowniku.

— Będzie nam przykro cię stracić, Jack — powiedział cicho Brody, wyjmując z wewnętrznej kieszeni marynarki zaklejoną kopertę i podając ją. — Pamiętaj, że Rangersi zawsze będą tutaj, gdybyś nas potrzebował.

— Dzięki, Brody — Jack zrezygnował z formalności, przyjmując kopertę. Brody skinął z uśmiechem i znów klepnął go w ramię.

— Powodzenia.

Oczywiście nie mógł po prostu wsiąść w samolot do Guàlize. Tryby wojskowej biurokracji mieliły wyjątkowo wolno, nawet przy wszelkich staraniach pułkownika Cullane'a, by ułatwić transfer. Guàlizeańczycy musieli wszystko przygotować u siebie, Departament Stanu musiał wynegocjować status Jacka — skończyło się na immunitecie dyplomatycznym, co go samego niezmiernie bawiło — pensję odpowiednią do nowego stanowiska i zorganizować mu mieszkanie. Chętnie pomieszkałby z ochroną ambasady albo w koszarach z ludźmi, których miał szkolić, ale dyplomaci upierali się, że to byłoby zupełnie nieodpowiednie.

— Jak tam chcecie — powiedział Jack niecierpliwie do bardzo sprawnej pani z Pentagonu, która z anielską cierpliwością tłumaczyła mu, czemu nie może po prostu zjechać do Guàlize z ubraniem, które ma na sobie. — Może Pani po prostu sprawić, żeby to wszystko stało się szybko?

— Robimy wszystko, by to przyspieszyć, panie kapitanie — spojrzała na niego znad okularów i podała mu kolejny formularz do podpisu. — Jestem pewna, że ma Pan jeszcze własne sprawy do załatwienia przed wyjazdem. Dom do sprzedania?

— Mieszkam na bazie. Zawsze tak było. — Nigdy też nie miał natury zbieracza. Większość jego rzeczy osobistych została już spakowana i wysłana do Guàlize; Raul Monterro miał je przechować do jego przyjazdu. Raul zaprosił Jacka do siebie, ale Departament Stanu odmówił w imieniu Jacka. Nie był pewien, czy powinien go to irytować, czy nie. Nie był nawet pewien, czy Ari w ogóle tam będzie; Raul mówił, że wciąż się waha, czy wracać do USA, by odbyć rezydenturę w Johns Hopkins, czy też dokończyć szkolenie w Guàlize.

— Czy pytała o mnie? — zapytał Jack niemal desperacko, kiedy któregoś wieczoru rozmawiał z Raulem. Tamten dzwonił w większość nocy, by przekazać mu wieści o stanie Ari i o tym, jak idą formalności transferowe po stronie Guàlize.

— Wspomniałem dziś Pana nazwisko i rozpłakała się — powiedział Raul. — Doktor Cardones mnie wygoniła. Płuco Ari wciąż się goi, nie chcą jej denerwować. Myślę, że lepiej będzie, jeśli sam Pan wyjaśni Ari, czemu musiał Pan wyjechać, kiedy już Pan tu wróci.

— Mam nadzieję, że to już niedługo.

— To dobrze. Ariana chce wrócić do domu; lekarze zgodzili się wypisać ją za kilka dni pod warunkiem, że będzie spokojnie odpoczywać w domu. Oczywiście zapewnię jej całodobową opiekę pielęgniarską...

— Oczywiście — powtórzył Jack, wiedząc, jak zdeterminowany jest Raul, by Ariana wróciła do zdrowia jak najszybciej. Z odpowiednią opieką medyczną rzeczywiście szybciej dojdzie do siebie w domu. A jednak serce Jacka bolało, że nie mógł być tam, by zająć się nią sam. — Jeśli rozmowa o mnie ją niepokoi, proszę tego nie robić. Niech spokojnie dochodzi do siebie. Kiedy już tam będę i porozmawiamy, sama zdecyduje, czy chce zostać, czy wrócić do USA. Wiem tylko, że jedyne, co teraz mogę zrobić, to znaleźć się w takiej sytuacji, byśmy mogli być razem, jeśli Ari tak postanowi, a ten transfer to jedyna droga, bym mógł to osiągnąć.

— Rozumiem — odparł Raul — i ma Pan moje pełne poparcie.

— Nie wiem dokładnie, kiedy tam dotrę, więc chyba lepiej, żeby Pan jej nie mówił, że jestem w drodze. Jeśli zapyta, proszę powiedzieć, że będę, kiedy tylko będę mógł.

— Nie będę poruszał tego tematu — obiecał Raul. — *Hasta más tarde*, Jack. *Ven aquí pronto.*

— Jak tylko będę mógł — zgodził się, po czym pożegnał się i odłożył słuchawkę.

— Myślę, że to wszystko, panie kapitanie — powiedziała wreszcie administratorka, zbierając swoje formularze. — Zanim jednak Pana wypuścimy, jest ktoś jeszcze, kto chce z Panem porozmawiać.

Nie miał za bardzo wyboru, więc wzruszył ramionami i odchylił się w krześle. Administratorka skinęła mu głową, wsunęła papiery do aktówki i wyszła; czekał tylko parę minut, nim drzwi znów się otworzyły i wszedł mężczyzna. Ubrany w zwykły garnitur z niepozornym krawatem, ciemnowłosy, ciemnooki, wyglądał jakoś znajomo. Jack przyjrzał mu się, gdy tamten zajął miejsce.

— Nadal nie znam pańskiego nazwiska, ale zgaduję, że jest pan z CIA.

Odpowiedzią był sardoniczny uśmiech. — Proszę mówić mi Juan.

Jakoś wątpił, że to prawdziwe nazwisko szpiega. — Jestem zaskoczony, że wrócił pan do Stanów.

— Cóż, niestety musiałem spalić przykrywkę. Minister Monterro i jego główny agent ochrony widzieli moją twarz. Szpieg rozpoznawany z twarzy przez ministra sprawiedliwości to zbyt duże ryzyko, obawiam się — Juan wzruszył wymownie ramionami. — Żaden problem. Wpasuję się wszędzie w Ameryce Południowej czy Środkowej. Tutaj tylko krótkie rozliczenia pooperacyjne przed następną placówką.

— Debriefing, jasne — skinął Jack, a w głowie nagle zapaliło mu się światełko podejrzenia. — I... rekrutacja?

— Cóż, to zależy od pana — Juan rozłożył ręce. — Wiemy, że jest pan patriotą.

— A Guàlizeańczycy są naszymi sojusznikami — odparł Jack chłodno.

— Oczywiście, że są. Wciąż jednak nie mówią nam wszystkiego, a handel narkotykami na pewno nie skończył się wraz ze śmiercią *El Lobo Negro*, za co swoją drogą pana kraj panu dziękuje. Władza nie znosi próżni, jak to mówią. Amerykanin odpowiadający za szkolenie oddziału anty-*sicario* mógłby usłyszeć różne użyteczne rzeczy.

— A w zamian?

Brwi Juana powędrowały w górę. — Cóż, oprócz książęcej pensji, jaką zaoferowali panu Guàlizeańczycy, przysługiwałby oczywiście dodatek...

— Nie o to mi chodzi — pokręcił głową Jack. — Nie chcę pieniędzy — jak pan mówi, Guàlizeańczycy są bardzo hojni. Chcę współpracy.

Juan odchylił się w fotelu, z zaciekawioną miną. — Słucham.

— Nie będę też dla was szpiegował po cichu. Jeśli usłyszę informacje, które, moim zdaniem, USA mogą wykorzystać w walce z handlem narkotykami, podzielę się nimi, ale powiem ministrowi Monterro, że zamierzam to zrobić. A w zamian chcę wsparcia USA dla operacji antynarkotykowych w Guàlize. Nie wojsk ani ludzi, tylko rozpoznania. Obrazy satelitarne jak te, które już dostałem, albo lepsze. Pomoc NSA, w czasie rzeczywistym, kiedy o nią poproszę.

— Interesująca propozycja — powiedział powoli Juan, wyraźnie ją rozważając.

— To nic was nie kosztuje, a wszystkim się opłaca — nacisnął Jack.

— Muszę to omówić z przełożonymi. Tego nie mogę po prostu przyklepać z własnej władzy, rozumie pan, zwłaszcza że w grę wchodzą inne agencje. A jeśli ma pan być jawnym łącznikiem, a nie tajnym agentem, to oznacza zmianę podejścia do pana prowadzenia.

— Tajna robota to naprawdę nie mój styl.

— Zauważyliśmy — odparł bardzo sucho Juan. — Zwłaszcza biorąc pod uwagę bałagan, jaki zrobił pan w kompleksie należącym do *El Lobo Negro's*.

Uśmiech Jacka był czystą dumą. — Miałem pomoc.

— Jeśli coś takiego potrafi pan zrobić tylko z trzema ludźmi, aż się cieszę na myśl o zamieszaniu, jakie rozpęta pan na rynku narkotykowym — Juan wyciągnął dłoń do uścisku. — Powodzenia, panie kapitanie McAuley. My się już nie spotkamy, ale odezwą się do pana moi przełożeni.

— Powodzenia również panu, Juanie, czy jak tam pan się naprawdę nazywa — odparł Jack.

Jego jedyną odpowiedzią był uśmiech, po czym Juan wyszedł.

Rozdział dwudziesty trzeci

— Hej, *m'hija*. Ariana uniosła wzrok i zobaczyła, jak ojciec wchodzi do jej szpitalnego pokoju, z torbą wciśniętą pod ramię.

— Papi. — Jej twarz rozjaśnił uśmiech.

— Jesteś przytomna, i to porządnie tym razem. Przyjrzał się, jak była ułożona na kopcu poduszek, z podniesionym oparciem, które podpierało jej plecy, po czym pochylił się, by pocałować ją w oba policzki. — I trochę koloru na policzkach — aż serce rośnie, kiedy to widzę. Jak się czujesz?

— Obolała — przyznała szczerze —, ale czuję się dużo bardziej sobą, odkąd przekonałam doktor Cardones, żeby odpuściła z morfiną.

— Naprawdę? — Raul zmarszczył brwi.

— Tak. Zaufaj mi, że znam własne granice, Papi. Proszę. — Rzuciła mu krzywy uśmiech. — Biorę leki przeciwbólowe, tylko nie morfinę. Nie lubię jej, ciągle widziałam rzeczy, których nie było. *Na przykład Jacka*, nie powiedziała, wiedząc, że gdy wypowie jego imię, znowu popłyną łzy, a doktor Cardones nie przyjmie odmowy.

— Dobrze. — Raul z westchnieniem usiadł na krześle dla odwiedzających obok łóżka, po czym uśmiechnął się do niej. — Dobra pani doktor mówi, że skoro już nie śpisz, musisz dobrze jeść, żeby odzyskać siły, a i małe słodkości nie zaszkodzą. — Z miną kuglarza wykonującego sztuczkę wyciągnął z torby duże pudełko ulubionych, lokalnych guàlizeańskich czekoladek Ariany.

Jej oczy rozbłysły i wyciągnęła łapczywie ręce po pudełko, co wywołało u Raula pobłażliwy chichot. Zerwał celofan i podał jej, patrząc, jak wybiera pierwszą czekoladkę i wkłada ją do ust, wzdychając z rozkoszy, gdy czekolada rozpuszczała się na języku.

— Tak dobrze widzieć twój uśmiech, *m'hija*. — Pochylając się, ujął jej dłoń, ścisnął delikatnie, uważając na bandaże okalające oba nadgarstki. — Tak się bałem, że już nigdy cię nie zobaczę.

— Ja też, Papi. — Aż do chwili, kiedy rozpoznała Jacka, Ariana była święcie przekonana, że nie wyjdzie z tego żywa. Widziała cień tej samej pewności w oczach ojca, więc mocniej ścisnęła jego dłoń. — Wiedziałam, że robisz wszystko, żeby mnie odzyskać. Wierzyłam w ciebie.

Pocieszony tą niewinną białą lie, Raul uśmiechnął się do niej. — Nie znalazłbym cię tak szybko bez pomocy kapitana McAuleya; on i jego Rangersi byli bardzo dzielni...

— Nie chcę o tym rozmawiać — ucięła Ari.

Zaniepokojony jej nagłym pobladnięciem, drżeniem warg i szklistym połyskiem łez w oczach, Raul natychmiast się cofnął. — Oczywiście. Przepraszam, *m'hija*. Porozmawiajmy o czymś innym. Czy musisz wracać do Stanów, żeby dokończyć staż? Bez Elliota... cóż, obawiam się, że zapewnienie ci tam bezpieczeństwa będzie trudne.

Ariana wiedziała, co miał na myśli; tutaj, w Guàlize, wrogom ojca dużo trudniej byłoby ją namierzyć. Raul planował w przyszłym roku kandydować na prezydenta i zasługiwał na to, by skupić się na kampanii bez martwienia się o nią. Zasługiwał też na jej wsparcie podczas kampanii, co byłoby niemożliwe, gdyby wróciła do Ameryki.

— Możemy o tym porozmawiać, Papi — powiedziała, obdarzając go lekkim uśmiechem, gdy sięgała po kolejną czekoladkę z pudełka. — Muszę przyznać, że Santa Maria prezentuje się ostatnio bardzo imponująco. — Wskazała na dobrze urządzony i wyposażony pokój. — Mimo że to apartament VIP, doktor Cardones rozpływa się nad zaletami nowych rządowych programów opieki zdrowotnej i tym, jak zmieniły leczenie w Guàlize.

— Przepchnięcie tych reform przez Kongres było prawdziwą udręką. — Raul pokręcił głową i, zgodnie z nadzieją Ariany, dał się od razu wciągnąć w swój ulubiony temat — polityczne i gospodarcze reformy, którym poświęcił życie, by ujrzeć je w kraju, który tak ukochał. Rozsiadłszy się i delektując czekoladą, słuchała go, ciesząc się po prostu jego towarzystwem.

Mniej więcej pół godziny później Raul zauważył, że powieki Ariany znów się przymknęły. Po cichu wstał, zabrał pudełko czekoladek z jej kolan i wolno opuścił oparcie łóżka, delikatnie układając jej zabandażowane ręce przy bokach i naciągając na nią prześcieradło.

— Śpij, *m'hija*, — powiedział miękko, pochylając się, by pocałować ją w czoło. — Jack wkrótce tu będzie.

Gorąco uderzyło go w twarz jak duszący, mokry koc, gdy Jack zszedł z trapu samolotu. Tym razem leciał rejsowym, w cywilnych ubraniach. Bilet też kupił sam, chociaż po przybyciu na lotnisko w Atlancie zorientował się, że ktoś pociągnął za sznurki — jego miejsce tajemniczo zmieniono na pierwszą klasę.

U dołu ruchomych schodów czekała znajoma twarz. Jack się uśmiechnął, zarzucając na ramię małą torbę, którą wziął na pokład.

— Witaj znowu.

— Kapitanie McAuley — Gutierrez zasalutował żwawo. — Dobrze cię znowu widzieć.

— Wzajemnie. — Jack zrównał krok z agentem z Guàlize, gdy przecinali płytę lotniska. — Dokąd jedziemy?

— *Casa* Monterro. Panna Ariana od rana jest już w domu, a pan Monterro założył, że będziesz chciał zobaczyć ją natychmiast.

— Ma rację — przyznał Jack, gdy kierowali się do czarnego SUV-a zaparkowanego przy terminalu. — Yy... muszę przejść przez odprawę?

Gutierrez posłał mu sardoniczne spojrzenie. — Urzędnik czeka przy aucie, żeby przybić pieczątkę w twoim paszporcie. Bagaż przywiezie inny z moich ludzi, który przy nim czuwa. To nie tak, że obawiamy się, iż to właśnie *ty* przemycasz coś nielegalnego, kapitanie.

Myśl ta rozbawiła Jacka. — Lepiej mów mi Jack — zaproponował. — Domyślam się, że sporo będziemy się widywać.

— Ramón — odparł Gutierrez, gdy dotarli do samochodu. Faktycznie, czekał tam funkcjonariusz celny, który wziął paszport Jacka, przekartkował do wolnej strony, przyłożył stempel i oddał z radosnym:

— Witamy w Guàlize, proszę pana!

— Sprytnie to macie zorganizowane — mruknął Jack, gdy wsiedli do SUV-a. — Byłem przekonany, że przejdę jak każdy zwykły pasażer i odbierzecie mnie dopiero po drugiej stronie.

— Nie jesteś zwykłym pasażerem... Jack.

— Najwyraźniej nie. — Otworzono im bramę wylotową z lotniska, a wartownicy pomachali Ramónowi, gdy przejeżdżali.

Ramón nie był skory do rozmowy, a Jack czuł się coraz bardziej nerwowy, gdy przejeżdżali przez miasto. Nigdy nie należał do wiercipiętów, a życie w wojsku i tak uczyło cierpliwości, ale świadomość, że zaraz zobaczy Arianę, sprawiała, że siedział na skraju fotela i ze zdenerwowania obgryzał skórkę przy paznokciu.

— Usiedzisz wreszcie spokojnie? — warknął w końcu Ramón. — Sam zaczynam się denerwować.

— Przepraszam — Jack się uspokoił. — Po prostu trochę się denerwuję.

— I to jest ten sam facet, który wyskoczył z samolotu w środku nocy, żeby szturmować posiadłość barona narkotykowego? — rzucił Ramón z rozbawieniem.

— To co innego.

— A tak, to była walka. A to — sprawy sercowe.

— Dlaczego mam paskudne wrażenie, że wszyscy śledzicie każdy mój ruch i tylko czekacie, aż spektakularnie się wyłożę?

— A ja dlaczego mam paskudne wrażenie, że nie masz pojęcia, jak traktować kobietę? W końcu sześć lat temu zwiałeś od panny Ariany. Wtedy miałem ochotę cię wytropić i zabić, ale pan Monterro się nie zgodził — odparował Ramón.

Jack całkiem zesztywniał, z rozdziawionymi ustami, gdy docierało do niego, że Raul od sześciu lat wiedział, iż spał z Arianą. Wiedział i nic nie zrobił. Wpuścił go z powrotem do kraju, zaufał mu, by poprowadził akcję poszukiwawczo-ratowniczą...

— On od początku wiedział, co do niej czuję.

— Ślepy by zauważył, co do niej czujesz — prychnął Ramón z rozmachem. — *Idiota*. Jednego tylko nikt z nas nie potrafił zrozumieć: czemu odszedłeś.

— Była za młoda — bąknął Jack słabo.

Ramón tylko przewrócił oczami, gdy wjechali podjazdem i zatrzymali się przy bramie. Ludzie Raula podchodzili do kwestii bezpieczeństwa znacznie bardziej rygorystycznie niż wartownicy na lotnisku, zauważył Jack, gdy mężczyźni ostrożnie podeszli do auta — jeden z lusterkiem na długim wysięgniku sprawdzał podwozie pod kątem ładunków wybuchowych, a drugi rozmawiał z Ramónem. Jack był jednak zbyt zajęty przetwarzaniem informacji, które Ramón tak beztrosko mu przekazał, by zrobić coś więcej niż rozkojarzenie skinąć, kiedy strażnicy powitali go i otworzyli bramę, przepuszczając ich podjazdem.

— Więc zapamiętaj jedno — przerwał w końcu niezręczną ciszę, gdy samochód się zatrzymał — nie waż się złamać jej serca po raz drugi.

— Zrobię, co w mojej mocy — tyle mógł obiecać Jack. Ramón skinął głową, wyraźnie usatysfakcjonowany obietnicą, i wysiadł z auta.

Serce Jacka tłukło się, gdy wchodził do domu, a ręce drżały. Nie pamiętał, kiedy ostatnio tak się denerwował. Wytarł spocone dłonie o nogawki spodni, poprawił węzeł krawata.

— Bardzo szykownie — rzucił sarkastycznie Ramón, a Jack skrzywił się na jego ton i pokazał mu środkowy palec.

— Dokąd mam iść?

— Zaprowadzę cię najpierw do pana Monterro. — Raul dał Jackowi znak, żeby za nim poszedł. — On może cię zaprowadzić do panny Ari... jeśli będzie chciał.

— Wcale mi nie pomagasz — mruknął pod nosem Jack, ale wyprostował ramiona i ruszył za Ramónem. W swoim życiu nieraz patrzył śmierci w oczy i ani razu nie mrugnął; nie rozumiał, czemu teraz ma atak paniki na myśl o spotkaniu z Arianą i jej ojcem.

Raul najwyraźniej nie podzielał antypatii Ramóna, bo gdy Jacka wprowadzono do gabinetu, wstał z szerokim uśmiechem. — Panie Jacku, naprawdę dobrze mieć Pana znów w Guàlize! Nie śmiałem nawet mieć nadziei, że uda się Pana sprowadzić tak szybko!

— Miło znów tu być — mruknął Jack, poddając się zaskakująco entuzjastycznemu uściskowi, jakim obdarzył go Raul.

— Ale co to? Rozmawialiśmy prawie codziennie, a teraz nie potrafi mi Pan spojrzeć w oczy? — Raul był bystrym obserwatorem; zerknął na Ramóna, który spiął usta i z niewinnym gwizdem popatrzył przez okno. — Cóż też Ramón Panu nagadał, co?

— Nic, co nie byłoby prawdą. — Jack wziął głęboki oddech i spojrzał Raulowi prosto w oczy. — Sześć lat temu zrobiłem coś głupiego i nie zostałem, żeby ponieść za to odpowiedzialność.

— Ach. — Raul pokręcił głową na Ramóna. — Sześć lat temu to był trudny czas dla nas wszystkich, Panie Jacku. — Wskazał mu krzesło i sam usiadł.

— Stracił Pan właśnie żonę, a Ariana straciła matkę i przeżyła potworną traumę; wykorzystałem to!

— Dlaczego mam wrażenie, że od sześciu lat Pan się tym dręczy? — Raul pochylił się, splótł palce jak daszek przed sobą. — Wie Pan, jak ja widzę to, co Pan wtedy zrobił?

Jack zamrugał. Powoli pokręcił głową.

— Dał jej Pan coś, co odciągnęło myśli od własnej żałoby, i było to dokładnie to, czego wtedy potrzebowała — pocieszenie, które tylko Pan mógł jej dać. Tak, gdyby Pan został, może potoczyłoby się to inaczej... ale już dawno nauczyłem się akceptować, że przeszłości zmienić się nie da, tylko przyszłość. — Ciemne oczy Raula były bardzo intensywne, gdy ciągnął: — Gdyby nie Pana działania, Ariana nie miałaby żadnej przyszłości.

— To nie znaczy, że jest mi cokolwiek winna — wtrącił szybko Jack.

— Oczywiście, że nie — i Ari urwałaby mi głowę, gdybym ośmielił się zasugerować taką niedorzeczność. Dług jest mój.

Jack zaprzeczająco pokręcił głową; Raul postukał go palcem ostrzegawczo.

— To dług, którego nie zdołam spłacić. Najlepsze, co mogę zrobić, to ułatwić Panu drogę do szczęścia z kobietą, którą Pan kocha — moją córką.

— Kocham ją — powiedział żarliwie Jack. — Ale Pan to już wiedział.

— Wiedziałem — i wiem też, co ona czuje do Pana.

Jack chciał zapytać, ale ugryzł się w język i nic nie powiedział. Ariana sama mu powie. Tak jak on planował jej powiedzieć, jak bardzo ją uwielbia. — Mogę już ją zobaczyć? — zapytał, kiedy cisza przeciągnęła się do niezręcznej minuty.

— Zaprowadzę Pana na górę — powiedział od razu Raul, wstając. — I tak czeka na Pana wystarczająco długo. Płakała, gdy tylko ktoś wspomniał Pana nazwisko, wie Pan.

Jack przycisnął dłoń do piersi, gdy razem wyszli z gabinetu i ruszyli po schodach. — Proszę, niech Pan tego nie mówi. Czułem się potwornie winny, że wyjeżdżam, nawet kiedy chirurdzy mówili, że powinno być z nią dobrze. Ale obiecałem Marze, że odprowadzę Elliotta do domu.

— Nie musi się Pan tłumaczyć, Panie Jacku. Ani przede mną, ani przed Arianą — nie w tej sprawie. Odwiezienie Elliotta do domu miało najwyższy priorytet. Mniej bym Pana cenił, gdyby Pan tego nie zrobił.

— Cieszę się, że Pan to rozumie, ale i tak rozdzierało mi serce, że ją zostawiam — zwłaszcza że nawet nie mogłem się porządnie pożegnać.

Zatrzymali się przed zamkniętymi drzwiami; Raul pokręcił głową do Jacka. — Gdyby Pan nie poleciał z własnej woli, kazałbym Pana wsadzić do samolotu. Może Pan się tym pocieszać, jeśli to ukoi sumienie. — Cofnął się, z lekkim uśmiechem na ustach. — Nie muszę być świadkiem waszego spotkania. Zostawię was. Tylko proszę nie pozwalać jej się zbytnio rozemocjonować. Musi odpoczywać. — Odwrócił się i zszedł po schodach bez oglądania się, zostawiając Jacka samego przed drzwiami sypialni Ariany, który usiłował nie trząść się jak osika.

Bez wahania wbiegał w wymiany ognia, ale przekręcenie tej klamki było niemal ponad jego siły. Minęły dobre dwie minuty, zanim jego dłoń zacisnęła się na gładkiej metalowej gałce, cicho ją przekręcił i uchylił drzwi.

Jack był już w połowie pokoju, kiedy dotarło do niego, że pewnie powinien był zapukać. Zastygł niepewnie, zastanawiając się, czy nie wyjść i nie wejść jeszcze raz, ale już widział Ari — leżała najwyraźniej śpiąca, jak baśniowa księżniczka, z jedwabistymi ciemnymi włosami rozsypanymi na poduszce, z lekko rozchylonymi miękkimi ustami.

Nie mógł oderwać od niej wzroku. Schudła, co nie było niczym dziwnym. Kości policzkowe miała bardziej wydatne, obojczyki wyraźnie rysowały się ponad okrągłym dekoltem topu, który miała na sobie. Podszedł cicho bliżej, wpatrzony w nią jak urzeczony — w powolne unoszenie i opadanie klatki piersiowej, w to, jak jej dłoń bezwładnie spoczywała na prześcieradle. Powoli opadł na kolana, kładąc swoją dłoń obok jej dłoni, nie dotykając, i zachwycił się, jak filigranowo wyglądały jej smukłe, złociste palce przy jego dużej, szorstkiej dłoni.

Musiał wydać jakiś dźwięk, pewnie buty zastukały o wypolerowaną drewnianą podłogę, gdy podchodził do łóżka, choć starał się iść bezgłośnie. Rzęsy Ariany zatrzepotały, nim oczy się otworzyły, a ona odwróciła głowę, żeby na niego spojrzeć.

Jack był kompletnie nieprzygotowany na złamany, udręczony wyraz, który rozlał się po jej twarzy, ani na łzy, które napłynęły do wielkich brązowych oczu.

— Nie — wyszeptała —, nie znowu, proszę...

— Ari! — Przerażony, splótł palce z jej palcami.

— Nie żyjesz — niemal krzyknęła. — Nie żyjesz, wynoś się z moich snów! — próbowała wyrwać dłoń, ale trzymał ją mocno.

— Co ty, do diabła, wygadujesz? — Jack patrzył na nią z niedowierzaniem, próbując ją uspokoić, gdy podniosła się do siadu. — Ari, ze mną wszystko w porządku. To ciebie postrzelili, nie mnie! Ari! Musisz się uspokoić, zrobisz sobie krzywdę! — Szamotała się, więc ze strachu o nią ujął oba jej nadgarstki w jedną dłoń, drugą przycisnął jej ramię i zdecydowanie odłożył ją z powrotem na łóżko.

Bardzo realny nacisk siły Jacka, która przytrzymała ją w miejscu, wyrwał Ari z paniki. Zamrugała, a jej krzyk ucichł.

— Ari, to *ja*. — Nie wiedział, skąd wzięło jej się przekonanie, że on nie żyje, ale sama myśl, jak by się czuł, gdyby role się odwróciły, sprawiła, że rozpaczliwie zapragnął ją pocieszyć. — To ja i żyję, przysięgam. Skończyło się na paru zadrapaniach i otarciach. Nie było mnie przy tobie w szpitalu, bo... cóż, musiałem odwieźć Elliotta do domu. Dzwoniłem codziennie i rozmawiałem z twoim tatą, obiecuję. Chyba doprowadzałem go do szału, błagając o kolejne informacje o twoim stanie.

Wreszcie się rozluźniła, wpatrzona w niego szeroko otwartymi oczami, jakby chłonęła widok jego twarzy. Jack przestał na nią napierać, z żalem wypuszczając jej nadgarstki, bojąc się, że mógł ją zranić. Złapała go za rękę i ścisnęła mocno.

— Jack. — Jej głos był tak cichy, że ledwo go usłyszał. — Jack, wróciłeś do mnie...

— Już nigdy cię nie zostawię. — Jestem tutaj i zostaję — na dobre.

— W Guàlize? — spytała zdezorientowana.

— Dokładnie. Twój ojciec pociągnął za Bóg wie ile sznurków i załatwił mi propozycję pracy przy szkoleniu oddziałów paramilitarnych w wojnie Guàlize z handlem narkotykami. Zostaję — i jestem prawie pewien, że liczy, iż to będzie dla ciebie wystarczającą zachętą, żebyś też została, dokończyła szkolenie tutaj, zamiast wracać do Stanów.

Na to Ariana parsknęła śmiechem, a w oczach znów stanęły jej łzy — tym razem czystej radości. — Kiedy dwóch mężczyzn, których kocham, sprzymierza siły, żeby mnie przekonać, jak mogłabym im odmówić?

Surowe rysy Jacka złagodniały. — Kochasz mnie?

— Nigdy w to nie wątp. — Uniosła dłoń i delikatnie pogładziła go po policzku. — Teraz jesteś mój, Jacku McAuley. Jesteś na moim terenie.

Zamrugał, roześmiał się. — A co zrobisz, każesz zatrzymać mój paszport, jeśli spróbuję wyjechać?

— Nie wątp w to. — Uśmiech Ariany był oślepiająco szczęśliwy, gdy Jack objął ją i przyciągnął do siebie, by odebrać z jej warg czuły pocałunek.

Rozdział dwudziesty czwarty

ARIANA NIE ZAMIERZAŁA ŁATWO wypuścić Jacka z tego pocałunku, a sposób, w jaki wydał z gardła krótki dźwięk i objął ją, przyciągając do siebie, mówił jej, że on czuł dokładnie to samo.

Pisk od drzwi sprawił, że gwałtownie odskoczyli; Jack odwrócił się w pół obrotu, ustawiając się między Arianą a ewentualnym zagrożeniem. Nawet za bardzo się nie rozluźnił, gdy zobaczył drobną, w średnim wieku Guàlizeańską kobietę z tacą, wpatrującą się w niego rozszerzonymi oczami.

— Manuela — powiedziała Ariana z uśmiechem, ale drobna kobieta uśmiechem nie odpowiedziała. Zamiast tego odstawiła tacę na stolik boczny z wyraźnym hukiem, po czym zamachała palcem pod nosem Jacka i wylała z siebie potok hiszpańskiego tak szybki, że Ariana była niemal pewna, iż on nie wychwycił więcej niż jedno słowo na trzy.

Co pewnie było nawet lepsze, biorąc pod uwagę, jakimi epitetami go obrzucała za to, że rzekomo skalał cześć swojej pani!

Ariana nie mogła się powstrzymać i parsknęła śmiechem. Manuela była o połowę mniejsza od Jacka; wyglądała jak terier próbujący spłoszyć pitbulla. Kąciki ust Jacka zadrżały i Ariana zrozumiała, że rozumie więcej, niż jej się wydawało. On też walczył z napadem śmiechu.

— Manuela — zdołała jeszcze raz wydusić imię gospodyni przez śmiech. — To kapitan McAuley. Uratował mi życie.

Wyraz twarzy Manueli ani na jotę nie złagodniał, gdy przeniosła pełne dezaprobaty spojrzenie na Arianę. — Nie obchodzi mnie, kim on jest ani co zrobił, obchodzi mnie to, co właśnie zobaczyłam! Co sobie myśli twój ojciec, że go tu wpuszcza?

— Papi wie, że z Jackiem jestem bezpieczna — odparła Ariana stanowczo.

— Twoje życie, może i tak, ale najwyraźniej nie twoja cześć! — Manuela wsparła dłonie na biodrach i zmarszczyła brwi. — Nie będzie *tego* w *tym* domu, panienko.

— Eee, Ari? — odezwał się Jack, gdy milczenie zrobiło się odrobinę niezręczne, a Manuela nadal mu się przyglądała. — Mam wrażenie, że mnie niespecjalnie lubi.

— Manuela jest naszą gospodynią odkąd się urodziłam — powiedziała z lekkim przekąsem Ariana — i jestem prawie pewna, że w jej oczach nadal mam jakieś dziewięć lat.

— Jeśli sądzi, że wyjdę z tego pokoju, to niech lepiej przemyśli sprawę — mruknął ponuro Jack, gdy Manuela wciąż się w niego wpatrywała.

Ariana znowu zachichotała, a oboje odwrócili się do niej z marsowymi minami, kiedy zabrakło jej tchu i zaczęła kaszleć.

— Ari, powinnaś odpoczywać — powiedzieli jednocześnie Jack i Manuela, każde w innym języku, po czym ponownie zmierzyli się wzrokiem. Bezradna wobec napadu śmiechu i kaszlu, Ariana opadła na łóżko i pozwoliła im nad sobą krzątać. Zanim przestała kaszleć, przestali też zerkać na siebie spode łba i zjednoczyli siły w trosce o nią: Jack poprawiał poduszki, żeby ją podeprzeć, a Manuela przyniosła jej szklankę wody.

W końcu poczuła się lepiej i zdołała wybłagać Manuelę, by zostawiła ją sam na sam z Jackiem, przynajmniej na chwilę. — Nie jestem w stanie robić żadnych z tych rzeczy, o które się martwisz — powiedziała do gospodyni. — A szkoda.

To rzeczywiście wywołało u Manueli cichy chichot, a gospodyni zmierzyła Jacka wzrokiem od stóp do głów. — Nie dziwię się, panno Ari — rzuciła przez ramię na odchodnym. — Gdybym była trzydzieści lat młodsza, może bym go sobie podkradła!

Ariana z trudem powstrzymała kolejny wybuch śmiechu, zwłaszcza gdy Jack zmarszczył brwi i zapytał z niedowierzaniem — Czy ona właśnie powiedziała to, co myślę, że powiedziała?

Oczy Ariany lśniły rozbawieniem, drżące palce przyciskała do ust, patrząc na niego spod rzęs. W oczach Jacka nigdy nie wyglądała piękniej. Pokręcił głową i usiadł z powrotem na skraju łóżka, sięgając po jej dłoń.

— Dobra, widzę, że masz ze mnie niezły ubaw. Nie pamiętam, żeby Manuela była ostatnim razem na miejscu?

Z ogromnym wysiłkiem udało jej się stłumić śmiech i skinęła głową. — Była poza domem. Jej córka urodziła dziecko i Manuela się u niej zatrzymała, kiedy my... wybraliśmy się na rodzinne wakacje.

Wakacje, które zakończyły się śmiercią jej matki, a samą Ari głęboko poranioną. Jack spoważniał i skinął głową.

— A Manuela jest z waszą rodziną od dawna?

— Zanim się urodziłam... nawet zanim Papi i Mama wzięli ślub. Manuela gotowała i sprzątała w kilku mieszkaniach w kamienicy, w której mieszkał Papi, a kiedy się ożenił i kupił dom, zatrudnił ją jako gospodynię.

Dla Jacka był to zupełnie inny świat. Raul Monterro pochodził ze starej, zamożnej rodziny, która niegdyś hodowała bydło i była właścicielem ogromnych połaci guàlizeańskiej prowincji. W czasach narodzin Raula rodzinne imperium było tylko cieniem dawnej potęgi, ale wciąż wystarczająco majętne, by wysłać go na naukę do Anglii — do Eton i Cambridge. Jack miał wyraźne wrażenie, że rodzina Raula oczekiwała, iż zajmie się prawem handlowym albo bankowością, lecz młody mężczyzna pokrzyżował te plany, wstępując do prokuratury. Kariera Raula pięła się błyskawicznie, może po części dzięki wpływowym koneksjom, ale w niemałym stopniu — Jack był tego pewien — dzięki jego czystemu talentowi.

Myśląc o tym, jak dorastała Ariana — w tym dużym domu, z usługą spełniającą każdą jej zachciankę — Jack zaczął mieć wątpliwości. Co on mógłby jej dać? Doszedł tylko do stopnia kapitana w armii i choć wiedział, że był cholernie dobry w swojej robocie i doskonale nadawał się do zadania, do którego wynajęli go Guàlizeanie, *konsultant wojskowy* to raczej nie była kariera, którą uznano by za stosowną dla partnera Pierwszej Córki. Bo wszystko, co Jack słyszał, wskazywało na to, że Raul zostanie prezydentem w najbliższych wyborach, już za niewiele ponad rok.

— Jack!

Ariana machała mu dłonią przed oczami, wyrywając go z posępnych rozmyślań. Mrugnął i posłał jej słaby uśmiech.

— Gdzie ty byłeś? — przechyliła głowę i obdarzyła go czarującym uśmiechem. — Nie przykuwam już twojej uwagi?

— Zawsze masz moją pełną uwagę. No proszę, wygląda na to, że Manuela przyniosła ci obiad. — Podniósł się i sięgnął po tacę, którą Manuela zostawiła. — Jest tu jakaś zupa, powinnaś ją zjeść, póki ciepła. Wygląda na kukurydzianą?

— To będzie *ajiaco*, zupa z ziemniaków i kukurydzy. Są do tego *arepas*?

Wyglądało na to, że Ari wrócił apetyt, a Jack poczuł ulgę, widząc, jak je, podskubując kilka kukurydzianych placków *arepa*, którymi uparcie kazała mu się podzielić. Na tacy było dużo więcej jedzenia, niż mogła zjeść, i w końcu oznajmiła, że jest już zupełnie najedzona, prosząc, by zabrał tacę.

— A potem chodź tu. — Przesunęła się odrobinę na bok i wyciągnęła do niego ramiona.

— Ari — pokręcił głową. — W ogóle nie jesteś w stanie... no, niczego.

— Jack, chcę, żebyś mnie przytulił. — Jej miękkie, szczere słowa ucięły jego protest. — Chcę poczuć twoje ramiona wokół siebie. Myślałam, że jesteś *martwy*, i to mnie *złamało*. *El Lobo* nie zdołał mnie złamać, mimo swoich gróźb i broni; nawet kiedy dowiedziałam się, że Tomàs nas zdradził i zabił Elliota, to mnie nie złamało, ale myśl, że ty nie żyjesz... — pokręciła głową, a po policzkach znów popłynęły łzy, i Jack poszedł do niej bez namysłu, położył się obok, objął ją, całując ją w czoło i gładząc jej lśniące włosy.

— Ciii — wyszeptał. — Ciii, aniele. Jestem.

Trzymał ją blisko, aż jej drżące ramiona się uspokoiły, a potem przemówił.

— To ty cudem nie umarłaś, Ari. Myślałem, że cię straciłem, kiedy zobaczyłem cię leżącą na kamieniach, tak nieruchomą, całą we krwi — Jackowi ścisnęło gardło, ledwie był w stanie mówić. — Klęczałem, trzymałem cię, błagałem, żebyś mnie nie opuszczała, kiedy podpłynęła łódź.

— Poznałam kapitana łodzi i ratowników medycznych, którzy uratowali mi życie — powiedziała cicho, z twarzą wtuloną w jego koszulę. — Kapitan dostanie medal za odwagę... skierował się na plażę, gdy nadleciał helikopter. Ratownicy powiedzieli mi, że wykrwawiłabym się, zanim by do nas dotarł, gdybyś gołymi rękami nie tamował ran w mojej klatce piersiowej i na plecach.

Samo wspomnienie sprawiło, że Jackowi zrobiło się niedobrze. Uniósł dłoń i położył ją tuż poniżej jej obojczyka, pamiętając z przerażającą wyrazistością śliskie od krwi dotknięcie jej ciała.

— Wtedy powiedziałem ci, jak bardzo cię kochałem, nawet kiedy wymykałaś mi się z rąk — wyszeptał, muskając czoło i wtulając nos w miękkość jej włosów, wdychając słodki zapach, który był tylko jej, jego Ari. — Nigdy więcej cię nie puszczę.

Uśmiechając się, Ari wtuliła się jeszcze mocniej, położyła dłoń na jego dłoni i ścisnęła ją. — I lepiej, żebyś nie próbował — odparła.

EPILOG

SKORO JACK PRACOWAŁ JUŻ w Guàlize, a jej ojciec wreszcie ogłosił swój start w wyborach prezydenckich — i to z pełnym poparciem ustępującego prezydenta — decyzja Ariany, by zostać w Guàlize, nie była trudna. Szpital Santa Maria przyjął ją z otwartymi ramionami, choć stoczyła kilka bitew ze swoim nowym zespołem ochrony, dobranym przez Jacka i Ramóna Gutierreza, żeby w ogóle pozwolono jej leczyć pacjentów. Raul groził, że zrobi z niej ministrem zdrowia, jeśli wygra wybory.

— Tylko jeśli chcesz, żebym zabrała Jacka i zniknęła z powrotem w dżungli — ostrzegła Ariana.

Raul parsknął śmiechem. Namówił ją, by towarzyszyła mu na kilku wydarzeniach w Guàlize City podczas kampanii; nie mając żony, rozumiała, że będzie potrzebował, by przynajmniej część obowiązków Pierwszej Damy wzięła na siebie, jeśli zostanie wybrany. Skrzywiła się do siebie lekko. Jej porwanie i śmierć *El Lobo Negro* tylko umocniły poparcie dla jej ojca. Najbliższy rywal tracił w sondażach dwadzieścia punktów i szybko słabł. Raul Monterro miał zostać trzydziestym trzecim prezydentem Guàlize, a jego córka po prostu będzie musiała nauczyć się żyć ze wszystkim, co wiąże się z tym urzędem.

Oczywiście wszystko było o wiele bardziej strawne w obecności Jacka. Oczy Ariany złagodniały, gdy spojrzała na niego po drugiej stronie sali, gdzie nakładał jedzenie z bufetu śniadaniowego na talerz. Niższy mężczyzna u jego boku roześmiał się na coś, co Jack powiedział, po czym odwrócił się i posłał Arianie szeroki uśmiech. Porucznik Hunter — a właściwie były porucznik, jak teraz upierał się ze swoim firmowym, zuchwałym uśmiechem — przybył do Guàlize niespełna trzy tygodnie po Jacku. — Nie mogę zostawić Kapitana tutaj samego — powiedział. — Ostatnim razem, gdy to zrobiłem, doprowadził do tego, że cię postrzelili, doktor Monterro.

— Słuszna uwaga — przyznał Raul i jakoś tak wyszło, że Hunter został tymczasowo przydzielony do ochrony Ariany, przynajmniej dopóki Jack i Ramón Gutierrez nie obsadzą jej ludźmi, którym ufają.

Teraz Hunter postawił przed Arianą talerz uginający się od jedzenia. Posłała mu karcące spojrzenie, które zignorował.

— Wczoraj nie zjadłaś kolacji, asystując przy tamtej operacji z doktorem Cardonesem. Jedz.

Westchnęła i podniosła widelec, a na jej ustach pojawił się delikatny uśmiech. Między Hunterem, Jackiem a ojcem była rozpieszczana na całego. Na szczęście odkrywała, że całkiem jej się to podoba.

Jack usiadł obok niej, patrząc na nią ciepło; blizna na brodzie ciągnęła jego uśmiech lekko na ukos. Wciąż był w jej oczach piękny — mężczyzna, którego kochała.

— Powinniśmy się pobrać — wyrwało się Arianie.

Jack tak parsknął, że kawa poszła mu nosem; Raul i Hunter obaj wybuchnęli śmiechem.

— Wiesz, że to mężczyzna zwykle się oświadcza, kochanie? — wydusił w końcu Raul przez śmiech.

Ariana przewróciła na niego oczami. — Czekałabym wieki. Jack wciąż walczy z przekonaniem, że jako żołnierz jakoś na mnie nie zasługuje.

— Dajmy im chwilę — Hunter podniósł się, skinął Raulowi, który wciąż chichocząc i kręcąc głową nad zuchwałością córki, poszedł za nim.

— Skoro tak się czujesz... — Jack wytarł już z twarzy kawę. — Trzymam coś dla ciebie od pewnego czasu.

Ariana patrzyła z osłupieniem, jak zsunął się z krzesła, uklęknął przy niej na jedno kolano i sięgnął, by rozpiąć kieszeń swoich bojówek. Wyjął aksamitny woreczek, a z niego pierścionek — smukłą złotą obrączkę z rządkiem drobnych diamentów osadzonych w centralnym kanale.

— Pomyślałem, że nie będziesz chciała nic zbyt masywnego ani krzykliwego. Słowa, z którymi zmagał się od tygodni, popłynęły teraz łatwo, odkąd Ariana zrobiła za niego ten pierwszy, ogromny krok. Sięgnął po jej lewą dłoń i delikatnie wsunął pierścionek na palec. — Zacząłem się rozglądać, kiedy twój ojciec wezwał mnie do swojego gabinetu. Powiedział, że ma już dokładnie to, czego potrzebuję.

— To było mamy — w jej oku zakręciła się łza, wymknęła się i spłynęła po policzku. Jack uniósł dłoń i delikatnie starł ją kciukiem, głaszcząc jej policzek.

— Naprawdę żałuję, że jej nie poznałem. Musiała być niezwykłą kobietą, skoro jej córka jest najbardziej zachwycającą, jaką kiedykolwiek spotkałem.

Ariana zaśmiała się przez łzy, ujmując jego twarz w obu dłoniach. — Chyba nie jesteś obiektywny — powiedziała.

— Jasne, że jestem. Przecież jestem w tobie zakochany.

— Kocham cię od dziewiętnastego roku życia, Jack. Nie ma mowy, żebym teraz pozwoliła ci uciec! Podziwiała pierścionek na swoim palcu.

— Zakuj mnie w te małżeńskie kajdany, aniele. Jestem więcej niż gotów.

Roześmiana z radości, zarzuciła mu ramiona na szyję i przytuliła się mocno, a on pocałował ją do utraty tchu — dokładnie tak, jak lubiła.

KONIEC

Oddział Ratunkowy *powrócą w* **Powrót Rangera***, gdy Jason Hunter zostanie wezwany z powrotem do maleńkiego miasteczka, w którym dorastał — tylko po to, by odkryć, że w odludnych lasach północnego Idaho dzieje się coś bardzo nie w porządku.*

Czytaj dalej, by poznać próbny rozdział z **Powrót Rangera***!*

Powrót Rangera – Przykładowy Rozdział

Pierwsza kropla deszczu rozprysnęła się gęsto na przedniej szybie, a Jason Hunter zaklął pod nosem. Liczył, że dotrze do Woodvale, zanim burza się rozpęta, ale wciąż miał jeszcze kawałek drogi. Pewnie nie powinien był się zatrzymywać po kawę, ale trasa ze Spokane na daleką północ Idaho była długa, a nuda dała mu się we znaki. Do tego ta koszmarna stacja z country — jedyne, co łapało tandetne radio w jego wynajętym aucie.

Westchnął, włączył wycieraczki i miał nadzieję, że deszcz się zbytnio nie nasili. Był już w gęstym lesie na zachód i południe od miasteczka i wiedział, że paskudna pogoda potrafi zwalić na drogę jedno z ogromnych sosen stojących przy poboczu. Przynajmniej o tej porze roku raczej nie powinno padać śniegiem; widywał tu śnieg w kwietniu nie raz, gdy dorastał, ale prognozy, które słyszał w radiu, zapowiadały tylko deszcz.

Zapadał szybki zmierzch, potęgowany przez kłębiące się burzowe chmury i wysokie, ciemne drzewa. Krople deszczu, spadające coraz gęściej, sprawiły, że włączenie świateł stało się absolutną koniecznością. Pstryknął przełącznikiem, mocniej nacisnął pedał gazu, przekraczając nieco dozwoloną prędkość. Od pół godziny prawie nie minął innego auta i wątpił, by kręcił się tu jakiś patrol, który mógłby go zatrzymać za szybką jazdę.

Znak Woodvale wyłonił się w świetle reflektorów jak zapraszająca latarnia. Uśmiechając się, Jason zdjął nogę z gazu i z ulgą zjechał z I-95, wiedząc, że zostało mu mniej niż dziesięć mil. Jeszcze kilka minut i będzie w przytulnym domku ciotki Rose — jedynym miejscu, które naprawdę uważał za dom.

Mignięcie po lewej zwróciło jego uwagę. Odwrócił głowę i zdjął stopę z gazu, unosząc ją nad hamulcem. Jeleń albo wapiti, które akurat teraz wyskoczy na drogę, mogłoby mu totalnie zepsuć dzień; tanie, małe auto z wypożyczalni nie miałoby szans w mocnym zderzeniu.

To nie był jeleń. To był człowiek — białe włosy mignęły w świetle, gdy postać wybiegła z lasu na szosę, prosto przed maskę. Jason wcisnął hamulec i odbił kierownicą, o włos mijając pieszego, gdy auto wpadło w poślizg na mokrej nawierzchni. Zaklął siarczyście i skontrował poślizg, w końcu odzyskując kontrolę i zatrzymując się z piskiem opon.

— Co do *cholery*? — powiedział Jason na głos, po czym wysiadł i spojrzał wzdłuż drogi. Zobaczył tylko coś, co wyglądało jak kłębek szmat, zwalony dokładnie na linii rozdzielającej oba pasy. Czy jednak ją potrącił? Dobiegł do kłębka i padł na kolana.

— Czy nic Pani nie jest? — zapytał, czując się głupio; wyciągnął rękę i położył dłoń na tym, co nagle wydało mu się bardzo kruche, szukając palcami tętna na szyi. — Czy Panią potrąciłem?

W nikłej czerwieni świateł hamowania niczego dobrze nie widział, nie potrafił ocenić stanu tej osoby. Dopiero gdy potoczyła się ku niemu i ujrzał postarzałą kobiecą twarz, a spękany głos wyszeptał;

— Pomocy. Proszę, niech mi Pan pomoże!

— Co to *właściwie*, kurwa, jest — powiedział Jason, gdy oczy staruszki się zamknęły; brzmiało to jednak bardziej jak stwierdzenie niż pytanie. Rozejrzał się, zastanawiając się, skąd, do diabła, się tu wzięła; o ile wiedział, w tej okolicy nie było żadnych domów, przynajmniej nie było ich, kiedy tu mieszkał. Te lasy stanowiły część ogromnych ostępów, od których Woodvale bierze nazwę, i karmiły miejscowy przemysł drzewny stałym dopływem solidnego drewna.

Nie miał wielkiego wyboru. Kobieta była ledwo przytomna, pojękiwała cicho, gdy szybko przesuwał dłońmi po jej kończynach, sprawdzając, czy nie ma złamań.

— Jak Pani ma na imię? — zapytał Jason nagląco, ostrożnie biorąc ją na ręce. Będzie musiał położyć ją na tylne siedzenie. Była drobną, delikatną kobietą; ocenił, że waży najwyżej ze siedemdziesiąt funtów — nic dla żołnierza przyzwyczajonego do dźwigania przez całe dni bojowego obciążenia znacznie cięższego niż to.

— Julia — wychrypiała, po czym nagle zaczęła się szarpać. — Psy! Słyszę psy!

Zaskoczony, Jason nastawił uszu, ale nic nie słyszał. — Nie słyszę żadnych psów, dobrze? Wsadzę Panią do samochodu i zawiozę do szpitala. — Otworzył drzwi i ostrożnie ułożył ją na tylnym siedzeniu. W skąpym świetle wewnętrznej lampki po raz pierwszy zobaczył, jak dziwnie wygląda.

Julia miała na sobie coś w rodzaju wojskowych spodni w kamuflażu woodland, o kilka rozmiarów za dużych, i podobnie obszerny oliwkowozielony T-shirt. Ciężkie buty na jej stopach były oblepione grubą warstwą błota.

Musiała mieć co najmniej osiemdziesiąt lat.

— Co tu się, do diabła, dzieje? Kim Pani jest? — zapytał Jason w kompletnej konsternacji, ale kobieta chyba zemdlała, ledwie dotknęła głową siedzenia. Sprawdził jej puls — wolny, ale mocny — i zdjął kurtkę, żeby ją przykryć. Była przemoczona i potwornie zimna.

Zajrzał do bagażnika, znalazł koc podróżny i dołożył go Julii. Najlepsze, co mógł dla niej zrobić, to jak najszybciej zawieźć ją do miasteczka — do małej przychodni, jedynej placówki, jaką Woodvale mogło się pochwalić. Przynajmniej Julia otrzyma tam pomoc, a jeśli sprawa będzie poważna, może uda się ją przetransportować śmigłowcem do większego szpitala.

Myśląc naprzód, zrozumiał, że powinien to zgłosić, zorganizować, by personel medyczny czekał na przyjazd. Wsiadł za kierownicę, pogrzebał w torbie szturmowej, którą cisnął w przedni podnóżek po drugiej stronie, szukając komórki.

— Brak zasięgu. Cholera! — Zerknął na Julię i skrzywił się, po czym stwierdził, że powinien jechać dalej, aż złapie sygnał, a wtedy się zatrzyma i zadzwoni. I tak zaoszczędzi czas, jeśli uda mu się ściągnąć personel medyczny prosto do przychodni. Odpalił auto i ruszył znów w coraz gęstszy deszcz.

— Julio, jest Pani ze mną? — zawołał Jason, gdy poczuł ruch za sobą. — Może Pani mówić?

— Psy — dobiegł z tylnego siedzenia słaby, przerażony skowyt.

— Nie ma żadnych psów. Zawiozę Panią do szpitala. Może mi Pani podać swoje nazwisko, Julio?

Nie odpowiedziała; przestawił lusterko, żeby na nią spojrzeć, i zobaczył, że ma zamknięte oczy. Trzęsła się, potężne dreszcze wstrząsały jej drobną sylwetką.

— Już niedaleko — obiecał, zerknął na telefon leżący na fotelu pasażera i z ulgą zobaczył jedną kreskę zasięgu. — Zatrzymam się i zadzwonię wcześniej, uprzedzę, że jedziemy. Za minutę ruszamy dalej.

Nie zareagowała, ale nie bardzo się tego spodziewał. Gdyby kiedyś znał numery do przychodni w Woodvale albo na komisariat, dawno już by o nich zapomniał, więc po prostu wykręcił 911.

— Służby ratunkowe Woodvale, jaki jest charakter zgłoszenia? — odezwał się po kilku sygnałach znudzony kobiecy głos.

— Zabrałem ranną kobietę, która błąkała się po lasach za miastem. Wiozę ją do przychodni. Proszę, żeby personel czekał na miejscu.

Głos dyspozytorki się wyostrzył. — Da się to zorganizować. Jakiego rodzaju są obrażenia?

— Dokładnie nie wiem — przyznał Jason — ale to starsza pani, przemoczona do suchej nitki i wykończona. Ubrana dziwnie i wygląda na wychudzoną.

Zapadła chwilowa cisza; zgadł, że został przełączony, podczas gdy dyspozytorka przekazuje informacje. Wróciła na linię po kilku sekundach.

— Dziękuję. Czy jest przytomna?

— W tej chwili nie, ale na moment była. Podała mi imię: Julia.

— Julia? — to był wyraźny okrzyk. — Julia *Bulridge*?

— Nazwiska nie zdążyłem poznać, przykro mi. Nie mówi składnie.

— A kim pan dokładnie jest? — W głosie zabrzmiało wyraźne podejrzenie, ale Jason nie miał nic do ukrycia.

— Jason Hunter.

Zapadła kolejna chwila ciszy, po czym na linii pojawił się inny głos, tym razem męski. Jason musiał się wsłuchać — deszcz teraz naprawdę walił, bębniąc o dach auta. Drugą dłonią zasłonił ucho.

— Proszę powtórzyć?

— Jest pan z TYCH Hunterów?

— Nie bardzo widzę, co to ma do rzeczy w tej chwili — warknął Jason. — Proszę po prostu ściągnąć personel do przychodni. — Rozłączył się i znów odpalił silnik. — Trzymaj się, Julio. Już blisko. — Odruchem spojrzał jeszcze w lusterko... i zesztywniał.

Tylne siedzenie było puste.

— Julio? — Zszokowany odwrócił się. Tylne drzwi po stronie pasażera były otwarte; musiała je otworzyć i wysiąść, kiedy zasłaniał ucho, rozmawiając z dyspozytorem. — Co do ever-loving *cholery*... — Cała ta sytuacja robiła się coraz dziwniejsza. Mimo to nie mógł jej tu zostawić, pośrodku niczego, nie w taką pogodę i w takim stanie, w jakim była. Znów zgasił silnik, chwycił telefon i włączył wbudowaną latarkę. Na zewnątrz było teraz piekielnie ciemno.

— Julio! — Jason omiatał światłem teren, wpatrując się w mrok. — Julio, wszystko w porządku! Chcę Pani tylko pomóc!

Nie słyszał nic poza deszczem, który lał jak z cebra i w kilka chwil przemoczył go do suchej nitki. Zawołał jeszcze kilka razy, ale jeśli weszła między drzewa i nie chciała, żeby ją znaleziono, nie miał szans, nie sam, ze słabym światłem z telefonu. Rzuciwszy okiem na tylne siedzenie, zobaczył, że zostawiła koc, ale zabrała jego kurtkę.

Przez chwilę się wahał, po czym zamknął tylne drzwi i wrócił do auta, jeszcze raz uruchamiając silnik. Wyglądało na to, że dyspozytorka wiedziała, kim jest Julia; możliwe, że to nie pierwszy raz, kiedy robi taki numer. Tak czy inaczej, najlepszym pomysłem było pojechać na komisariat, zgłosić sprawę osobiście i zorganizować odpowiednio wyposażoną pomoc, a do miasta miał już tylko kilka minut.

Komisariat policji i przychodnia stały obok siebie, naprzeciw ratusza, dokładnie tak, jak zapamiętał. W przychodni było ciemno, za to z komisariatu wabiły go światła i otwarte drzwi.

Burza przeszła, deszcz słabł; zaparkował, chwycił torbę i wszedł do środka. Siwiejący starszy mężczyzna w mundurze sierżanta uniósł na niego znużone spojrzenie znad biurka.

— W czym mogę Panu pomóc?

— Nazywam się Jason Hunter, dzwoniłem przed chwilą w sprawie starszej pani znalezionej rannej w lesie.

— Julia Bulridge? — Mężczyzna wstał, nagle jakby mniej znużony. — Gdzie ona jest?

— Nie wiem, czy to Julia Bulridge, wiem tylko, że Julia. I nie wiem, gdzie teraz jest, obawiam się. Znów uciekła do lasu.

Sierżant wycelował weń sękaty palec. — To ona?

Jason odwrócił się i zobaczył na ścianie naprzeciw biurka duży kolorowy plakat.

WIDZIELIŚCIE TĘ KOBIETĘ?

To na pewno była Julia, choć na zdjęciu wyglądała zdrowo i uśmiechnięta, a informacje pod spodem mówiły, że zaginęła nieco ponad tydzień temu.

— Tak, to ona! — Zaskoczony, Jason znów spojrzał na sierżanta. — Niewiele po zjeździe z I-95 wybiegła z lasu prosto pod koła. Omal jej nie potrąciłem. Była w kiepskim stanie.

— Ale znowu uciekła, a Pan nie zdołał jej dogonić? — Oczy sierżanta z niedowierzaniem przebiegły po sylwetce Jasona. W przemoczonym, czarnym T-shircie, który lepił się do torsu, jego potężna muskulatura była aż nadto widoczna, co Jason uświadomił sobie w tym momencie.

— Musiała dać nogę, kiedy rozmawiałem przez telefon z dyspozytorem — przyznał Jason, świadom, że brzmi to marnie. — Proszę mi wierzyć, nie mam powodu, żeby kłamać. Wysiadłem, wołałem ją, rozejrzałem się, ale skręciła w las. Zaczęło padać i jest tam teraz bardzo ciemno. Nie miałem latarki, nie mogłem skutecznie szukać, zwłaszcza jeśli z jakiegoś powodu chciała się ukryć. Uznałem, że najlepiej będzie wrócić do miasta i zorganizować porządnie wyposażoną ekipę poszukiwawczą.

— Bardzo rozsądnie, panie Hunter — odezwał się inny głos. Jason odwrócił się i zobaczył, że drzwi na końcu kontuaru otworzyły się bezgłośnie, a w progu stoi mężczyzna i mu się przygląda. Gwiazda na kieszeni zdradzała jego tożsamość.

— Szeryfie — Jason skinął uprzejmie głową.

— Lepiej, żeby przyszedł Pan do środka i powiedział mi wszystko. Zniknięcie Julii Bulridge traktujemy jako sprawę karną.

— Nie ma problemu, ale czy może Pan najpierw zacząć organizować poszukiwania? Mogę pokazać, gdzie byłem, kiedy wysiadła z auta...

Sierżant trzasnął mapą o blat i podał Jasonowi ołówek; temu zajęło zaledwie kilka sekund, by się zorientować, po czym zaznaczył na mapie X.

— Tutaj. Mniej niż mila od zjazdu z I-95, w promieniu stu jardów od miejsca, gdzie droga zatacza łuk wokół Copper Mountain.

— Taki Pan tego pewien? — zapytał szeryf, z cyniczną nutą w głosie.

— Dorastałem tu, w Woodvale, Szeryfie. Jestem pewien.

— W porządku. Zajmij się tym, Barker. — Szeryf skinął na sierżanta i gestem zaprosił Jasona, by poszedł za nim.

Jason znalazł się w gabinecie szeryfa i z grawerowanej mosiężnej tabliczki na biurku dowiedział się, jak mężczyzna się nazywa. Szeryf Thomas McCarthy. Wytężał pamięć, ale nie przypominał sobie żadnych McCarthy'ch w Woodvale; na oko miał około czterdziestki, dość młodo jak na tutejszego szeryfa. Niósł się z aurą cichej kompetencji, którą Jason doskonale rozpoznawał; widywał ją codziennie przez wiele ostatnich lat.

— Był Pan w wojsku, szeryfie McCarthy? — zapytał uprzejmie, rozglądając się po pokoju. Na ścianach nie było zdjęć, tylko wypchane łby zwierząt i brzydki obraz martwego jelenia, któremu wilki rozszarpują gardło.

Niezbyt uspokajający widok i Jason miał nadzieję, że szeryf nie zwykł przesłuchiwać świadków właśnie tutaj.

— A skąd to pytanie?

— Ma Pan taką postawę, tyle — wzruszył ramionami Jason, zastanawiając się, czemu mężczyzna może być drażliwy na punkcie służby. — Tylko byłem uprzejmy.

— Marynarka — powiedział w końcu McCarthy, siadając za biurkiem i wskazując Jasonowi krzesło.

— Daleko Panu do oceanu.

— A Panu daleko do Atlanty, poruczniku Hunter. Co Pana sprowadza do Woodvale?

Jason lekko zesztywniał. — Skoro zna Pan mój *były* stopień — zaakcentował słowo — to wie Pan, że urodziłem się i wychowałem tutaj. Moja ciotka Rose jest chora. Przyjechałem ją zobaczyć.

— Były? Nie jest Pan już w Rangersach? — podchwycił McCarthy.

— Zgadza się. Cztery miesiące temu skończył mi się kontrakt, a mój były kapitan, który sam niedawno odszedł ze służby, zaproponował mi bardzo intratną posadę. Przyjąłem.

— W Atlancie? — Szeryf zerknął w ekran komputera, ustawiony pod kątem do Jasona. Ten był gotów się założyć, że ma tam odpaloną choćby odtajnioną część jego akt; zastanawiał się, jakie sznurki facet pociągnął, by tak szybko je zdobyć. Minęło najwyżej dwadzieścia minut, odkąd podał dyspozytorowi swoje nazwisko.

— W Guàlize, właściwie.

McCarthy zamrugał i wlepił w niego wzrok. — Guàlize?

Jason wzruszył ramionami. — Mój były kapitan z Rangersów ożenił się z córką prezydenta elekta. Pracuje dla rządu Guàlizjańskiego, szkoli oddział do zadań antynarkotykowych. Poprosił, żebym przyleciał pomagać w szkoleniu, i przyjąłem ofertę. Jak mówiłem, pieniądze są dobre.

— Czyli mieszka Pan w Guàlize... od jak dawna?

— Od czterech miesięcy.

— Rozumiem. — McCarthy chwycił długopis, otworzył notes i coś zanotował. Jason zacisnął zęby.

— To wszystko? Bo jeśli tak, chciałbym wrócić i dołączyć do poszukiwań Julii.

— Nie sądzę, panie Hunter. — McCarthy zmroził go spojrzeniem. — Długo Pana nie było. Proszę zostawić poszukiwania ludziom, którzy znają teren takim, jaki jest teraz. Znajdziemy panią Bulridge, jeśli tam jest.

Przez chwilę obaj mierzyli się wzrokiem w milczeniu, to była walka woli, po czym Jason westchnął i wstał.

— Jestem tu tylko w odwiedzinach u ciotki, Szeryfie. Mam nadzieję, że znajdziecie panią Bulridge. — Nie było sensu go drażnić, choć w środku kipiał z wściekłości na tę jawną opieszałość McCarthy'ego.

— Jak długo zamierza Pan zostać w Woodvale? — zapytał szeryf, wstając i idąc za Jasonem, kiedy ten opuszczał gabinet.

— Jeszcze nie wiem — odparł szczerze Jason. — Moja ciotka jest bardzo chora. Umiera. Mam zgodę od pracodawców, żeby zostać tak długo, jak będzie trzeba.

— Rozumiem. — Szeryf wyglądał na wyraźnie niezadowolonego z tej informacji. — Cóż. Proszę nie wyjeżdżać z miasta, zanim nas Pan nie poinformuje, panie Hunter. Jest Pan w końcu świadkiem.

Jason zacisnął zęby i skinął bez słowa. McCarthy po prostu działał mu na nerwy — tak to sobie tłumaczył. Komisariat, który wcześniej był spokojny, teraz tętnił jak ul: rozkładano mapy na biurkach, wchodzili mężczyźni wyposażeni w solidny outdoorowy sprzęt i wielkie latarki. Szeryf wyszedł naprzód, by przejąć dowodzenie operacją, ale nie spuszczał oczu z Jasona, gdy były żołnierz opuszczał budynek.

Wracając do samochodu z wypożyczalni, Jason wziął głęboki oddech i spróbował odpuścić złość. Bardzo chciał wziąć udział w poszukiwaniach, ale szeryf właśnie mu tego kategorycznie zabronił, a pójście tam samemu nie miało sensu i najpewniej skończyłoby się aresztowaniem. Zacisnął dłonie na kierownicy i pokręcił głową z frustracją. McCarthy miał jednak w jednym rację — minęło bardzo dużo czasu, odkąd Jason włóczył się po tych lasach. Na komisariacie było dość sprawnych ludzi, a w swoim osłabieniu Julia nie mogła zajść daleko. Znajdą ją — o ile wciąż żyła.

Odpalił silnik i postanowił wrócić na komisariat rano. Teraz czekała na niego ciotka Rose.

*Chcesz wiedzieć, co będzie dalej? Sięgnij po **Powrót Rangera** już teraz!*

INNE KSIĄŻKI AUTORKI CAITLYN LYNCH

Oddział Ratunkowy

Ratunek Rangera
Powrót Rangera
Misja Rangera
Krew Rangera
Żar Rangera (tylko dla subskrybentów newslettera)

Amazonki z Ridgewater

Zaufaj procesowi
Przełamywać bariery
Wspólny grunt
Zapisane w gwiazdach
Święta w Ridgewater

Poznaj wszystkie publikacje Shenanigans Press, odwiedzając naszą stronę internetową, https://www.she naniganspress.com/pl!

Możesz też obserwować nas w mediach społecznościowych – jesteśmy na Facebooku i Instagramie (@ShenanigansPressPolska)

I nie zapomnij zapisać się do naszego newslettera, aby otrzymywać informacje o nowościach, promocjach, konkursach i wiele więcej!

www.ingramcontent.com/pod-product-compliance
Lightning Source LLC
Chambersburg PA
CBHW060544190726
48283CB00003B/868